邓云乡集

红楼梦忆

邓云乡　著

中华书局

图书在版编目(CIP)数据

红楼梦忆/邓云乡著. —北京:中华书局,2015.4(2023.11重印)
(邓云乡集)
ISBN 978-7-101-10668-8

Ⅰ.红…　Ⅱ.邓…　Ⅲ.随笔-作品集-中国-当代
Ⅳ.I267.1

中国版本图书馆 CIP 数据核字(2015)第 010312 号

书　　　名	红楼梦忆	
著　　　者	邓云乡	
丛 书 名	邓云乡集	
责任编辑	黄飞立	
封面设计	毛　淳	
责任印制	管　斌	
出版发行	中华书局	
	(北京市丰台区太平桥西里 38 号　100073)	
	http://www.zhbc.com.cn	
	E-mail:zhbc@zhbc.com.cn	
印　　　刷	北京新华印刷有限公司	
版　　　次	2015 年 4 月第 1 版	
	2023 年 11 月第 2 次印刷	
规　　　格	开本/880×1230 毫米　1/32	
	印张 10⅝　插页 4　字数 240 千字	
印　　　数	6001-8000 册	
国际书号	ISBN 978-7-101-10668-8	
定　　　价	49.00 元	

小丁 绘

　　邓云乡，学名邓云骧，室名水流云在轩。一九二四年八月二十八日出生于山西灵丘东河南镇邓氏祖宅。一九三六年初随父母迁居北京。一九四七年毕业于北京大学中文系。做过中学教员、译电员。一九四九年后在燃料工业部工作，一九五六年调入上海动力学校（上海电力学院前身），直至一九九三年退休。一九九九年二月九日因病逝世。一生著述颇丰，主要有《燕京乡土记》、《红楼风俗谭》、《水流云在书话》等。

一九八六年八月邓云乡在河北正定宁荣街

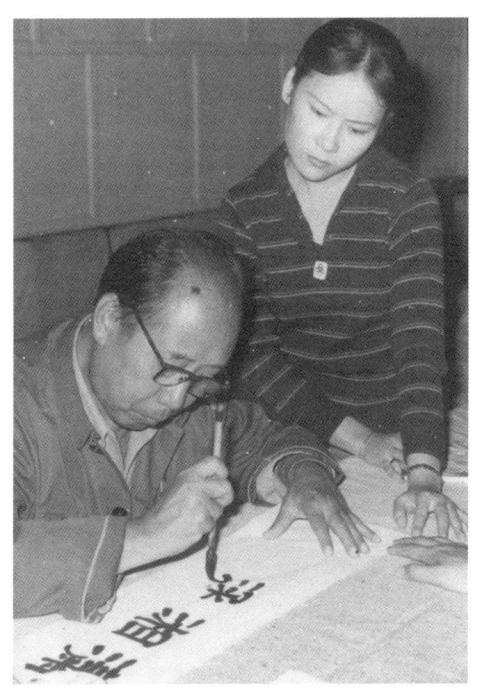

一九八四年邓云乡为《红楼梦》剧中官船题匾

邓云乡给电视剧《红楼梦》剧组演员说戏

出版说明

  邓云乡(一九二四——一九九九),学名邓云骧。山西灵丘人。教授。作家,民俗学家,红学家。出生于书香世家,祖父和父亲都曾在清朝为官。幼时生活在山西灵丘东河南镇,一九三六年初随父母迁居北京,一九四七年毕业于北京大学中文系。做过中学教员、译电员。一九四九年后在燃料工业部工作,一九五六年调入上海动力学校(上海电力学院前身),直至退休。

  邓云乡学识渊博,文史功底深厚。为文看似朴实,实则蕴藏着无穷的艺术魅力。其旁征博引,信手拈来。不论叙述民风民俗,描摹旧时胜迹,抑或是钩沉文人旧事,探寻一段史实,均娓娓道来,语颇隽永,耐人寻味。

  此次中华书局整理出版的邓云乡作品集,参考了二〇〇四年版《邓云乡集》,并参校既出的其他单行本。编辑整理的基本原则是慎改,改必有据。具体来说,就是:

  一、凡工作底本与参校本文字有异者,辨证是非,校订讹误。

  二、凡引文有疑问之处,若作者注明文献版本情况,则复核该版本;若作者未能注明的,或者版本不易得的,则复核通行本。

  三、作者早年著述中个别用字与当代通行规范不合者,俱从今例。

  四、作者著述中某些错讹之处,未径改者加注说明。

  五、本次整理对某些书稿做了适当增补,尽量减少遗珠之恨;有的则重新编排,以更加方便阅读。

邓云乡与中华书局渊源颇深，生前即在中华书局出版《红楼风俗谭》、《文化古城旧事》、《增补燕京乡土记》、《水流云在丛稿》等多部著作。此次再续前缘，我们有幸得到其家属的大力支持，不仅提供了邓云乡既出的各种单行本作为编辑工作的参考，并以其私藏印章、照片、手稿见示，以成图文并茂之功，在此谨致谢忱。

中华书局编辑部

二〇一四年十二月

目　录

红楼诗草

红楼零简

·

前　言

一九八七年六月二十七日，我自北京十三陵天寿山饭店参加"电视连续剧《红楼梦》学术研讨会"归来，感到十分欣慰。电视连续剧《红楼梦》拍摄完成了，第一轮播映也即将结束了，这次学术研讨会就是为此而召开的。主办单位有中国电视剧艺委会、电视艺术家协会、中国电影报、中国红学会。研讨会上，大家发言热烈，我听了后自然受益很多。而令我深有感触的是，电视连续剧《红楼梦》的拍摄完成，播映后获得广大观众的观赏，这件事本身，不论从红学研究，还是从电视艺术的成果来说，都是值得重视的。

我作为一个《红楼梦》爱好者、研究者，有幸参加了《红楼梦》剧的拍摄工作，这确实是一个很不容易获得的学习机会。曹雪芹的《红楼梦》，本是一部集中华民族文化大成的书，是融中华民族艺术风格于一炉的书。作为一部小说，它的深度、高度、文化内涵和艺术境界，可以讲是任何其他艺术形式难以超越的。电视连续剧《红楼梦》，虽然说据原作改编，编导者又力图展现原作面貌，但是，真正做起来又谈何容易！纵然是努力、严肃、认真地去追求，结果或许也只能是在某种程度上展现了原作的精神。其中，有神似之处，有形似之处，有近似之处，自然也可能有背谬之处……总之，小说《红楼梦》和电视连续剧《红楼梦》，绝不可能完全一样。而其间的差异，来自历史的差距、生活的差距、艺术才华的差距……有许多东西是可望而不可及的。况且还有种种条件的限制，又怎么可能希望事情的结果都尽如人意呢？但

1

毕竟它获得相当的成功，这又是使人感到十分兴奋的。

几年来，我随《红楼梦》剧拍摄组，天南海北，亲自体味到拍摄工作中许许多多的甘苦。现在，看到荧屏上展现的一幕幕"红楼"画图，当时拍摄的种种情事，便时时浮现眼前。前景历历，禁不住梦魂牵绕。在我的记忆中，在个人心灵的"荧屏"上，也有幅幅令人心驰神往的画面展开。正如明末张宗子《陶庵梦忆》序言中所说：又是一番梦忆！荧屏上的画面，保存在录像带上了；记忆中的画面，又怎能让它成过眼云烟，不予保存呢？此《红楼梦忆》之所以作矣！

当然，这不是什么大著作，无宏论之可发，无"超前意识"之可谈，说不上宏观，也说不上微观，只是零散地记录些《红楼梦》剧拍摄的经过而已。所忆、所记，都是些拍摄过程中发生的趣闻琐事，因之又名为"散记"。

在《红楼梦》剧拍摄过程中，随剧组到各处，偶然兴之所至，发起酸气来，也写了一些诗词。有随时发表了的，也有未发表的。这些诗词，不少已引用到《梦忆》诸篇短文中了。至于未引用的，觉得弃之可惜，便自选其可存者，汇成《红楼吟草》，附在这本书里，或许不曾辜负了当时的诗心！

此外，年来各种报刊约写有关《红楼梦》和有关"红楼"电视短文的很多；在朋友们的催促下，长长短短也写了不少。因为都是零星的断篇残简，所以名之为《红楼零简》，作为本书的第三部分，统统奉献给读者，也是野人献曝之意吧！

因此，这本小书共有三个部分：一是《红楼梦忆》，二是《红楼吟草》，三是《红梦零简》。在这部书里，当然以第一部分为主，其余皆可作为附录视之。

一九八七年七月小暑后一日

记于沪东水流云在轩雨窗下

2

红楼梦忆

惜别词

　　《红楼梦》电视连续剧①九月二十一日在河北省正定县新建"荣国府"、"宁荣街"拍完最后一个大场面，外景基本上完成了。剧组大队人马撤回北京，再补拍一些零星镜头，便将全部完成前期工作，转入后期制作。我提前一天回到北京，翌日即乘车回沪。

　　来去匆匆，思想上整天考虑的是如何安排好时间。赶回上海，一面忙于新学年开学，学生上课；一方面又因苏州建城二千五百周年纪念，园林局友人、文管会友人都曾委托一些事情要帮忙办理。"俞樾故居"曲园前面春在堂、乐知堂部分已经修复，需参加开放盛会。这个时期，十分忙乱，忙得我似乎没有意识到"红楼"电视已经拍完了，大家要分手了，依依惜别之情，一时还未在我感情中浮现……

　　王扶林导演来了封信，我读着信中的词句：

　　　　北京市领导不忘《红楼》在倡建大观园的功绩，二日中午在一家很有特色的饭店宴请剧组领导和演员，王蒙、艾知生二位部长也应邀参加……今天下午三点在彩电中心大门口全体合影留念，并聚餐、联欢。三年来的创作生活，同志们共患难、同甘苦，到今天眼看分别在即，不免要动情。这三年，您是见证人，也是艺术创作的指导者、参加人。我想

---

①　指 1987 年由王扶林导演的 36 集《红楼梦》电视连续剧。

3

也会有不少感慨,若有诗兴,不妨来它一首。我想电视杂志一定会拍手欢迎的。

这时我忽然感到有些黯然了,"黯然消魂者,惟别而已矣"。我忙乱的思维忽然得到突破,惜别之情涌上心头了。我写了一首词,谱的是《水调歌头》:

> 三载月明夜,客里过中秋。新添华发双鬓,都是为"红楼"。记得黄山云海,多少锦城秀色,千古说悠悠。收拾荧屏上,滋味在心头。 访古郡,兴营造,拟公侯。荣宁府邸,深深庭院又勾留。宝黛痴情万种,阿凤繁华过眼,花落水东流。惜别情无限,"真假"似云浮。

在词前,我加了一段小引:

> 为红楼电视,甲子于黄山太平,乙丑于成都灌县,丙寅于正定古郡,客中三过中秋。重阳前,镜头均已拍竣,导演王扶林兄来书索词。回思三年中为"红楼"同甘共苦,今幸而成功。惟分手在即,离情不免继之。故谱小词赠之。

这样,用小词抒发了我的惜别之情。

白发"红"缘

新添华发双鬓,都是为"红楼"。

虽然不是好词,但我说的是实话。由一九八四年二月开始,在苏州甪(lù)直拍序集的镜头,到一九八六年九月底全部完成,实足用了两年零八个月的时间(除去演员训练班等准备工作、案头工作时间不计外),共拍万把个镜头,严寒酷暑、起早摸黑……其辛勤劳累,真可以说是笔难尽述。导演王扶林同志两三年来,大家异口同声地说他头发白多了。我也明显地看着他两鬓白发增多……"莫等闲白了少年头,空悲切!"但这不是"等闲"白了,而是为"红楼"白了。为了祖国这份伟大文学遗产——《红楼梦》的普及,为它变为更形象的电视艺术,新添几缕白发,是值得的。"白发",是三年辛勤艺术生涯的甘苦见证,也是三年辛勤艺术生涯的欣慰收获。

说是三年,其实还不只三年。早在一九八二年秋天,在上海漕河泾上海师范大学(当时还叫上海师范学院)召开的第三届《红楼梦》学会年会上,王扶林导演就特地到我房间中找我谈话,讨论把《红楼梦》改编成电视剧、筹备拍摄等问题。屈指算来,实足也还不到三年半的时间。他现在两鬓花白,而当时却还是头发乌黑、风度翩翩呢。

这是我和他初次见面,是红学会秘书长胡文彬兄介绍的,但他并未同来。二人初见面却都是自我介绍。当时谈到最后,一致感到:把《红楼梦》拍摄成电视连续剧,是极有意义的。但是原作的艺术境界太高,改编拍摄,条件距离太远,困难太多了。当时他还说笑话:不但钱是个无底洞,不知要花多少;而且这个宝玉,一会儿谈诗论文,像个大人;一会儿猴在凤姐身上,倒在王夫人怀里,像个孩子……忽大忽小,似男似女……上哪里去找呢?

在第三次红学会期间,我们谈过两次,此后,一隔就将近一年半,再未见面,也无联系。一九八三年秋,在南京开红学会年会,扶林兄未来,只遇见编剧之一的周雷兄,告诉我剧本已写好,准备开拍了。我听了很兴奋,但因同此工作无关系,只是一般的祝贺而已。其心情只不过像一个一般的"红迷",特别关心此事而已。

我怎么会和《红楼梦》电视剧再结艺术姻缘呢? 那是在一九八四年春节前五六天,天气很冷,我正在我那六点三平方米的小屋中哈冻写稿。忽然一阵叩门声,我拉开房门一看:一位不认识的、穿棉军大衣的姑娘站在门前,自称是《红楼梦》电视剧组的工作人员,带来了编剧周雷的亲笔信,找我有事。我一看信,原来是要我去苏州"准备"一条二百年前的街道,街上要布置种种摊贩……

事情很突然,但我义不容辞。第二天下午,我和三位同志一齐赶到苏州,开始结下"红"缘。

姑苏岁暮

多亏了苏州老友，画家、诗人王西野兄帮助，使我能在苏州广结"红"缘，完成了剧组的任务。

那天下午，我们匆匆赶到苏州，下榻姑苏饭店。当晚，即和西野兄研究工作，要布置一条二百多年前的姑苏小街——《红楼梦》中写的是"这阊门外有个十里街"。实际可以看出是以"七里山塘"的山塘街为背景的——都应该有一些什么摊贩，先草草作一计划：什么卖桃花坞年画的呀，卖虎丘泥人的呀，支着绣床卖苏绣的呀，卖糖粥的"骆驼担"呀……以及卖花、卖鸟、测字、算命等等，一下子罗列了几十种。这时离开拍不过半月左右。这些古老的摊贩，稀奇的道具，该到哪里去找呢？决定第二天邀请几位能帮忙的开个会。

恰巧第二天是星期日，又是农历腊月二十七，家家忙着准备年菜。而那天又下着大雪，事情很急，只好包了个车，冒雪挨家把客人从厨房中请了来。都是熟朋友，大家一听说拍《红楼梦》电视剧，都感到很兴奋，愿意主动帮忙。

苏州刺绣研究所主任、著名画家、刺绣专家徐绍青兄，把所中珍藏的乾隆年间木版桃花坞年画和康熙、乾隆年间的绣品、帐沿、衣裙、荷包等都拿了出来，并由研究所中年轻的女刺绣家来担任临时演员，届时摆摊表演。苏州博物馆领导也大力支持，拿出馆藏清代前期的虎丘泥人——俗名"落架"来参加摆摊，并由馆中的一位会捏泥人的老先生充当临时演员。这种泥人就是

《红楼梦》第六十七回所写："一出一出的泥人儿的戏，用青纱罩的匣子装着，又有在虎丘山上泥捏的薛蟠的小像，与薛蟠毫无相差，宝钗见了……不禁笑起来了。"

这些用泥捏的人头像，加上粉彩，与真人面部颜色神情一样，身体不用泥捏，而是木架子。外穿小衣服，衣服还可以按季节更换，配上小桌子、小椅子，像生活行乐图一样。我读了几十年《红楼梦》，还是第一次见到这样的泥人小像。

沿街叫卖赤豆糖粥、馄饨等的"骆驼担"也找到了。这种古老的竹制小贩担子在苏州街头已消失多年，这次好不容易找到一付。这种担子造型特殊，两头翘起，一头下面可放小火钵，上置锅子，保持温度；一头有小架子、小柜等，可放碗、筷、调羹等；中间毛竹片扁担，扛在肩上，十分轻巧。而放在地上，样子像匹骆驼，所以叫"骆驼担"。这种古老的带有江南地方色彩的吃食担子，也像北京旧时的馄饨担、杏仁茶担一样，使用功能是多方面的。但北京的是木制，而"骆驼担"则是竹制，更为轻巧。

现在电视播出了，看见荧屏上"十里街"、"甄士隐"门前的摊贩，不禁想起前景，感到真像是昨天的事一样。

十里街·葫芦庙

　　早在我去苏州之前,剧组美工人员已经开到水乡古镇甪直,经过个把月的努力,场景十里街、葫芦庙、甄士隐家一一都搭出来了。剧组人员是过了春节陆续南下的。全班人马到齐,已经是灯节之后了,而且先在嘉善一所旧宅子中拍了一些甄士隐家中书房内的镜头,然后才来到甪直。

　　甪直,这个姑苏城东南六七十里路程、金鸡湖畔的小镇,却是大大有名的。从现代来说,它是叶圣陶老先生青年时期教书的地方。叶老的创作生涯,是从这里开始的,早期在文学研究会的创作,不少都是在这个幽静的小镇上写成的。当年到这里不通陆路,只有水路,要坐着脚划船,哗啦哗啦地划来。

　　甪直,有极著名的古刹保圣寺。庙中的罗汉据传是唐代杨惠之所塑,是我国最古老的塑像,比著名的元代刘元塑,还要早二百多年。半世纪前,这著名的罗汉堂已残破不堪,罗汉像也只剩下八尊。后来叶恭绰先生倡导,由著名建筑家梁思成先生设计施工,把残破的罗汉堂,改建成为陈列馆,加了防火、防水措施,总算将这珍贵的古文物保存下来。而更重要的是对塑像本身,未加任何修补粉饰,保存着原有的神态风格。这就叫作"整旧如旧",是保存古文物的典范。可惜的是,不少人不懂这点道理,使不少古建筑在修缮中反而受到破坏。

　　甪直,如再往上追溯历史,那就更久远,可以远溯到唐代名诗人陆龟蒙的故里,斗鸭池的所在地。不过这些不必多说了,所要说的只是《红楼梦》。

《红楼梦》一开始写的不是京城,却是苏州:

> 按那石上书云:当日地陷东南,这东南有个姑苏城,城中阊门……这阊门外有个十里街,街内有个仁清巷,巷内有个古庙,因地方狭窄,人皆呼作"葫芦庙"。庙旁住着一家乡宦,姓甄,名费,字士隐……

"甄"者,真也,"费"者,废也,"士隐"者,事隐也。读者可鉴,《红楼梦》是假的;而这姑苏城、阊门等等却还是真的。但在今天苏州阊门外,又如何能找到二百年前的仁清巷、葫芦庙呢?——自然这又是假的了。

甪直小街,不足一丈宽,古老的石板路,却很热闹,路顶头便是河,狭窄的小街尽头对着一座高高的小石桥,在石桥搭一个小牌楼,写上三个字,便是十里街了。

街中间转进去,一条短巷,一座古刹,便是著名的保圣寺,寺门换块用"米波罗"塑料做的匾,就是葫芦庙了。妙在庙门前有座古老的石井,而且还有井亭,正好让小沙弥打水,古老的意境多么理想啊!

"假作真时真亦假",《红楼梦》中,真真假假,谁能弄得清呢?第一、二集中有不少镜头,请观众在荧屏上细细地去观赏研究吧!

开机典礼

在甪直除去拍十里街、葫芦庙、甄士隐家门前诸场景外，还拍了一场贾雨村升了县太爷，"乌帽猩袍"，坐着大轿上任的戏。这场戏是在甪直东南面河道口，一座古老的大桥上拍的。执事、轿子缓缓地由桥上下来，镜头推近，现出纱帽红袍、端坐在轿中的贾雨村的上半身。贾雨村出来做官，《红楼梦》第二回写道：

> 原来雨村因那年士隐赠银之后……大比之期，十分得意，中了进士，选入外班，今已升了本县太爷。

"大比"是在京城举行的"会试"，春天举行。先在贡院（即国家考场）考，取中的发一榜，再到皇宫考，分出等级。三等的泛称"进士"，分配工作。"内班"在京中各部报到，分配当差。"外班"到各省的县中做县丞（相当于副县长）、教谕（如教育局的职责）以及小县知县（全称"知某某县事"，官场中客气称呼叫"大令"，百姓称"县太爷"、"大老爷"等），然后再升知县或大县知县。所以原文叫"今已升了本县太爷"。知县是七品官，下面还有八品、九品的小官，到"九品"为止。下面极小官吏均叫作"未入流"了。孙悟空的"弼马温"，就是"未入流"。贾雨村穿明代的官服：乌纱帽，大红圆领，七品补子。但《红楼梦》作者预先声明他的书无朝代可考，所以不明写明代或清代官服，只写"乌帽猩袍"四字。猩是"猩猩红"。据说染红色加"猩猩血"之后，可

11

以永不掉色。

顺便说个笑话:演贾雨村的刘宗祐同志人很高大,美工同志把他坐的那顶轿做的很结实,都是好木头,分量很重。甪直中学的同学做临时演员抬轿子,十分吃力。而拍摄时,一遍两遍拍不好,坐轿的"官"很舒服,而把抬轿的同学却给累坏了。现在想想,还感过意不去。

拍这场戏时,作为整个《红楼梦》电视剧拍摄的开机典礼。总监制戴临风、电视剧制作中心阮若琳、副总监制胡文彬、编剧刘耕路等几位同志,都由北京赶来参加。在大桥下面,摆了一排椅子,面对拍摄现场。地方领导和大众电视等报刊的记者也都来了;看热闹的群众也很多,场面十分热闹。

这天天气很好,但过了一天寒流来了。原想"二月春风似剪刀",谁知江南水乡农村春天的寒冷,是十分"结棍"的。北京的客人,以为南方比北方暖和,换上春装,衣冠楚楚地到甪直来了。而甪直小地方,没有取暖设备的高级旅馆,只有江南式的客栈、招待所。住在上下飕飕透着冷风的小客栈中,在北京暖气房间住惯的人,犹如置身于雪柜中,实在受不了,都匆匆而来,又匆匆而去了。最后闹元宵、火烧葫芦庙等大场面他们都未参加。

甪直最后大场面,直拍到午夜三点多钟才结束。完成了《红楼梦》电视剧最早序集的摄制任务,实际等于"练兵"。这时宝、黛、钗是谁还不知道呢。

记得祝愿词

如果用工业上的术语说《红楼梦》电视剧的拍摄,那它就是流水作业,或是多条流水线同步进行。在用直拍摄的同时,找演员的人员已在全国各处开始"选美"了。

坐惯办公室,或习惯于上班、下班三班倒的人,是很难想象影视摄制组的工作时间和工作条件的。在摄制现场中,没有什么上班、下班、星期天休息等等,演员没有戏时,还可以休息、看书学习等等。而导演、摄像等工作人员,那只要一到现场,是一刻也不能分神的。需要工作几个钟头,就得全神贯注"战斗"几个钟头。如第一、二集中出现的闹元宵、龙灯、喷火等场面,原来资料拍得很多,那场戏几乎紧张了一个通宵。有时沉重的摄像机要扛在肩上,跟着场景转,而且还要爬高、跪下来、矮下身来……亏得摄像李耀宗同志是位棒小伙子,体力差一些是干不了这个的。说真的,这活儿真比拍电影的摄影师费力多了。

不止此也。在奇冷、奇热、风中、雨中、泥泽中都要拍摄。如在《红楼梦》剧的《简介》中,凤姐死后,被狱卒拖着尸体在雪中行走的场面,那便是在东北哈尔滨野外雪地上拍的,零下三十度。摄像机在露天工作二十分钟,便拿到房中暖一暖。一进热屋子,摄像机外壳便像雪柜中的冰室一样,立刻蒙上一层雪白晶莹的霜。其冷,读者可以想见了。由此一点,我也想起电视剧《今夜有暴风雪》拍摄的艰苦程度。坐在电视机前的观众,是否能尝到这些滋味呢?

用直拍摄告竣,回到苏州,小住二三日,但并没有闲着。在网师园、寒山寺,各拍了一些镜头。一、二集中,有一个甄士隐抱着小英莲摘"吊金钟"的镜头,就是在网师园拍的。

拍完之后,又到天池山、同里等处采景,这可以叫作忙里偷闲、见缝插针吧。因为这样大的戏,要找一些理想的场景,不花很大的精力去采景,是不行的。不过在这两处采景结果,未能找到大量理想的镜头,便匆匆而去了。只在同里一所破旧的明代古老宅子中,推开里院的小门,忽然一片红光呈现眼前,原来是一株高过屋檐、有一二百年树龄的盛开的木棉花,招展于料峭的春风中。我笑着对摄像李耀宗同志说:"这不是《红楼梦》中的场景,倒像是《聊斋》中的意境……"这一瞬间红艳艳的光华,给我留下深刻的梦幻般的记忆。

这次我送给导演王扶林兄一首《满庭芳》,词云:

> 甲子逢春,红楼旧梦,先生自是情亲。一天烟雨,佳节过吴门。依样葫芦景物,华灯照,疑假疑真。痴心在,东风欲舞,白发亦销魂。　　涕痕。知几许,葬花翠袖,修竹罗巾。把场面安排,妙手传神。莫负芹翁十载,谁记得,黄叶孤村。向空碧,银河万里,珍重问兰因?

开拍时的这首祝愿词,和今年写的惜别词,正好前后辉映。

开讲"江南风俗"

早在一九八四年三月初,在苏州甪直拍序集时,编剧周雷同志就对我说,他就要赶回北京准备演员训练班的教学工作去了。并约我安排好时间,去北京给演员讲课。

几周之后,接到他的来信,说是演员学习班已经开学,十分隆重。当时王昆仑老先生还健在,也来出席了开学盛典。王朝闻先生、周汝昌先生等都来参加了。信中还说:原约我讲"北京风俗"等等,现因这一专题,已请朱家溍先生讲了,要我讲一下《红楼梦》中的"江南风俗"。

四月上旬,我到了北京。剧组演员训练班驻地,在圆明园西洋楼大水法残石后面,一个全是平房、小有庭院的招待所。记不清是什么单位办的了,不过,也无须我替它扬名,因为它后来自己大大地扬了名。那便是在六月份发生了食物中毒事件,不少剧组小演员都送了医院,差一点出了人命。

头天到了北京,第二天就开讲。题目就是"《红楼梦》中的江南风俗"。

招待所中没有教室,讲课的地方是一间大会议室。听讲的人,有的坐沙发,有的坐折叠椅;讲课的人坐在沙发上,面对大家。坐在沙发上讲课,在我大半辈子粉笔生涯中,却还是头一次。不过这也有缺点:边上靠墙竖了一块黑板,要站起来写字,就比较费劲。

沙发前放了一个茶几,茶几上放一台录音机,一边讲,一边录音。管录音的是后来演湘云的郭宵珍,她原是安庆黄梅戏剧团的小演员。当时我并不知道,只看见个穿着黑色线衫的朴素的圆脸小姑娘,提着个录音机,一声不响,腼腆地坐在茶几边椅子上,把录音机放下,插上电源插头,又上好带子——一切都较文静、安详,似乎还没有显现出"湘云"的豪爽劲儿。

我本人是北方人,而从小却和世居北京的南方人作邻居,长大了又久客江南,岳家也是浙江人,风俗之南北异同,在情趣上感受也特别深。在前人的文学历史作品中,南北异趣的作品,我都有深切感受。既喜欢吃饺子,也喜欢吃圆子;既领略"燕山雪花大如席"的苦寒,也钟情"飞入梅花香不见"的清冷;既爱读《燕京岁时记》,也爱读专写吴下风俗的《清嘉录》……从某种程度讲,我是一个"南北和",但从某种程度讲,我又是个"南北异"。

像我这样的人,讲"《红楼梦》中的江南风俗",不是天造地设吗?坦率的老王卖瓜,还是可爱的——读者以为如何呢?

《红楼梦》中风俗习惯,大部分都是北京的,也有不少部分是受江南影响的。其故安在呢?很简单:"北京风俗"不等于北方风俗。曹雪芹写《红楼梦》时代的那个北京城——也就是明成祖永乐年间修的那个北京,到他写出时,已作了三百五六十年首都。江南人、江南风俗大量影响首都,《红楼梦》中怎么能不写到呢?这次讲稿,后在北京续成,曾经发表在刊物上,现在收在《红楼风俗谭》一书中。

课内课外

在我讲课之先,北京不少先生们都已讲过了。不过他们几位都家住北京,讲时接来,讲完送走,没有住在所中的。只有我是从上海来的,讲在所中,住在所中,比较方便。但远道而来却不容易,因此应周雷兄之嘱,又讲了好多次,这都是在原定讲题之外的,如各种游戏、诗词格律等等。可惜这几次讲课,事先未写好讲稿,而讲时却又偏偏没有空白录音带了,没有录音,事后未能回放笔录整理成文。

因我住在所中,不但讲课方便,随叫随到,而且提问方便,学员们随时可以到房间中来找我,这样很快便和学员们熟悉起来了。真像曹雪芹所写,这些学员们正是"混沌世界,天真烂漫之时"。虽然学员们实际年龄比曹雪芹所写大观园中的女孩子略大些,但也大不了多少。有几个当时只有十六七岁,个别大的也不过二十三四岁,一般都在十八九和二十之间,真可以说是锦绣年华。得到这样一个学习机会,讲课的都是各方面的专家,又是这样富有思古幽情的学习地方,真比上什么著名大学还难得。

她们和他们,都是来自全国各地:东北远到哈尔滨,西面远到成都,江南南京、上海、扬州、杭州、安徽、合肥、安庆,还有远到南宁、昆明的……祖国各地,济济一堂,都是未来的"大观园"中的娇客。

因为我是江南来的,不少南方的便和我谈"乡谊",如后来演袭人的袁玫。她是安徽省黄梅剧团青年演员,家住安庆,在上海拍过电影"女驸马"。同我聊天，总是"咱们南方"如何如何了。这样的姑娘也还有好几位。前期演迎春、后来考上电影学院的金莉莉，是杭州郊区余杭县的农村姑娘，更欢喜和我谈杭州——本来么：上有天堂，下有苏杭。伶牙利齿的杭州姑娘，老实说，她也不大像"二木头迎春"。

与此相反，北京姑娘，知我是"老北京"，说的一口京话，谈起来便也同老乡一样了。学员中不少位都是北京土生土长的，如演妙玉的姬培杰、演司棋的古彤。古彤怯生生地拿了她写的旧体诗习作本子给我看……

演凤姐一举成功的邓婕，原是四川省川剧团的青年演员。正好住在我隔壁房间，和金莉莉、袁玫同室，谈起川剧，十分兴奋。多少年前，全国戏剧汇演，我看过名川剧演员演出的《秋江》，近年又看过川剧电影。谈论兴高采烈之际，承她不弃，为我在走廊中曼声细唱《活捉王魁》中焦桂英的唱段，而且还走了身段，没有乐器伴唱，反而更清、更淳……

春风夜话

二十天来，除一次骑车漫游圆明园残址，其他朝朝暮暮，在那名园林莽残址中散步了多少次，也记不清了。而其中最值得怀念的一次，便是在大水法残石畔月下的闲谈。

那是一次怎样的闲谈呢？不妨先抄我一首词的"小序"，以见当时情景：

> 甲子四月初五日立夏，黄昏后，与周岭兄等闲步圆明园废址林莽间，漫谈烧园故事。余道及那拉氏杖杀汉宫人四春惨状，相与太息者久之。不觉暝色四合，新月欲残，夜已阑矣。因谱《摸鱼儿》志之。

从这小序中，读者可以约略想见当时的情景。这里不妨再细说几句。招待所中住了几天，讲了几次课，和学员们十分熟悉了，很快形成一种习惯，即早晚之间，一同去圆明园旧址的荒僻小径上去散步，或是边走边谈，或是立在那里闲聊。环境、季节那样好，大家又有着共同兴趣，而又没有任何拘束，正如古人说的"四美具、二难并"，所以谈起来，特别有兴趣。不过这种闲谈，大多是她们提问、引头，而由我来谈。联系眼前的废园，那还是谈圆明园的话题最多。由园的被焚毁，谈到西太后那拉氏，又由那拉氏谈到宫中情况，各种制度、礼仪等等。我当时也有意多谈一些这方面的情况，意在给她们一些启发，唤起她们的想象——

甚至可说是种种幻想,这对演好《红楼梦》中的随便哪个角色,都是十分有意义的。

《小序》所说之"夜话",参加者除周岭兄外,记得尚有哈尔滨姑娘、后来演夏金桂十分成功的杨晓玲,后来一直做场记的李曼。还有两三位是谁记不清了,散步回来,立定在"大水法"残石边,听我讲说故事,主要讲"四春"故事。

清代宫中不能有汉人嫔妃,但清代宫廷从清初即从江南苏州、扬州购买女子。圆明园中一般可以不按宫中规矩,所以圆明园中有汉女宫人。咸丰皇帝奕詝最宠爱四个汉女,分居四大景之一。居"镂云开月"者名"牡丹春",居"杏花春馆"者名"杏花春",居"武陵春色"者名"武陵春"。另有"海棠春"园册无名。当时宫中号称"四春",均系供奕詝玩弄蹂躏之汉女。据传后来"四春"都被那拉氏活活杖杀……听者动容,谈者忘倦,不觉夜已深矣。回室便填了这首《摸鱼儿》,词云:

　　　　立斜阳,废池嘉树,闲将风月评说。惜春光景,丁香花下,多少落英如雪。眉样月,蓦然见,一痕曾照残宫阙。西山清绝。妩媚更无言,朝朝暮暮,相见应难别。　　　前朝事,戎马倥偬火烈,霓裳顷刻消歇,雕云镂月开明镜,肠断绮年华发。伤碧血,夜阑处,水边似听人呜咽。摩挲断碣,剩未了情,寻思他日,再看野花发。

曹雪芹纪念馆

　　在五月一日劳动节前，剧组为学员们安排了一次参观、游览。游览香山，参观大观园沙盘模型，参观曹雪芹纪念馆。

　　那天天气特别好，一路新绿宜人，春花似锦。两部大旅游车，把学员和工作人员们全部送到香山脚下静宜园门前。四五十位穿着新式春装的姑娘，像一簇艳丽的鲜花一样，使香山脚下密如蚁阵般的人群，目为之眩……

　　我也有近二十年未逛香山了，突然发现香山门前比昔时厂甸门前人还多，还挤，我真有些愕然了……

　　望着鬼见愁顶上细如米粒排队等乘缆车下山的人群，我早已无意游山，只在下面转了转——这次活动只有参观给我留下深刻的印象。

　　大观园沙盘模型，我是第一次见到。这是一座十几平方米大的模型，是以《红楼梦》中"宝玉题对匾"、"元妃省亲"、"刘姥姥逛大观园"、"检抄大观园"等回目中所写的路线制作的。按一定比例制成的建筑沙盘模型，不同于中国传统营造中的"烫样"，而是点缀了花木人物的工艺模型。原来模型中有四百多个不到一寸高的仕女小人，装饰在各处，据闻是六十年代一位七十来岁高手老艺人制作的，其精美可以想见了。

　　这个模型一九六四年曾运到日本各地展览过。国外展览回来，没有与国内见面，就因为众所周知的原因——被打入冷宫了。扔至仓库中，十分幸运，没有被破坏；三中全会之后，重见天日,只是搁置年久,损坏不少。"小人儿"也坏了,遗失了不少,展出前要加修补。而原作老艺人早已成为古人了,岂不可叹?——这个模型,就是今天在北京新建大观园的雏型。

曹雪芹纪念馆,那真是个极为萧疏、爽朗、风景优美的所在。面对香山、西山,峰峦起伏,一派绿意;门前不远,一条小河,流水淙淙而去;侧面望去,看见的是半山间昔时八旗屯兵的残破营垒;短短的院墙小街门前,乱石砌的台阶,有几株标志着岁月的老槐树,浮着春光中的嫩绿,闪着日影中的游丝……这个处所,不论真假,都可以想象"举家食粥酒常赊","不如著书黄叶村"的曹雪芹了。我徘徊、低回者久之,也写了一首《永遇乐》,词云:

> 黄叶孤村,我来偏是,春暮时候。四望青山,迎眉嫩绿,照映浑如绣。古槐陋巷,闲花野草,午韵消磨清昼。小门中,纸窗土炕,待赊两杯村酒。　　思量旧日,斯人幽独,蛩唱秋灯户牖。收拾繁华,惟余憔悴,风月随更漏。著书情远,柝声哀怨,文字漫留身后。任流水,年年绕屋,落红漾走。

首次小品练习

演员第一阶段学习，主要是学习《红楼梦》，理解《红楼梦》；第二阶段学习，则是学习表演艺术；在两个阶段之间，有第一次小品练习，目的是为第二次、第三次打下基础。

在演员学习班的前一阶段，导演在家忙于写分镜头本子，没有到训练班来。直到小品练习那天，他才赶来。见面第一句先问我：

"老兄，你看这些演员怎么样！"

说笑之间，又似问话，又带自豪。

"真不容易，聚集了这么多'大观园'中人。"

我的回答，既表示赞赏，又道出艰辛。

演员们作第一次小品，准备是十分认真的。因为都十分熟悉了，所以接连不断地拥到我房中来问长问短。

第一次作小品，初步显示了这些姑娘们的表演才能，如后来全剧中发挥大作用的陈晓旭、邓婕、张莉、袁玫、成梅、周月、刘继红、郭宵珍、郑铮、姬培杰、陈剑月、杨晓玲等，都作了很充分的表演。不过这次小品，只是给人留下了初步印象，还未定"终身"呢。但就是这次初步印象，也使人能感到谁的"戏"多，谁的"戏"来的快；而另一方面，也使人看到明显的差距。

这些演员，从年龄上说，都比较接近大观园中女孩子们的形象；从外貌上说，都是十分漂亮的。但有此条件，并不能说就能演好戏，更不能说就能演好"红楼梦中人"。年龄、外貌固然重要,而不能演戏,表情出不来,也是枉然。学员中有一位姑娘,只有十六七岁,最小,长相十分美。但是做不来戏,不要说正面,背影都站的不是地方。怎么办呢? 只好割爱,十分遗憾了。原因就是:选演员不是选美,而是要选出个性,选出戏。不过就《红楼梦》来说,年轻、美貌,当然是必要的。人到中年,纵然名气再大,演技再高,对于"十二金钗"说来,那也是无能为力了。这是剧组坚决选用年轻新演员的道理。

在后来,有的报纸记者,问演员看过几遍《红楼梦》。其实剧组的演员在学习班中,就是把《红楼梦》当作教科书的。讲原作时,要看《红楼梦》;练习小品,以及后来写角色自传和长期的演出过程中,也都是随时翻阅原作的。所以演员回答记者也妙:我们自己也不知看了几遍。其实,这还不只是看几遍《红楼梦》的问题。而更难解决的是:时代隔阂问题,古老文化的修养问题,传统闺秀生活与现代青年女性生活的差距问题……戏好演,而生活更难于表现。回头一看,差距在此啊! 真正达到曹雪芹的艺术标准,又谈何容易! 因此只能是各种程度的"近似值",不可能奢望出现"等号"的。

小谈服装

　　圆明园讲习班在第一次作了小品练习之后,转入第二步学习内容,重在表演艺术的培养,以便第二次作小品认定角色。我因上海原单位有课,要赶回去,匆匆而来,匆匆而去,挥手向这残破的历史名园告别了。虽然时间短暂,却仍难免依依惜别之情。临行前,制片主任任大惠同志,当时是演员讲习班的负责人,诚恳地问我意见。我也坦率地说:招收的这些位青年演员太好了,都是来自全国各地的,很难得;因而责任也就更艰巨。培养人比建设大厦还要难,何况这些年轻姑娘……

　　如今,拍摄任务完成了。《红楼梦》在全国播放,引起了热烈的反响。演员们都艰辛地完成了自己的学习任务、演出任务,各人都获得了不同程度的成功。有的人考上了电影学院、戏剧学院深造去了;有的又担任其他戏的重要角色,走上新的岗位……但是也有极个别的学员,因了不应该发生的事,不得不半途而废,离开剧组……回想三年前我的话,对于后者说,也不是杞人之忧,多少有点感慨与惋惜了。

　　临上火车前,我特地约了胡文彬兄和服装设计师史延芹同志和司机同志,在新侨饭店吃了顿便饭。因为我住在圆明园,他们都在城里。我在京期间,一直没有很好叙谈过。想在这里一边吃饭,一边好好谈谈。再有这里离火车站近,吃完饭正好上车。就是说一举数得。

　　大家谈论的中心,集中在服装设计上。我想《红楼梦》中的人物造型,服装是一个大问题。纱的、单的、夹的、棉的、皮的、家常的、出客的、喜庆的、办丧事穿的、有品位的、没有品位的、主子的、奴才的、绸的、缎的、镶边的、刺绣的、缂丝的……名目繁多,数不胜数。而《红楼梦》又是一部不标明故事朝代的书(写书时代虽然明确,而故事中却对此点十分隐晦),在服装描写上,也明显地看出其用心。写王爷服装"白簪缨银翅王帽",全是梨园妆束;写有品位的,则是"按品大妆",一笔带过;只有写到姑娘们、丫头们这群女孩子的服妆,才十分细致,衣裙楚楚,代表了作者当时生活中的服装。

《红楼梦》电视剧在历史背景上,要求的明清之间,服装设计便按此要求制作。总的是突破戏剧框框,作出"活生生"的服装,要生活化、要美、要华丽,能够显示出《红楼梦》的风格。

这次谈话,十分热烈,不觉忘了时间。经司机同志提醒,才连忙想起去车站。而车票却因故丢在招待所,未带来……一副狼狈相,现在想想还可笑。多亏司机同志帮忙,才顺利赶上火车,回到上海。

上海找"宝玉"

　　圆明园演员训练班,在六月底告一段落。演员们所担任的角色都已分配好了:陈晓旭演黛玉、张莉演宝钗、邓婕演凤姐等等,已成定局。这作为训练班的第一阶段,也可以叫作第一学期吧。天气也很热了,便放了假,演员各回各家,等候通知。

　　这时我不在北京,我在上海。

　　而剧组呢?虽然林妹妹、宝姐姐、凤丫头等都有了,但那还是演不成"红楼梦"呀!宝哥哥还没有呢,让林妹妹怎么办?"老祖宗"还没有呢,让凤丫头怎么办?还有薛姨妈、刘姥姥……不少戏很重的人物,都还不知道在哪省哪市、何街何巷……不止此焉,导演力量也感到不够,如果双机同开,一位导演怎能有"分身术"?

　　七月间,好多家报纸登出了寻找"宝玉"的新闻,一时成了全国影视迷们极感兴趣的花边消息。毛遂自荐者大有人在,据说投书北京报名参加"宝玉"角逐——甚至可以说是"竞选"者有一两万人之多,剧组不得不成立了群众来信组,专门处理这些"宝玉候选人"的来信。连远在上海、僻处沪东斗室的我,也收到不少封不相识者的来信,还附了正面、侧面拍摄很漂亮的照片。青年人爱慕影视艺术和《红楼梦》之痴心,于其笑容中宛然可见——不过遗憾的很,哪里用得了这么些贾宝玉呢?——上万名"宝玉",一二三……报数,那不要编成一个"红楼梦"师了吗?——真是大笑话。看来这个广泛征求群众来信的办法,还解决不了问题,还要下功夫大海捞针去找、找、找……

但是找的人可就太艰苦了。负责找"宝玉"的顾凤莉等一路人马,由浙江温州、杭州等地方绕了一个圈子,来到上海,打电话给我,约定见了面。那些日子正是高温天气,每天三十七八度以上,旅途劳累,热得真够呛!我还陪她在上海看了一个"小宝玉"——自然不行。

不过正在这时,北京传来惊人的消息,"宝玉"基本上已找到了——"红楼梦天下事大定矣",这时大家稍微松了一口气。

顾凤莉同志是北京昆剧团的名演员,是上海戏校昆剧班毕业的,和现任上海昆剧团团长的华文漪同志是同学。二十五年前,王昆仑先生新编昆剧《晴雯》,就是她演晴雯。当年这台新昆剧,剧情缠绵,演员都是新毕业的学员,都是南昆"传"字辈老演员的得意弟子,风华正茂。顾凤莉演晴雯哄动京沪时,只有二十岁。二十五年过去了,美人迟暮;而当年"晴雯",却又为今日"红楼梦"焕发青春,这就是今日不同往昔值得珍贵之处。

"红楼西席"

一九八四年七月末,我又回到北京。未在城内耽搁,当天即趋车去八大处北空招待所剧组驻地。直到九月初离开,在此共住了四十来天。

工作情况,大体可分两个阶段:开头两周仍是请专家来给学员讲课。当时各个学员所饰演的角色都已派定,各人心中有数,听起课来更专一,也就更容易提高了。记得课程都是周雷同志安排的,除让我讲了"礼仪"和"衣、食、住、行"等专题而外,还请了冯其庸、张毕来、周汝昌、蒋和森等诸位先生。

第二阶段是演员写角色自传和作所担任角色的化妆小品,类似舞台剧的正式上演之前的彩排。这是正式开拍之前的最后案头工作,也是每个人十分重要的最后准备阶段,似乎也可以比作训练阶段的最后"冲刺"吧。

演员写角色自传,每个人都是十分认真的,主要角色如此,次要角色也如此。比如饰演莺儿的刘玲玲同志,虽然所演角色戏并不多,但她却写了很长的角色自传。当然她的文化基础较好,但认真研究,却是更主要的。去年她在完成了演出任务之后,已考入戏剧学院深造去了。

因为我住在招待所内,和他(她)们朝夕相处,所以写角色自传时期,我房中川流不息,来问问题的特别多。原稿拿来让我修改,我便给这些小演员们改起稿件来,似乎真是以"老师"自居了。"人之患在好为人师。"教了半辈子书,最后当上了"红楼梦"中的教习,岂不更加"危险",岂止"患"而已哉? 不过,说来似乎超过了贾雨村、贾代儒,因为前者只教一人,后者却只教男学生。我教的比他们范围更广了,说句高级文言辞:"岂不懿欤!"我真想刻块"红楼西席"的闲章,但一直未能找到合适的刻手。读者中有哪位能与我结此"金石缘"呢?

所住招待所在八大处西北面。八大处是北京西山有名的风景区。招待所在一个山洼洼里,四望群山环抱,风景很好。由住楼到大门这段路散散步是很好的。饰演探春的东方闻樱女士,是一个十分好学的青年。每天晚饭后,她总是约我在这条路上散步,顺便让我给她简略地讲中国通史。这种在一个美好的环境中,边谈边走的讲课形式,在讲者与听者都是一种怡然自得的境界。而学校教育却总是关在千篇一律的教室中讲授,讲者絮絮,听者昏昏,辜负了数不清的春秋佳日,实在似乎是人生最大的一种损失。

这条路上,有几棵大树,一是偃松,二是老槐。偃松长得很低,却很大很老,树龄大约最少在二百年以上了,不知是清代哪位王公贝勒园林、坟茔的植物。因为西山这一带旧时园林、茔地是很多的,能种这样偃松的人家,自然非比寻常。清代最著名的是宣南慈仁寺的偃松,是当年王渔洋赏识过的。可惜小演员们只知道买花裙子、涂唇膏打扮青春年华,并不理会这一套。所谓"见乔木而思故国"的历史感,似乎也还是迂腐的老学究的感觉吧。世界又多绚丽,又感寂寞,应该如何想象曹雪芹和《红楼梦》呢?

正是八月天,山中也不凉爽。但北国气候的温差大,晚饭后,六七点钟,便凉快多了,因而这散步时的感受是最深的。

化装小记

　　在"八大处"时期，因为开拍的日期越来越近，各方面准备工作都在积极进行。化装组先搬到这里开始工作了。请来了兰州《丝路花雨》舞剧的著名化装师杨树云同志。树云同志是研究唐代化装的专家，对敦煌莫高窟壁画上的唐装和唐诗中的描绘，都作过对照研究。和我一见面，就把他在《兰州大学学报》上发表的论文拿给我看。记得是一篇讨论唐代仕女画眉的文章，资料翔实，分析细密，的确是专门之作。所以舞剧《丝路花雨》的化装获得巨大的成功，载誉世界，不是偶然的。一切都是来自学问中，自不同于一般就化装谈化装者。

　　他仔细地研究了各个演员的面型，和他(她)们饰演的角色。《红楼梦》主要是女孩子的戏，自然重点是要设计好这些女孩子——也就是"十二金钗"的装。"十二金钗"究竟是什么打扮呢？谁也没有见过。所见过的，都是假的，不是画，就是戏。由改七芗的"十二金钗图"，到梅兰芳先生的"黛玉葬花"，都是古装仕女的发型。《红楼梦》中人物，究竟梳什么样的头，带什么样的花，簪什么样的首饰才好，是颇费斟酌的。按照导创人员的假想，把电视剧《红楼梦》的时代，假定至明清之间，这样大体给化装造型定下了个大范围。

　　但具体设计，还要下功夫仔细研究。同样一个人，有盛装、淡装、便装、晚装、晨装、病装等等。生活中的装饰多种多样，电视、电影是更真实地反映生活的，因而也要针对剧情，富于变化，设计多种多样的发型、头饰。况且是《红楼梦》这样的大戏,如在发型头饰上没有创造,那是十分遗憾的。

树云同志精心设计,但这么多女孩子,都要在发型、头饰上显示出不同的风韵,也的确不是一件容易事。高超的艺术创造,过硬的化装技艺,也要在这里显示功夫。我特别欣赏他为尤二姐梳的头,一抹秀发,斜复额上,善良、妩媚又稍带娇艳之态,欣然托出。我称之为"二姐媚妆",为谱《如梦令》云:

> 一抹秀云眉上,妩媚更添娇样,记得嫁衣裳,笑语花枝深巷。惆怅!惆怅!飞入断肠罗网。

当时我还写了"妙玉禅妆"、"元春宫妆"、"可卿艳妆"、"李纨淡妆"等小令。我本来还要写"黛玉素妆"、"晴雯病妆"、"宝钗华妆"、"凤姐盛妆"、"平儿泪妆"、"袭人佣妆"等等。但迄今尚未交卷。

发型有一个致命伤,就是现代姑娘都是短发,因而化妆不得不借助假发。对镜梳妆,真正秀发之美,不能表现,太可惜了。

太平湖黛玉北上

一九八四年九月中旬,我在上海接到王扶林导演的电报:九月二十六日在黄山市宾馆等我。电报是他在四川采景途中拍的。于是我有了黄山之行。

这原是在北京八大处招待所中约好的。黛玉北上的戏在太平湖拍摄。为什么把景选在太平湖?这里有两条理由。一是黛玉北上是坐船走水路,按照书中所写,是由扬州登舟,沿大运河北上,可是如果照实选景,困难较大,因运河古道上,现代化的东西太多了。就以扬州到淮阴这段说罢,水面上小火轮来去繁忙,两岸电杆木、工厂烟囱、现代楼房,随处皆有,拍电视无法躲避。太平湖没有这些干扰。二是太平湖山青水绿,有极美丽的风景,正好使黛玉这样的人,在这样美的诗境中缓缓北上,这样才能显示出"红楼梦"所要求的意境和气氛。

当然,要找类似的景,别的地方也有,可是不能无限制地去找。这原是编剧周岭同志路过时留下印象,后来采景特地去一看,便定下了——黄山脚下太平湖,便与《红楼梦》电视剧缔结了良缘。

所谓黄山脚下太平湖,在地图上是找不到的,因为历史上根本没有她的名字。她——太平湖,芳龄迄今只有十八岁,比黛玉——陈晓旭还小两三岁呢。

在安徽太平县、泾县境内,黄山、九华山之间,青弋江上游,两山间昔时有众多的溪水:麻川、婆溪、舒溪、秧溪、清溪……万千年来,涓涓不息,流到二十世纪七十年代,当地人民在下游陈村地区修了一条长四百米、高七十五米的重力拱坝,这样人为的陵谷变迁,太平湖就出现了。由乌石乡渡船至大坝,水程四十八公里,水面最宽处四公里。

这个大坝是一九七〇年修成的,蓄洪之后,有二十四亿立方。水深平均三四十米。初名陈村水库,一九七九年划归太平县,因而改名为太平湖。黄山风景区在太平县境内,因为发展的需要,风景区与太平县相合,建制改为黄山市,是安徽省的省辖市。

由上海去,有三种走法,一是坐长途汽车直达,较为艰苦,要走十二三个小时。二是坐火车去杭州,再坐长途汽车,也很吃力,我是第三种走法。由上海坐火车到南京,由南京再坐火车到屯溪。由屯溪下火车上汽车,两小时到黄山脚下;又坐汽车一小时多,到了黄山市;换了四次车,才到达目的地。但较为省力,而且一路有不少奇趣,留待下文再说吧。

黛玉的船

　　由南京转车,几经辗转,才至黄山市宾馆,与王扶林导演见面。因摄像等同志在黄山顶上拍戏,他在下面正筹办拍摄黛玉北上的准备工作。北上的坐船尚未加工好,剧组未下山,在这两三天空档中,却加了一个小任务,就是为太平湖拍摄一部风光片,让我来执笔。写文字本子未曾动笔,先要看一看实景,第二天就约我游湖。

　　游太平湖回来,在码头边,我随王扶林导演,到码头附近,参观正在太平船厂中改装的黛玉坐船。

　　黛玉北上,《红楼梦》原书中写着:"登舟而去。"一条船还不够,原书又写:"雨村另有船只。"这样,就得两条船。

　　这是一大一小两条木船。大的全长有三丈多,小的长有两丈多。《红楼梦》时代,江河上行走的船,大体可分这么几类:粮船、货船、官船、渔船、画舫、舢舨等。长途载客的是"官船"。官船有大有小,但一律都有舱房,乘客起居坐卧,十分方便。现在老式木船,载货的、捕鱼的还可找到;专为坐人的官船,现在没有了。黛玉北上的船,是用条老式木货船改装的。黛玉坐的那条大船,改装了前舱。前舱中陈设了家具、书桌、书架、椅子、绣墩等等。前舱有门通后舱,如果是真船,自然后舱也有眠床、箱笼。但这是拍电视,只拍前舱的镜头,不拍后舱,所以后舱没有改装。

　　船头像廊子一样,有一小卷棚。开头油漆时,朱栏碧窗,十分漂亮,但不合剧情要求,因为弄成画舫了。王扶林导演让美工同志给改过来，全部改刷莘荞漆，并适当作旧一些，这样才像长途行旅的"官船"。

两旁船窗，十分宽敞，可以自由开合，十分方便。但是旧时女眷乘船，不宜让外面看到船里，因而挂竹帘是十分必要的。所以我提出必须挂上帘子。而且从拍电视的艺术气氛、美学角度构思挂帘子，大有好处。古诗中"朱帘暮卷西山雨"、"水晶帘下看梳头"、"更无人处帘垂地"……东方美的艺术气氛，诗情画意，在帘子上大有讲究，现在黛玉在船上竹帘前的镜头，就十分有画意。可惜帘子不够精美，是太平县竹器工艺厂所作的。太平大量出产竹子，却不会做精美的竹帘——而且根本不做竹帘，这帘子还是勉强加工的。

如何表现是贾府的船呢？船头上挂一只官衔灯笼，便更加"官船官派"了。只是限于客观的工艺水平，没有能制造出更精美的官衔纱灯。不过这船也载黛玉北上了：波光帆影，渡头落日，离人愁绪……都在画面上出现了。

遗憾的是没有能把运河特征的镜头——如《话说运河》中东昌府码头系缆绳的石桩补了进去。那桩上有岁月痕迹的"缆绳沟"，如果黛玉的船在那石桩上一系就好了。

黛玉的船现仍在太平湖，我为它题匾曰："潇湘涵碧"。寄语旅游的同志，不妨去看看，去坐坐！

国庆晚会

一九八四年国庆节是在黄山市过的。应黄山市委市府吕秋山书记、崔之浩市长之邀,剧组在黄山市大剧场,办了一场小小的国庆晚会。这场晚会是和黄山市文艺团体合办的,说是"小",因为红剧组参加的人不多,但却十分热闹,颇有笑话可说。

国庆前夕,黄山顶上拍摄工作结束,导演、摄像等同志集中在黄山脚下宾馆中开会。住在黄山市的应邀参加晚会,要出节目。演员很少,怎么办?但是对地方上的盛情不能推辞,只能勉为其难。这样便由"林妹妹"陈晓旭主持节目,"雪雁姑娘"马明妹跳印度舞,当时剧务后来扮演柳湘莲的侯长荣唱歌,当时场记、后来扮演多姑娘的田少春朗诵,开头由我致辞,也就是代表剧组说几句客气话。这样半场节目就算完成了。另半场,由黄山市的同志表演。

首先说马明妹的印度舞。马明妹演小雪雁,她本人是十岁的小学生,又在东方歌舞团儿童辅导班学舞蹈,学会几个舞蹈。那天表演她拿手的一则。天真的儿童,稍有舞台经验,听说让她参加国庆晚会演出节目,十分高兴。两三天中,认真地准备起来。演员虽然不是名演员,而化装师却是名人,就是甘肃《丝路花雨》的名化装师杨树云。因他个子高,有西洋人风度,人称"大杨"。大杨把明妹化装成印度姑娘,自是拿手好戏:大大的黑眼圈,带钩的黑角,眉心点上朱色点,鼻尖上粘上闪光的花钿;不但化装脸,还要化装手、臂、足。因为是赤足跳,只要翘起来,肤上便要和脸上的棕色相配合。还要带上手钏、足镯、足铃等等，把个马明妹真打扮成一个漂亮而妆饰华丽的印度小姑娘了。小姑娘对镜子高兴地看着，还抚摸着颈下带着的黄灿灿的金色项链……边上知道情况的人不由地笑了。

为什么呢？原来化装组带的头饰、手饰很少，而且没有什么符合舞台演员远看足以闪光夸张的东西。有人无意中看到浴室新装橡皮盆塞的黄色金属链条，便拿来借用，作为印度舞蹈的饰物了。后来说穿了大家大笑不止。而看舞蹈的人却十分赞赏这个"印度小姑娘"的优美舞姿，一千五百多热情观众，真把她当作是东方歌舞团的小演员了。

侯长荣同志原是戏剧演员，这次和黄山市一位姑娘合唱了黄梅戏《天仙配》"夫妻双双把家还"，也博得了热情的掌声。

"林黛玉"主持节目，更是受到了黄山市广大观众热烈欢迎。那天晓旭同志穿的是蓝色牛仔裤，大红绸衬衫，和蔼大方。今天黄山市参加那次晚会的人，大概都还记忆犹新吧。

“黄山情侣”

　　在黄山市除去拍摄了"黛玉北上"的水程诸景外，还拍摄了一个副产品，那就是"祖国各地"节目中播放过的风光电视片《黄山情侣——太平湖》。

　　这是以一对新婚夫妻的蜜月旅游为线索的风光片。随着这对爱侣的游踪，概括地把太平湖的风景点收入镜头。这对新婚爱侣由谁来扮演呢？"新郎"由后来演北静王和柳湘莲的侯长荣同志扮演，"新娘"特地打电报找来《红楼梦》中演平儿的沈琳同志扮演。二人形象扮演现代小夫妻十分相称。

　　那年国庆前后，天气十分炎热。大家看到湖中这样碧绿清澈的水，便计划拍一些游泳镜头，这样更活泼一些。但正式拍这些镜头时，已到十月中旬。一场秋雨之后，已经凉起来了。结果只拍了"新郎"游泳；而"新娘"呢，只是穿了红色游泳衣，站在古老的石桥上，望着碧绿的水，做一个跳水动作而已。——而这古老的石桥，就是贾雨村第一次丢官之后牵着马漫游经过的石桥。

　　新婚爱侣的游踪，不少都是在游艇上拍摄的。随着游艇前进，一对爱侣并其他游客，依着船舷栏杆，指点江山，这样便把一路的美景都收进镜头了。我曾写了八首《太平湖杂诗》，抄一首在下面，以稍见湖山画意：

　　　　群山环抱水中央，一叶湖心兴欲狂。

　　　　绿到眉间如中酒，静生望外入云乡。

挂帆疑向广寒去,唱晚时闻欸乃忙。

几处人家临碧涧,待寻野老问渔桑。

　　诗中所咏都是一时所见,实际这真是一处世外桃源般的仙境。

　　先说"渔舟唱晚"。所说"舟",并不是船,而是几根毛竹并在一起,用竹扦穿起来,连成整体。一头火烤使之向上弯起,约二尺许,弯度约百二十度,在前面以冲浪。一人站着摇双桨以为动力,在水中行走,轻如片叶。用来捕鱼、摆渡,十分便利。湖中山涧人家,住处有如群岛,无陆路来往,只有水路可通。除大村镇有小火轮及木船来往外,一般山村人家来往,全靠这种小筏子。比起目前世界上流行的洋玩艺——滑板,真漂亮适用多了。

　　这对"爱侣"借宿在一户山涧田家——镜头这样安排,是在太平湖北端尽头山涧深处。舟行至此,不再通了;舍舟上岸,沿乱石山溪,走入山坡人家。而迎面重山叠嶂,高矗直入云雾中。要抬头仰面,才能看到山尖迷蒙的雾气和飘拂的白云。居民只有几十户,生产杉木、毛竹、茶叶,每家收入每年均在三四千元以上。泉水甘冽无比,环境清静无比。在都市尘嚣住过后,感到这里太美了……

"神仙洞"虚惊

拍摄外景,天气是个重要的条件。天公合作,要晴便晴,要雨便雨,就十分顺利;反之,要晴偏雨,要雨偏晴,便要耽误时间,人也烦躁。有时却会发生意想不到的事。不妨说一下太平湖上的一场虚惊,事后回忆是十分有趣的,读者看了也可以知道一点拍摄电视时的辛苦情况。

太平湖拍摄,全是水上作业。不论"黛玉北上"也好,贾雨村浪迹漫游也好,风光片也好,都要坐船,而且都是到几十里以外的拍摄点。如贾雨村牵马的镜头,那个地方离岸边码头约六十里。旱路也通,却要兜个大圈子,路程更远,所以也走水路。而湖中行船,只能白天走,下午五点一过,湖中便要下拦河鱼网,夜间要捕鱼了。湖中白鱼、草青、鲫鱼……有重几十斤者。那时甲鱼只卖一元一斤,真是"黄青紫蟹不论钱"的好地方。晚间湖中百数里的水面下,到处都是拦河鱼网。船一航行,便要把鱼网碰断,因而是不允许夜航的。一入夜,那湖中各个岛上的所有人家,便与外界隔绝,电话也没有,如同太古时代了。

湖上有个樵山,离码头二三小时水程。山上有个山洞,俗名神仙洞,洞深千五百米,宽十五米,可容千人。洞中钟乳石奇形怪状,各具姿态,有"水田"、"旱田"、"观音台"、"莲花盘"、"仙人床"、"莲花厅"、"仙人钟"、"万年戏台"、"狮子吼天"、"卧狼"、"金盆滴漏"、"神仙坎"、"天花漫顶"等名称。洞中还有泉水,水脉很旺,成为洞中河流湖泊,可以划船。只是要爬一段山路,才能到达半山林莽中的洞口……这样神秘而美好的崖洞,当然引起大家的兴趣,甚至有人想拍摄它用以代替《红楼梦》的太虚幻境,结果决定拍摄为风光片的一组镜头。

去拍摄的那天,早上落着点小雨。我没有去,副导演孙桂珍同志也没去。不料这天午饭之后,天气骤变,雨越来越大,而且还夹着狂风。看着这样的天气,待在招待所中的人,不由地为拍摄神仙洞的人担心起来,只希望他们早点回来。可是一直等到午夜还不见他们的踪影……按时间计算,他们拍摄到下午一两点钟即可结束,四点左右即可到码头了。如果住在那些山村中,也应该给招待所通个消息……想着想着,算定他们归程中,大概是翻了船,掉在湖里了。那深处足有七十多米呀——可怎么办呢?孙导演不由掉下眼泪,连小雪雁也泪流满面了。

第二天上午,雨过天晴。拍神仙洞的人,欢天喜地回来了,一个也不缺。但是,身上都滚满了山泥,因为风雨中的神仙洞口,太难爬了……

黛玉北上诸景

黛玉在船舱中拍了不少镜头。这些镜头因为要照明打光，不能在湖中行进时拍；只能在船停下来，找有电源的地方拍，比较方便些。在太平湖船厂的造船码头边拍摄，顺理成章。因为每天归来，黛玉和贾雨村的两条座船，都系缆此间。

因为要拍摄"夜泊"的气氛，所以那天是下午开始的。由于决定先拍风光片中穿插的镜头：蜜月旅游的爱侣忽然发现了化好装的林妹妹——啊，原来是《红楼梦》剧组在拍电视——这样，双方握手寒暄起来。

后来等到黄昏时，光线暗了——用术语说叫"有了密度"，再拍林妹妹坐在船舱中的戏。这时，还放了些爆竹，以示庆祝。因为用直开机只是拍序集，这才是正式《红楼梦》的戏呢！

看起来几秒钟的戏，拍起来，却要很长时间：黛玉掉泪、黛玉泪眼看烛光、雪雁送药——摄像机掉来掉去，正面拍、侧面拍、背面拍、仰拍、俯拍、推过去、拉出来……性急的人，如果真正现场看着拍戏，肯定会感到十分不耐烦。

黛玉在船上的妆束，因为正在为其母穿孝，因而十分素雅，头上一律白头绳。但也不能真穿一身白色的布衣（《红楼梦》时代真的孝服全是白布的），那就很难拍电视了。适当的素雅，恰如其分表现一下而已。俞平伯老师曾来信说："只闻潇湘俭妆上船……如此用笔，一洗俗套。以豪富骄人，岂得为潇湘耶！"

实际林黛玉是扬州盐政林如海的独养女儿。扬州盐政是清代最阔气的官,林黛玉的父亲按"官"说,那不知要比宝玉父亲贾政阔几十倍、几百倍了。

黛玉北上,不少镜头拍的都是诗情画意的波光帆影。如透过竹林看着两条船的帆篷,缓缓而过;在落日余晖中,远远地泊着两条船,如果读者熟悉《红楼梦》,马上会想到香菱和黛玉论诗时所说的"大漠孤烟直,长河落日圆"的情景。虽然这里是太平湖,不是"长河",但艺术效果却是能引起这样的共鸣的。

在行船的外景中,当时拍了不少镜头。因为剪辑的取舍,有的被剪辑进去,便在荧屏的美妙画面上出现了。如那个骑牛的牧童、洗衣的村姑等等。有的则未剪辑进去,作为资料保存起来了。记得当时还拍过乡人扫墓的镜头,以便衬托黛玉思念亡母的心情,但这镜头观众看不见了。

风雨故人

　　黄山太平湖拍摄任务结束之后，剧组回到上海，然后转赴其他景点拍摄，先在上海小休二三日。王扶林导演趁此空闲，在下榻的外滩东风饭店，约我和编剧周岭、服装设计史延芹二同志，开了两天座谈会，谈了不少服装设计问题。为了让这部祖国的历史文学巨著，更好地以电视艺术形象展现在广大观众面前，大家争论得面红耳赤，十分热烈。平时友谊很好，而会上争论却针锋相对，在这小小的座谈会上，也正体现了"双百"方针的精神。而正因为大家都抱着一定要拍好《红楼梦》的共同愿望，所以能如此认真争论。对于史延芹同志在《红楼梦》电视服装设计上的成功，大家是抱着坚定的信心的。果然，延芹同志不负众望，现在国内外广大观众都可以从屏幕上看到绚丽的服装艺术构思了。

　　剧组转赴其他景点拍摄，我因为上海学院中有课，一时不能分身，未随他们前去。十一月间，某日晚上，突接王导演电话，说他已到上海。我一时电话联系，各处都无空房，只能委屈他到我家来住一夜了。天正下着秋雨，出租车也难叫，我告诉他电车路线，我到电车站等他，撑着伞把他接到我那六点三平方米的"水流云在轩"中，在折叠床上睡了一夜。"最难风雨故人来。""何当更剪西窗烛，却话巴山夜雨时。"这次他是在秋夜秋雨中光临的，又是从成都坐飞机，飞到上海的……十分巧合，正符合这两句诗的意境了；时间虽然短暂，诗境和友情都是值得怀念的。

和他同时到沪的，还有副导演孙桂珍同志。黄山黛玉北上，她就是现场执导，是位爱说爱笑的爽朗女同志。第二天白天，她也光临我斗室中。一个多月不见，大家谈得十分热闹。当晚，我买了几斤螃蟹招待他们，家庭"红楼"螃蟹小宴，别有情趣，值得纪念。

匆匆地相聚，又匆匆地别离。两天之后，他们又离沪北去，回北京准备进棚拍摄贾母上房的戏去了。

转瞬已入严冬岁阑之际。一天，忽然接到编剧周雷兄的长途电话，说是王扶林导演等要来上海，让我协助准备住处，并安排车辆去飞机场接他们。当时饭店接待内宾价格尚未调整，又是旅游淡季，上海宾馆双人客房，还只是三十元一天。王扶林导演这次在上海住了三天，和当年导演越剧《红楼梦》的岑范导演见了面；又邀请了上海红学家徐恭时先生和英译本《红楼梦》插图的作者、名画家戴敦邦教授等小聚了一次，作为答谢；又去上海青浦大观园采景，实际是作为一九八五年"大战役"前的准备。

重到苏州

一九八五年的春节过去了，随着春天的到来，红剧组新的"战役"也开始。老农不误农时，拍摄《红楼梦》不能耽误花期。"大观园"的花团锦绣、五彩缤纷，如果没有自然界的春柳春花，那是不能想象的。而没有"大观园"的风光，也就没有《红楼梦》了。为此红剧组在一九八五年春，二下苏州，拍摄园林花事，自然也有在园林花间活动着的"红楼中人"。

三月下旬，剧组大队人马来到苏州，住在西门外煤矿招待所。王导演已预先写信给我，约我到苏州见面。实际我未去苏州之前，已经得知剧组人员分批南下的通知。我已托友人王运天同志在沪抽空招待了他们。他们是乘十三次特快车先到上海，再乘汽车直开苏州的。因为特快车苏州站不停，反正汽车等在上海北站，一下火车，便上汽车直放苏州，八十公里，一两个小时就到了，送人送物，十分方便。剧组重到，我也同时赶到，回忆甪直旧事，已匆匆一年了。

在苏州拍哪些情节呢？一句话，很难说全，必须先把拍电视的生产过程作一个介绍。一部文学作品，拍成电视剧，要经过哪些程序呢？第一，先把这部作品改编成适宜于电视剧顺序表现的电视剧文学本子。第二，导演根据文学剧本的故事情节再改编成"分镜头本子"。一段情节，要分成许多镜头才能拍全。第三，根据分镜头本子，镜头再一个一个地拍摄。

镜头是按集编号分的。《红楼梦》电视剧共拍了九千六百多个镜头,而每一个"镜头号"又可分成几个小部分。如"黛玉北上"这样一段情节,"黛玉在船舱落泪"是一个镜头,"船行进"又是一个镜头,"下船坐在轿中行走"又是一个镜头……这样只此情节,就要分成几个、几十个镜头;在分镜头本子上,就要编上号,一个个写明。而每个镜头又有远有近、有大有小,这又要分别写上"全景"、"小全景"、"中景"、"近景"、"特写"、"局部特写"等等。

在拍摄进程中,不了解情况的热心朋友,常常关心地问我:"拍到第几集了?"其实这是外行话。因为拍电视不是像台上唱戏一样,按情节顺序表演下去。电视不是按着剧本集数、镜头号数依次拍摄的,而是按照实地拍摄条件,选择有关号数的镜头,综合拍摄的。依次的号头,也许隔开一年多才拍;相差几百号的镜头,也许在同一天、同一地点拍。

苏州是著名的园林城市,春天来此,就是要拍园林、拍花木。大观园中有关小桥流水、花香鸟语、落红成阵等等情景镜头,有不少都是在苏州拍的。这次在苏州,唯一遗憾的就是来得早了一些。加之日期有限,那年春天雨水又多,花期未掌握好,辜负了不少江南春色……

香雪海落花流水

初到苏州，首先抓紧拍的是梅花花期。《红楼梦》中芦雪亭联诗中的白雪红梅，是理想的画面，在实际生活中是可遇而不可求的。拍电视限定日期要拍这种镜头、要拍真实的场景，那是不可能的。但是把大片梅花、把真实风光拍入画面，又是非常美丽的。这就要看如何利用、如何安排了。

木渎"香雪海"的大片梅林，近些年已大不如前了。为什么？因为不少老梅树已被伐去，梅林土地改作苗圃，培育各种苗木了。对农民经济收入来说，出售种苗，比经营老梅树、出售梅子，经济效益更高。这对改善农村经济自然有好处，而对保存苏州著名的风景区却大有坏处。因为两三年之间，"香雪海"已变为"湖"、"池"甚至"小水塘"了。沧海桑田之感，不免令人油然而生。

昔日"香雪海"的梅林，分白梅、红梅、绿萼三种，红梅、胭脂梅很少。绿萼偶见，未放时花蕾是绿色的。而这种梅花，在即将开放、花蕾含苞时，就被花农采摘，卖给药厂制药去了。比较常见的是白梅。剧组在一个小山村边，找到一片白梅林。旁边有小河流过，河上有一小石桥。临时再加工作了石栏、曲径等等，居然是"大观园"的一角了。繁花欲谢，浑浑沌沌又花枝招展的姑娘们嬉笑于花树间，为花树系上小彩幡、绫罗制的小车马……拍摄下来，被剪辑到"送花神"的情节中去。这就显示出大观园中花团锦绣的色彩、姑娘们天真烂漫的气氛……

旁边小河沟上小石桥,桥下水涓涓流过。把大量梅花瓣从上游丢到水中,从桥洞飘浮而过,摄像机在下游等着。拍呀,拍呀,行话叫作"空镜头",也就是只有物,没有人的镜头。但这些镜头太重要了……"花落水流红、闲愁万种。"黛玉的身世、黛玉的情思、黛玉的泪眼……把这些流水落花的画面穿插进去,"一朝春尽红颜老,花落人亡两不知"的情感就会更形象地感染了观众,您便忍不住要落泪了。

在编了简单竹篱的曲径上,黛玉荷着花锄,提着花囊,沿着曲径,步过小桥;缓缓而去,又缓缓而来……"幽僻处可有人行,点苍苔白露冷冷。"这样的画面,是一首诗,是一曲歌,那样悠闲、那样飘逸,淡淡的愁、深深的情……有谁能真正领会曹雪芹笔下所塑造的、凝聚中国几千年文化精髓的美丽化身、盐政闺秀的感情深度呢?

苏州天平山下木渎"香雪海"的小小山村,落花流水之间,留下了"林姑娘"的幽思。林姑娘真正的感情,不也似乎正是在这吴宫古地、山水草木之间孕育的吗? 不要忘了林妹妹是苏州人,让她回到故乡孕育感情不更好吗? ——现代科技伟大,"林妹妹"活了……

艺圃传情

苏州的园林,是举世闻名的。但在园林中拍电视,尤其是旅游旺季,那却是十分困难的。著名园子如拙政园、狮子林、留园、虎丘等处,每天游客都以万计。虎丘春天,人多时可到三四万人。在这些地方拍摄电视,不但费用可观,就是那拥挤的游客,拍摄时围观起来,秩序也很难维持。所以必须找到最理想的地方。

多亏了诗人、画家王西野兄,他对吴下名园了如指掌,与园林局关系又极为密切,经营修复,多所咨询筹划。他建议我们避开大园找小园,避开热园找冷园。这正与导演的意图吻合,因为计划来苏州园林拍戏时,就想到这点。不能用熟园子、熟镜头,否则观众一看荧屏画面,马上会指出这是拙政园某处,这是狮子林某处……如此那就没有《红楼梦》中的大观园了。因此必须找冷僻的、不大为人所知晓的小园子——这样首先找到了"艺圃"。

"艺圃"是苏州园林局新修复的一处别具风格的小园,在阊门里一条安静的深巷中。狭窄的石板深弄,是苏州陌巷的特色。过去只有行人、小轿,本世纪前期,自然也走黄包车。但现在的汽车却开不进去,拍戏时运送演员、道具、摄像机等物的汽车,只能停在弄堂口上,大家拿着工具走进去。

"艺圃"历史上的主人,是十分有名的——这里是明代吴门画派大名鼎鼎的画家文徵明的故居。由于年代久远,经历明、清及近代,早已几经沧桑。虽然大体格局还在,但近若干年来,早已残破不堪了。苏州园林局为了保存吴下文物,特别拨了经费,加以修复。小园由三部分组成:一座以大水榭为主的庭院,一泓大水池,一座假山。水榭轩窗全部开启,俯视池水,面对假山,以池水潋滟、山态爽朗取胜,独具风格,完全不同于吴下其他小园的幽邃曲折。再者因为地处僻巷,新修之后,游客并不多,只有附近市民,每日来大水榭茶座吃茶,其他游者寥寥。红剧组便选择这里拍了一组镜头:"蜂腰桥小红遇贾芸"、"小红遗帕"、"坠儿与贾芸谈话"等等。

电视选景,景观要曲折、要有层次。艺圃水面虽小,而水位很高;假山不大,而山脚沿水处高低石径却爽朗有致,又有层次。镜头打出去,既非一览无余,又非过分曲折,不能看透。这里远处一个月亮门,然后沿山石路错落两三个弯,就到了一个小石桥前,也就是"蜂腰桥"了。贾芸过去,小红走来,正好眉目传情……但现场使用时,实景总要加加工,才能更显示意境。于是临时在桥边种了一株小柳树,柳条摇曳,就显出小红姑娘穿花拂柳而来的形象了——少了它,便不行!

万景山庄

苏州的园林,不管大园小园,几乎全部是古老的文物,"新"也只是在残破的废墟上修复。这里有一个例外,就是虎丘的"万景山庄",是近几年新建的。虎丘是金阊胜地,在虎丘山脚下建新园子,实际也还是虎丘的一部分。如果恢复了古老的虎丘水路——七里山塘,由阊门坐船到虎丘,那"万景山庄"正好在山塘水路到达虎丘的水码头处,地点是非常好的。

"万景山庄"实际是在虎丘山坡上建造的一座盆景园,里面摆了大大小小的数不清的盆景。但依山高下,也盖了几处房舍,回廊曲槛,楚楚有致。进大门迎面堆了一座片石假山,虽然在真山下面堆假山,被友人笑之为"饭店门前摆粥摊",而毕竟是园林名城的堆石工艺,气势是很不差的。只是新落成者,又是用现代建筑粘合剂所建,苍苔和薜荔类的绿化植物不易生长,所以显得寒伧些。

所有露天盆景,都陈列在一条曲折竹廊两侧,在这条竹廊中拍了黛玉、宝玉的一场拌嘴的戏。这是宝、黛爱情生活中一次非常显现二人性格的情节。情况是头天薛蟠过生日,假传"老爷叫",匆匆把宝玉从潇湘馆骗了出去,在外花天酒地一天。黛玉不放心,晚间去看望,不料在怡红院吃了晴雯的闭门羹;又听到宝钗在院中的笑语声,这样又气又妒……这天芒种祭花神,在园中黛玉不理宝玉,宝玉不知如何是好。先是说一句话,后是说两句话,黛玉仍旧不理。宝玉说"既有今日,何必当初"……如此这般两个人又说起话来,解释误会,转怒为喜,又说酸话气宝玉……这段戏感情变化,十分动人,但表演起来,难度也相当大。

电视剧拍摄时,分镜头并不是连续的,一个个拍,一个个表演。因而演员的感情也不是连续的,随时被打断,随时又要调动出来……有道是"假戏真作"。但断断续续表现感情,做到"真",实非容易。这场戏的现场执导是孙桂珍同志,重复了好几遍,演员的感情表现总是不对。整整拍了一下午,才通过了。但现在看画面,仍感到这场戏还存在一定差距——想想播放时几秒钟、几分钟的画面,而拍摄时常常要用几百倍的时间,说不完的辛苦,观众谁能想到呢?

事情虽然已经过去两年多了,但是副导演孙桂珍同志在现场因为演员出不来戏,急得跺脚的认真情景,还一一如在眼前。昔人云:"俯仰之间,已成陈迹。"现代的科学技艺,把宝玉、黛玉的形象留在荧屏上了;而导演发急的认真情景,却未能一同留在荧屏上,只留在人们的记忆中了。我在此文中偶然提及,不正像痴人说梦乎?此《红楼梦忆》之所以作也。

耦园落花

　　黛玉葬花一段戏中,有一个拾落花的镜头:满地残红。拾起一朵,放在掌心看看。伤春感逝,诗情闺怨,多少莫名的惆怅,在此一刹那中,都表现出来了……黛玉表现的是性格、内心,在这种地方是最出戏的。

　　观众们知道这个小小的镜头,是在什么地方拍的吗? 又看得出拾起的那朵落红是什么花吗?

　　"落红一片,暗惜流年换。"说起这一镜头,也是两年前的事了,情景历历。那是在苏州城东一个小小的园林中,它的名字是"耦园"。

　　耦园在平江路东面,靠近旧时城墙的一条水巷中。清末曾任上海道的沈秉成,有一定文学艺术修养。宦囊充足之后,很会享受。回到苏州,在住宅东西,各修一小园。他夫人名严永华,也很有才艺,自称为"不栉书生"。夫妻十分相得,因名其园为"耦园",有双关之意;并制联云:"耦园结佳偶,诗侣住诗城。"

　　百数年来,园已残破。近年修复了东园,亦称"耦园",实在只是耦园之半。园不大,有小桥流水亭台之胜。其中最宜人处,是东面的一排楼房。楼房东西两面都有窗。西窗开在园内,东窗开处,昔时面对城墙。苏州水城,沿城墙内外都有河道,有水关互通,有水门出入。这里正靠近葑门,日夜船舶来往很多,咿呜橹声不断,所以主人为此楼起了一个很雅的名称,匾曰"听橹楼"。读书声、唱诗声、诵经声、摇橹声、落叶声、雨打芭蕉声、风撼老树声……都是古老的中国文化常常称道的声音,不同于官吏喊堂声、账房算盘声、泼妇骂街声……当然更不同于所谓歌星们的号叫声了。

闲话少说,再续"红楼"。听橹楼下假山边有两株高大的山茶花。江南露天山茶着花最早,红艳纷繁,极为可观。只是两三天后,便落红狼藉了。但由于色彩娇嫩,十分宜于在荧屏上显示,所以黛玉拾落花便选择在这里拍摄。她拾起来,托在掌心观赏的,便是一小朵嫩红的山茶花。

顺便说一下,小红站在角门上传说:"宫里娘娘端午节的礼品赏赐下来了",也是在耦园的二门上拍的。遗憾的是:这个角门虽然很幽雅,而旁边却有一株盛开的白玉兰。严格来讲,这与剧情节令不合,如果是一株盛开的红石榴就好了。但说话容易,安排起镜头拍摄地点、时间和顺序来,就十分困难了。有时一个小问题,认真安排,就要花大量的精力、时间和金钱。限于种种条件,有时不得不就简了。整个戏中,类似这样的地方,说来是很多的。不然,谁个说电视电影是遗憾的艺术呢!

寄畅园一日

在苏州拍摄的同时,无锡寄畅园中还准备了一堂拢翠庵的景。有一些美工同志住在无锡惠山公园招待所中加紧赶工,扶林导演约我抽空去看了一趟。

寄畅园更是名园,在惠山"天下第二泉"的旁边。《红楼梦》中芳官对宝玉说:"在家时能喝好几斤惠泉酒呢。"所说"惠泉",指的就是这里。寄畅是明清旧园,康熙、乾隆南巡时,都曾到过寄畅园。据传"万园之园"的圆明园当年取法江南名园不断营建时,除取法"西湖十景"、四大名园如海宁隅园、杭州汪氏园外,也曾取法寄畅园的布局仿建。今天的寄畅园,仍是古木参天,厅榭爽朗,曲径幽深,韵味脱俗。

剧组在西南角的一个小院落中,布置了拢翠庵的禅房。这个小院落,有一条斜走廊横穿过去,镜头拍摄起来,有层次。小小一丛修竹,掩映窗棂,十分幽静,显示出禅房的气氛。也正应了贾母"还是出家人收拾的干净"的赞赏,真是一尘不染。品茶拢翠庵的戏就要在这里表演,妙玉下棋的戏也要在这里表演。

拢翠庵的山门在哪里呢?却又移在寄畅园的进门的小山后面。那里一个亭子,利用其背后,改装成拢翠庵的山门,十分幽僻。一条小径,弯了出去,俨然又是在大观园中了。

剧组在苏州拍戏,住在西门外煤矿招待所。本来预备苏州任务完成之后,再住到无锡,拍摄妙玉的戏。但搬运一次,十分麻烦,而苏州、无锡距离只 90 多华里。经我建议,住处不变,放

57

车去无锡拍摄,这样可以节约时间金钱,又比较便利。中饭、晚饭都买包子一类的点心解决,就这样定了。

那天起了个大早。大客车、面包车把大家装了去,到达现场,一切都很顺利。

先在拢翠庵门口拍妙玉迎接贾母等人以及送客的戏。姬培杰同志饰演妙玉。这天是她的重场戏,身穿月白色水田衣,头簪竹簪,又戴着淡色观音兜,真如一位妙龄女尼,仪态极佳。猛一看,又好像墨西哥影片《冷酷的心》中的那位修女。

拍完门口的戏,接着就拍品茶拢翠庵的戏。遗憾的是"点犀盉"这样的特殊道具未曾特制,没有能出特写,未免有负曹公细写"假古董"的笔墨了。

在园林拍戏,园林照常接待游客。这天寄畅园游人很多,五点静园之后,我一个人在后面山石畔休息。忽然听到四周围都是鸟声,真是如闻天籁,顿时想起欧阳修《醉翁亭记》中说的"游人去而百鸟喧也"的意境。曾写信给俞平伯师,夫子也很感兴趣。这天开了夜工,直到午夜12时才同王导演等乘小车回到苏州招待所。(按:拢翠庵白雪红梅景是在东北拍的。小小拢翠庵,其选景也相隔数千里之遥了。)

杭州采景

一九八五年春,剧组到江南苏州、无锡拍摄外景,日期安排十分紧凑。但早了一些,又加这年春寒多雨,花期较迟,所以没有掌握好花期。正当花要盛开之时,剧组按日期完成任务,要北归了。

导演、摄像二位想利用空隙时间,在江南再选一些景。与我商量,我建议去杭州选景,并请老友、园林古建筑专家陈从周教授帮助介绍一些江南名园。我回到上海,与从周兄商量,他建议除去看杭州园林如刘庄、汪庄等处而外,不妨再去看看海盐南北湖、绮园等处。

按照约会的日子,我坐早车赶到杭州,联系好双峰插云的浙江宾馆一号楼。这是七十年代初杭州有名的代号绝密工程,但自温都尔汗爆炸坠毁之后,那情况就完全两样。现在这里二楼和地下通道以及那当年被准备作为指挥中心的场所,都卖票任人参观了。每天集体参观者络绎不绝。我们住的是一楼,另外有门出入。承宾馆同志的热情接待,也让我们免费参观了一次。但我在此不想多费笔墨,详详细细地介绍这一地方,只提一小点吧:在那铺满一寸多厚羊毛地毯的办公室、卧室等等而外,还有那极为宽大的卫生间供人参观,而且还挂着一块牌子:"只供参观,不准使用。"——这块牌子,自然是十分必要的。但仔细一想,又不觉感到有些滑稽,似乎有一种历史的讽刺感。可惜北京故宫博物院没有把西太后当年装满水银的恭桶保存下来,不然也可以挂上"只供参观,不准使用"的牌子了。

　　导演王扶林、摄像李耀宗二位同志下午5时到,次日去看了植物园、花港观鱼、城隍山等处。电视外景,最好选游人较少的地方,这样既可避免熟景,人一看就知道某处;又可拍摄时避免群众围观。在城隍山——也就是所谓"立马吴山第一峰"的吴山后山,看那高大的宋樟和宽阔的一层层的上山道路,本来可以拍清虚观打醮的执事队伍,层次很好。只是现在吴山顶上的寺观都没有了,如果分开两处拍摄,这场戏道具太多,运送起来,十分费钱费力。所以,这一景点只好放弃了。

　　第三天,按照陈从周教授的介绍,专程去海盐看景。汽车沿着余杭的公路,经过著名的观潮圣地长安镇(旧时的海宁县城),然后来到海盐。实际这里是海盐的武原镇,现在是县政府所在地。著名的步鑫生创建的海盐衬衫厂就在这里。返回杭州途中,在长安镇观潮处停留了一会儿。一带石堤,放眼望去,海天无际。如在旧历八月十八,那海潮自然会以排山之势,拍上堤来。而此时,只是四月初,海上平静得很,一丝浪也没有。堤下只一片沙滩,远处才是海呢。

　　海盐归来,当晚确定拍摄日程:五月间北京、江南两处开机,争取速度;派小分队南来,在杭州、海盐两处拍摄花事及宝钗扑蝶。

绮园古藤

　　杭州选景结束,我先回上海,他们由杭州直飞北京。五一节过后,先遣美工人员白波同志由京来沪找我。记得我陪他还去找了从周教授,写了介绍信,由他先去杭州、海盐现场准备布景。

　　五月八日,海盐张元济先生图书馆举行奠基典礼。我随上海图书馆名誉馆长顾起潜先生、从周教授等二位,应邀一道去参加了。红剧组小分队约定好五月六日南下去杭。我算好日期,奠基典礼九号一结束,我去杭州正好见面。到了海盐的当天晚间,突然《浙江日报》记者同志见访。不是采访参加菊生先生图书馆奠基的事,却是采写红楼电视的事。后来他们写了一篇特写,好像是"星期专访"之类的,登在五月十二日的《浙江日报》上,还是第二次到海盐绮园拍戏时,扶林导演先看见的。

　　张元济先生,字菊生,是商务印书馆的创始人,我国近代文化、出版界的奠基人之一,原籍海盐。为了纪念商务印书馆建馆九十周年,也为了纪念菊老本人,在他故乡修建一座图书馆。一九八五年五月八日奠基,今年已落成了。在我写此文时,已收到海盐县委、县政府的请柬。同样五月八日,要去海盐参加落成典礼。而"红楼电视"也已于五月二日在北京、香港正式播放。事业有成,神州春好,我感到是无限欣慰的。眼前的事暂且少说,还回到"红楼梦忆"上。在此说一下"绮园"。

　　在海盐第二天上午,大家游览绮园。二十多天前,采景时我来过一次,这回已经是第二次了。这个园子一进来给人一种特殊的感觉。虽然不是盛夏，却使人感到有无限夏木森森之感，一派浓绿映人。我开始不注意，直到陪着顾起潜先生在园后拍照时，才发现了这一奇异感觉的秘密。原来是一棵根深叶茂的古藤在作怪——我仔细一查看，这株古藤牵藤引蔓，几乎遍布全园，每株大树上都绕着它的枝叶，真正蔚为奇观了。如果在湖南张家界、云南西双版纳的深山亚热带森林中，看到这样的古藤，那是不足为奇的。妙在是这样的小园中，却长着这样的奇物，不能不叹为观止。按照绮园的园龄，不过是十九世纪末，距今百年之谱。而这株藤萝，其年龄却远不止此。苏州拙政园文徵明手植藤，树龄近五百年，却比它小得多；因而推算它的年龄，起码要在八百年左右，是宋朝的遗物了。

感谢这株古藤，使园中清荫密布，让宝玉在这阴凉下闲走，表现了《红楼梦》第三十九回所写"树阴匝地"的意境。这样使得海盐的"绮园"也被剪辑进大观园中来了。自然，更重要的还是滴翠亭。

花与蝴蝶

  绮园一角,集中了不少古碑。我正在同两位老先生观赏议论之际,忽然一位熟悉的女音在背后喊我——我自然知道是谁。回头一看,果然是红剧副导演孙桂珍同志,她同摄像李耀宗同志特地由杭州坐车赶到现场,研究机位来了。我知道剧组小分队已经到了杭州,她们告诉了我住处,并约我和她们同车回杭州。但我海盐的会还未结束,不能一起走。一天半之后,我乘长途汽车到了杭州。

  这次剧组小分队住在一个汽车公司的招待所中,在武林门附近,是一个很杂乱的地方,好在只住两三天。

  这次在杭州主要任务,是拍宝钗拍蝶,另外拍摄一些繁花的空镜头。什么叫"空镜头"呢?前面在"香雪海落花流水"一节中已简略说过。为了让读者了解得更具体些,不妨再多说几句。"空镜头"是拍摄电影、电视的术语。所谓"空",不是镜头面前空无一物,放出来一片白。而是没有剧情故事,镜头面前只有景,或只有景和人,而人不表演故事……这些空镜头可以在剪辑时选择些插在情节中用。"武林四月花如海,湖水湖烟不胜情。"现在显现在《红楼梦》电视荧屏画面上的美丽的花朵,不少都是摄像耀宗同志这次远征杭州的收获。空镜头好拍,收入镜头作为资料好了;而一遇到实一点的东西,与人连在一起的活东西,有时就不好办了,如"宝钗拍蝶"的蝴蝶。

  事见《红楼梦》第二十七回:"忽见前面一双玉色蝴蝶,大如团扇，一上一下，迎风翩跹，十分有趣。宝钗意欲扑了来玩耍……只见那一双蝴蝶，忽起忽落，来来往往，将欲过河去了……"

作为文学艺术意到笔到，几分钟时间毫不费力地就写好了；如果画为图画，也比较容易；但作为电视艺术来表现，那可十分困难了。如何让两个蝴蝶在摄像机镜头前飞来飞去呢？观众不妨想想，哪个蝴蝶可以听人指挥……更不要说那世界上不大经见的"大如团扇"的"一双玉色蝴蝶"了。清代著名的"太常仙蝶"的故事，是脍炙人口的京华掌故。曹雪芹写这一情节时，在构思上是否受到某些影响呢？不知道，也许有可能……

可是，拍电视却费了劲了。美工小刘别出心裁，作了一只薄绢大蝴蝶，装了一根极细的钢丝，挑在细竹竿上面。稍一摇动，猛一看，也很神似。但是又如何同宝钗结合起来，让它飞呢？真难办……在西山公园芍药亭畔拍摄时，小刘躺在花丛泥中，细竹竿挑着蝴蝶伸在花丛上面，引逗宝钗来拍。远看花上蝴蝶飞舞，像是真的。但躺在泥中的小刘，尽管不辞辛苦，为艺术作出牺牲，却无法快速移动，因而蝴蝶也不能"将欲过河去了"，只能原地"踏步"。

滴翠亭诗

薛宝钗看见蝴蝶在杭州。等到拍蝶不成,追蝴蝶到滴翠亭听到小红私语时,已到了海盐绮园了。

海盐绮园东面一个小亭子,原来没有窗子。美工部门的同志,给它装上窗子,就便于小红、坠儿、宝钗作戏了。《红楼梦》中写的是滴翠亭,而绮园中的这个亭子原来无名,就给它临时挂块匾。匾上的三个字自然是假古董,是我写的。因为要演小红突然开窗、宝钗正在外面偷听的戏,防止镜头照到亭内的墙上,我又伪造一幅文徵明的横披挂在墙上,都是临时急就。类似这样的假古董我造了不少呢,如追查红楼电视伪造古器物事,自然我也有一份。

滴翠亭按照曹雪芹所写,应该是在水中的。但是找不到水中合用的,拍摄任务紧急,便以这个小池、山石畔的亭子派了用处了。虽是勉强"凑合",其幽趣倒也仿佛似之。选择此亭为滴翠亭,也是偶然有缘。我不替红楼电视找景,我不找从周兄介绍,也许不会在海盐小县拍这场宝钗的戏……种种关系结合在一起,留下了这雪泥鸿爪的印痕。"记得绿罗裙,处处怜芳草。"人生种种机缘,值得回忆的东西太多了。苏东坡所说"鸿飞那复计东西",那似乎太洒脱、太消极了。"情之所钟,正在我辈。"我们这些常人,生活中总是有一些温馨的回忆的。

我曾写过《红楼滴翠》两首律诗,前面并有一小序,发表在那年六月十七日的《新民晚报》上。现引用在下面,以存一时雪鸿之际。

序云：

今年四月中旬，与《红楼梦》电视剧王扶林导演去杭州花港、海盐绮园选景。其时桃李争艳，花事正好。及五月中旬重来拍宝钗拍蝶时，已绿肥红瘦，春意阑珊，一派初夏风光矣。爱惜流光，感而赋此。

诗云：

年年辛苦为红楼，岁岁韶华笑白头。
花事阑珊春历历，槐阴斑斓夏悠悠。
亭名滴翠浑疑古，蝶恋残红岂梦周。
蘅芜倩谁摹得似，痴情儿女各千秋。

旧家亭子护雕栏，小小窗棂整日闲。
私语渐闻飞蝶外，机锋常在落花间。
灵犀暗结香罗帕，青鸟能传红豆笺。
一样情怀难排遣，干卿底事惹尘缘。

这两首诗发表后，有两位老先生打电话来，笑我写艳体诗了。说来真是惭愧，我所感到，只是把有关种种都写到诗中而已。"吹皱一池春水，干卿底事。"似乎也是偶然的机缘，岂敢故作多情。这场戏演的是宝钗，实际也演的是小红、坠儿。小红是哈尔滨京剧团的刘继红同志所演。这场戏演得不错，很见功夫。回忆起来，已是足足两年前的事了。

导演分身术

这次剧组小分队来杭州、海盐拍戏,同时还留一个小分队在北京工作。双机——就是两台摄像机同时进行拍摄。可是导演没有分身术,如何进行呢?也有办法,就是哪里需要到哪里,也可叫作保重点吧。

副导孙桂珍、摄像李耀宗二同志在杭州拍赏花、拍蝶空镜头时,王扶林导演则在北京香山摄影棚中拍鸳鸯的戏、王夫人的戏(大多是贾母上房中的景)。这堂景搭得富丽堂皇,十分成功(实际在第一集黛玉进府时就出现了)。黛玉坐轿走在宁荣街上,轿子进西角门,在垂花门前下轿等等,都是在正定新建的宁荣街和荣国府拍的;等到黛玉进屋同贾母见面,给贾母磕头行礼,以及用晚饭的排场等等,则完全是在摄影棚中所搭的贾母上房中拍的了。遗憾的是,这堂导演王扶林兄几次来信提到的景(见面也常说这堂景),而我却始终未见过。北京开始搭这堂景时,我随剧组在黄山太平湖拍戏;冬天我未到北京,第二年春副导演马加奇同志一组在棚中拍贾母上房时,我又在杭州、海盐……这样错开把机会失去了。可是导演王扶林同志却两头都少不了他——他如何分身有法呢?

杭州拍空镜头,他可以不来;海盐滴翠亭是重头戏,他必须来,日子还需算得十分精确。杭州结束前二天,我先回上海;扶林导演头天的北京工作告一段落,那面小分队开拍北京牡丹、芍药繁花时,翌日他坐早班飞机飞上海。我请人到虹桥机场去等他,人一到,就接他到我家吃中饭。饭后,就同乘原车去海盐。这样如一切顺利,下午三四点钟,就可以到达海盐。杭州的人也同日乘长途汽车到海盐,都只不过是一百五六十华里的路程。就是说:杭州、上海、北京三地的人都是同时行动的,真可以说是分秒必争。这样,导演就分身有术了。

不过那天在顺利之中,又有小的不顺利。一是等在虹桥机场的汽车司机同志等人时在车中睡着了,害得扶林导演着了一会儿急,打电话来我家中询问。等到电话打完,又走出候机室,司机同志也醒了,两方面才互相发现。二是下午去海盐换了一辆汽车,耽误了一会儿时间。三是经过松江时,公路修路,单方面放行,因而大小车辆堵车,足足等了个把小时才通过。这样虽然耽误了时间,但终究车快路近,到海盐招待所时,也只不过是吃晚饭时间。杭州的人早到了,演员都已安排好房间。化妆室也准备好了,第二天就拍滴翠亭宝钗的戏……两天的任务安排得紧凑极了。

西子湖花絮

　　这次来到杭州西子湖畔和海盐绮园的"红楼"小分队演员，有演薛宝钗的张莉、演林黛玉的陈晓旭、演小红的刘继红以及"三春"：迎春金莉莉（按，剧中扮演迎春者两人，金莉莉考上电影学院之后，迎春改由四川姑娘牟一扮演）、探春东方闻樱、惜春胡泽红，还有袭人袁玫、史湘云郭宵珍，以及这一阶段担任场记、在剧中饰演尤三姐的周月……真可以说是莺莺燕燕，极一时之盛了。

　　除此之外，"万绿丛中一点红"，还有演宝玉的男演员欧阳奋强呢。在植物园月季花畦中拍一群姑娘和宝玉围着月季丛嬉耍的镜头时，花团锦绣，天真烂漫，似乎真把大观园中的欢声笑语表现出来了。

　　还有在曲院风荷小亭中拍黛玉、宝玉看书的远镜头，也是十分入画的。记得这一镜头黛玉所拿的线装书，还是我特地到浙江人美出版社找奚天鹰同志一同到古籍组借来的。但谁知编辑《红楼电视简介》镜头上，却发现黛玉手里拿的是宋、金时期写作的《董西厢》。为此，上海《新民报》还有人写文指出，友人、戏剧家徐扶明先生也当面问我。这一疏漏，记不起是哪里拍的了。我写此文时，可能已改正过来了。

　　这次在杭，日期不长，但尚有数则小花絮可引人发笑：

　　所住招待所比较杂乱，天气已很热。演员们化好妆拍戏，劳累了一天，希望晚间多休息，好好睡一夜，而偏偏不能如意。有的房间,喧哗打闹,半夜一两点钟不睡觉。东北姑娘演小红的刘继红,平日一天到晚笑咪咪,腼腆极了,从不跟人红脸。而一天夜间,被吵的实在忍无可忍,突然站在走廊中大叫,要那些喧哗的人出来"切磋、切磋"。南方人听不懂东北话,什么叫"切磋、切磋"?一下子就被镇住了,于是鸦雀无声、关门睡觉了——别的姑娘不得不佩服,刘继红的确有一手——"切磋、切磋"也传开了。

杭州奎元馆的面是海内外久负盛名的,尤其是"虾爆鳝"过桥面,更是名不虚传。我向她们介绍,并说明"过桥",就是临时起油锅炒虾、鳝浇到面上,如过炒双份浇头,便叫"双过桥"。她们便想试试,制片主任之一的郑彦昌同志以为吃碗面价不会太多,便自告奋勇要请客。不想同大家去了一看,一碗"虾爆鳝",将近五元钱,这么些人,这个客如何请得起呢……后来见面,当作笑话一再埋怨我,不该介绍她们去吃奎元馆的面。

姑娘们由春节后南北奔波连续拍戏,十分辛苦了。为了让她们休息两三天,我预先又专为她们订了浙江宾馆一号楼的床位。那里不只房间好,风景好,而且有室内游泳池,她们可以稍微宽松数日了。

上海大观园

在海盐拍戏二日，居住三夜，地方上很是照顾，吃、住都很好。海盐靠海边，往北不远就是乍浦。孙中山先生"东方大港"的设想，原来就在这里。南面沿海公路经长安镇观潮胜地到杭州。但在历史上，海盐比起附近各县，是比较贫瘠的。当地有"金平湖、银嘉善、铁海盐"的说法。

海盐任务完成后，剧组大部分人员回杭州整休一、二日，即全体回北京棚中拍戏。而我和导演、摄像二位，则回上海。导演赶当天的飞机回北京，第二天还要在北京拍戏。日程安排这样紧，是一天也不耽误的。

早上乘车离开海盐，回到上海，先买了当天晚6时的机票。吃过中饭，因还有半天时间，抓空去了一趟青浦淀山湖畔的上海大观园，当时因元妃省亲的"大观楼"选景尚未落实，有人说上海大观园的大观楼年内就要竣工，因此想去看看。这样利用下午的时间，见缝插针，又去参观了上海大观园，这已是第三次到此采景了。可是遗憾的是，当时仍只有潇湘馆、怡红院二处接待游客，大观楼的工程要等两年之后才能完工。红楼电视可不能等这么久呀！

说起《红楼梦》，首先就要说到"大观园"；拍摄"红楼电视"，也首先要拍好"大观园"。没有大观园，也就没有《红楼梦》。《红楼梦》之所以成为不朽名著，自然是由于多种因素；而大观园的描绘成功，是其中主要因素之一，这是任何人都不会否认的。

自从《红楼梦》问世以来，不知有多少人梦寐以求，想去游览一下大观园。也不知有多少人，看《红楼梦》出了神，忘却了这是文学创作、是小说、是"真事隐"、"假语存"，而去找真的大观园的遗址，结果找来找去，都是似是而非，不懂"姑妄言之，姑妄听之"的道理。当然因此也可见大观园之艺术魅力多么强烈了。因之拍摄"红楼电视"，必须把"大观园"的风光，展现在荧屏上。试想只有宝玉、黛玉面对面谈情说爱的特写镜头，而没有大观园的亭台楼阁、花柳扶疏，那还是《红楼梦》吗？报纸上有的文章，把"红楼电视"和近年播放的外国电视比较，这是忽略了《红楼梦》的特殊性的。

《京华何处大观园》，三十年前有人写过这样吸引人的文章，但那时是找不到的。今天拍摄"红楼电视"时，这一问题已得到解决了。京华、上海各有一处大观园，红楼电视都把它展现在荧屏上了。不过这是后话，待我慢慢说来。

这天我则是在上海大观园采景之后，让车直接开到虹桥机场，送他们回北京。我留在上海家中，一个多月之后，才到了北京大观园。

北京有了大观园

北京大观园现在已经是天下闻名了，而且是真的——"京华何处大观园"的时代已经一去不复返了。有人问北京大观园在何处，回答是：北京宣武区白纸坊南菜园。

说"真"的，因为它是实实在在的园子；不是写在纸上的，画在画上的，摆在沙盘模型上的……那些，虽然引人入胜，但不能身临其境去游览。曹雪芹笔下的大观园——那是小说中的园子——永远使人神魂颠倒：但那是小说的魅力、艺术的魅力，它永远是"假"的。按其所写，盖个"真"的大观园，但也永远不能代替这个"假"的。二者永远不能重合。

不过，话又说回来了，"真"的虽不能代替"假"的，却可以拍入电视剧《红楼梦》中当真的。假戏真做嘛！

北京大观园是因为拍摄电视剧《红楼梦》而修建的。图样就是前文所说的那个曾经于六十年代中在日本展出、后来又被撂在仓库中冷落了二十多年的沙盘模型，不过作了些修改。因为在那个模型中，有大面积水面；而在《红楼梦》原文中，却似乎没有写到过有湖，所以水面缩小了。其他怡红院、潇湘馆、秋爽斋……等位置是照旧的。

地点选在宣武区白纸坊南菜园。这里过去是宣武区苗圃，南北长、东西狭窄的一块长方形地皮，共十二点五公顷。周围一圈，也和《红楼梦》中所写"三里半"差不多。

这里如从京华历史上讲，也是宣南有名的地方，正在右安门右侧。右安门过去俗名"南西门",这一路在《红楼梦》时代,是通往丰台草桥游春、看花的要道,风景名胜说不完。《红楼梦》第二十四回写贾芸"……又拿了五十两银子,出西门找到花儿匠方椿家里去买树"等等,所说"西门",其历史背景就是"南西门",也就是右安门,现在的大观园就在它旁边。不过当年有城墙,这里是外城西南一隅的死角;现在没有城墙,新盖的大观园,交通四通八达了。

为了拍电视,修建大观园,得到北京市领导的大力支持。作为电视实景的建筑,不属于基建范围。工程分三期进行。为了配合电视剧《红楼梦》的拍摄,第一期工程十分快速:一九八四年七月开工,到一九八五年六月底已全部竣工了。

竣工的项目是大门(包括前面围墙、停车场)、大假山、沁芳亭、滴翠亭、怡红院、潇湘馆、秋爽斋、稻香村等处。剧组于七月间进大观园拍摄,驻地就设在大观园斜对门的一家小旅馆里,走来走去拍戏十分方便。我在上海,接到王扶林导演的电报,于一九八五年七月中旬来到北京大观园。

大观园建筑小谈

一年多了,总想写一篇题为《南北两"大观"》的文章,从园林艺术、古建筑等学术角度,谈谈我对北京、上海两个大观园的感想。但一直未写出,时间忙乱是主要原因。去年深秋陪几位开会代表去上海大观园,巧遇宣武区正副区长二位同志,正在上海大观园主任陪同下参观。原来南北大观园已结为"姊妹园林"了,这真是十分有趣的事情。

北京大观园在工程进度上是非常快的,在布置上,是忠实于《红楼梦》原作的。如怡红院与潇湘馆的距离,稻香村的位置,沁芳桥、沁芳亭的位置等等,都深得原作的意境。在建筑风格上,北京大观园完全是皇家苑囿的规模、京朝派的风格——要特别注意到:大观园是皇家苑囿,供贵妃省亲凤舆驻跸之所,而不是荣国府贾家的花园呀!

北京大观园的大门,修得十分漂亮,像王府的门,像颐和园的门,超过了《红楼梦》中所写的华丽程度。原文"那门栏窗槅,俱是细雕时新花样,并无朱粉涂饰",现在则是朱漆大门了。值得赞赏的是大门黑地金字匾上"大观园"三字,是集唐人碑的正楷,庄严而挺秀,配得上这个园子。如让时下俗手一涂,那就糟了!西番莲花样的石刻,限于现在工艺水平和时间,比较粗糙,那是可以原谅的。

进门大假山,不够高,也无大树,不能体现原文"一带翠嶂挡在面前"、"好山、好山"的气势,自是十分遗憾。但也无更好的法子。更有引人发笑的是"曲径通幽处"的匾额,因原书中"莫如直书古人'曲径通幽'这旧句在上"一句,便刻了"曲径通幽处"五字。加一"处"字,便不含古代园林惯例,露怯了。书中清清楚楚只写四字,为什么加个"处"字呢?

沁芳亭十分精美,只可惜低了些。感觉上似乎不是"桥上有亭",而只是水边敞轩。

潇湘馆在沁芳桥边,这里设计很好,体现了原文的构思。院中布局也好。遗憾的是北京种竹不能很快成林,没有"凤尾森森、龙吟细细"的"千百竿翠竹遮映",如何能成为潇湘妃子的潇湘馆呢?但这限于自然条件,一时无法可想。要稍待岁月,北京是可以种竹成林的。附带说一句潇湘馆柱子、门窗油漆成浅绿,又画上竹叶,弄成文明戏布景的样子,太怯了。这哪里像皇家贵妃的省亲别墅,又哪里像黛玉吟咏的高雅"书房"呢?

怡红院比《红楼梦》中写的要阔气多了。是北京大观园最华丽的处所,以后文中多提到,在此先不多说。总结一句话:北京大观园好处是符合原书设想,交通便利,参观方便。困难是缺少活水,四周高楼烟囱太多,风景被破坏了。

潇湘馆秋雨

我到达北京的当天下午,道具组的一位同志,手里拿了一双"木拖板",进来问我"行不行"。我无思想准备,一时不知是什么意思。后来才弄明白,原来是要拍第四十五回《风雨夕闷制风雨词》,宝玉秋雨中夜探潇湘馆,看望黛玉的戏。这场戏宝玉要披蓑衣、戴斗笠、脚登木屐。这三样照书中所写,都是北静王送的,是特制之物,并非市上买的。这屐叫"棠木屐"。

穿木屐,在我国是晋朝人提倡的。《世说新语》中"登山屐"、"蜡屐"都是很有名的故事。曹雪芹把"棠木屐"写在宝玉身上,是十分高雅的。拍电视如何表现,就特别注意了。这本是特殊道具,要事先研究设计的。一时之间,随便弄一个,总不够理想。"红剧"因前总美工设计师不幸逝世,后来刘宝俊同志匆促担负重任,没有容他有较长的案头准备时间,是十分可惜的。

"棠木屐"解决了。斗笠、蓑衣也都有了,虽然不甚精美,但按日程拍戏,没有问题了。

《红楼梦》这回书,写黛玉制乐府诗《秋窗风雨夕》,整回书都是充满了秋情,充满了诗意的。季节是秋天,时间是晚上,正在黛玉与宝钗说了肺腑之话后,不胜飘零孤苦之感的时候。其气氛是:"渐渐沥沥下起雨来,秋霖脉脉,阴晴不定。那天渐渐的黄昏时候了,且阴的沉黑,兼着那雨滴竹梢,更觉凄凉,知宝钗不能来了……吟罢搁笔,方欲安寝,丫环报说:宝二爷来了……"这样的气氛,这样的心情,"最难风雨故人来"。在秋雨中孤寂凄凉况味里,知己来了……在电视中如何表现?

这场戏是在大观园潇湘馆拍的。拍夜间外景的戏,不能真在夜里拍,那样没有光线。只能在黄昏时,光线稍暗,有一定密度时拍,所以那天大部分镜头都是在晚七点来钟拍的。

北京大观园潇湘馆新种的竹子,只有三五根,实在可怜,如何办呢?作假的。真的竹子与假的竹子在一起,假的插在真的中间;竹叶是塑料片剪的,颜色差不多。在日光下,近处仔细分辨,可知真假;夜间,在镜头照着时,就真假难分。潇湘馆中,真是"凤尾森森"了。

雨滴竹梢的"雨"呢?拍戏没有呼风唤雨的本领。面积不大,好办,几条水龙带,一场人工雨便从天而降。竹叶下淅淅沥沥,望着廊子上雨中的灯笼,潇湘馆秋窗夜雨的境界显现出来了——听,门外是谁敲门,紫鹃打着灯笼开门,啊,原来是宝二爷,镜头远远地拍摄下来了。一会工夫,摄像机又搬到潇湘馆门外——看,披着蓑衣戴着斗笠的宝玉出来了,紫鹃相送、关门……镜头一转:宝玉又走到沁芳桥,两个婆子撑伞,给黛玉送燕窝来了……

"大观园"中怡红院

　　剧组进入北京大观园拍戏是七月初，我去时已是七月中旬之后了。进入大观园，集中先拍潇湘馆的戏，我只赶上尾声，就是"秋雨夜探"的那场戏。接下来就要换到怡红院。

　　当时因为第一期工程，只完成了"潇湘"、"怡红"、"秋爽"、"稻香"四处，所以在这个大观园中，也只能拍这四处的戏。其他蘅芜院、拢翠庵、芦雪亭、暖香坞……等处的戏，就得另想办法了。前文说过，拢翠庵是在无锡寄畅园拍的；滴翠亭宝钗拍蝶，是在海盐绮园拍的；其他各处，也都是在外地拍的。在后文我将一一说到，这里暂且按下不表。

　　在此就想到另外一个问题。宝玉《大观园试才题对额》那场戏怎么拍的呢？那不明明是在北京大观园吗？这里回答又是又不是——说是也的确是。贾政、宝玉以及众清客进的正是北京大观园的正门；进门之后，过假山，曲径通幽，也还在北京——如果说不是呢？一转身，便到了上海青浦淀山湖畔大观园了。贾政领众人沿走廊穿过一条走廊，从一个宝瓶式磨砖小门中迎面走来，便是上海大观园——如此这般，刹那之间，忽在北京、忽在上海，这都是剪辑师傅正义同志的本事。上海大观园，留待后来再说，这里仍先说北京的。

　　剧组在北京大观园拍戏期间，园子照样出售门票，接待游人。只是在潇湘馆拍时，潇湘馆内谢绝参观。潇湘馆拍完，换到怡红院，那就"潇湘"开放，怡红院谢绝参观了。

怡红院在园的西面，门前对着一泓池水，水边都是假山石。滴翠亭建在这一水池的西南隅。不过在电视红剧中未入镜头，而在前年中央电视台气象报告中，却连续出现过，读者可能还记得。怡红院门口隔开沁芳桥，与潇湘馆遥遥相望，距离最近。

怡红院按照《红楼梦》第十七回所写和第二十六回贾芸眼中所见："一溜回廊上吊着各色笼子，笼着仙禽异鸟，上面小小五间抱厦……题道是：怡红快绿。"

这"小小五间抱厦"，在今天真实的怡红院中，却还要大些。而且是前三、后五，"勾连搭"连在一起。院内两边都是抄手穿山游廊相接，朱红垂花门，小三间，也完全是华丽的宫苑气派。

这个怡红院与原书中比较，少什么呢？一少门前"绕着碧桃花，穿过竹篱花障编就的月洞门，俄见粉墙环护，绿柳低垂……"；二少院中"一边种几本芭蕉，一边是一树西府海棠，其势若伞，丝垂金缕，葩吐丹砂……"花木无法突击生长，拍戏时十分遗憾，今后，则有待于培植了。

晴雯诸戏

晴雯的戏大都集中在怡红院拍的。先说晴雯补裘这场戏吧，这是在宝玉房中拍的。怡红院宝玉房中，按照原书所写，那是美轮美奂，扑朔迷离，连贾政进去都迷失方向。而新盖的怡红院，只有房屋。室中的陈设和那些"雕空玲珑木板"等等，怎么办呢？这便都是美工总设计师刘宝俊、设计师风雷等同志的杰作了。宝玉卧房、暖阁、熏笼、锦帐、兽炉……不但一一具备，而且富丽堂皇——当然，不少都是假的、仿制的。

第五十一回晴雯冲寒夜起，吓唬麝月，冷风透骨，宝玉叫她"快进被来渥渥罢"。这是晴雯生病补裘的起因前奏，在宝玉床上拍摄。当时是大暑天，现场的人都吃冰棒消暑，而她却要做出寒冷的感觉，因而效果不够真切。再加书中说是"也不披衣，只穿着小袄"，而戏中的服装却感觉过新、过飘，缺少寒冬贴身小袄的真实感、生活感，是美中不足的地方。

严冬的戏在盛暑拍，夏天的戏也在盛暑拍，自然后者更感真切。那便是晴雯撕扇，这是同一时期在怡红院前院拍的。院中设一卧榻，晴雯躺在上面乘凉，宝玉来了，误以为袭人，坐在旁边，结果是晴雯……这就一连串的戏发生了。

晴雯撕扇，拍摄时我在现场。遗憾的是，准备的扇子，不够精美，出现在荧屏上的大特写，又感到美中不足了。从高要求评价，便感到不胜遗憾。而在当时，一切都准备好了，也不便因一扇之微，所有工作都停下来。这也就是影视导演们常说的"遗憾的艺术"了。

撕扇时怡红院中的夏景表现也欠充分,如有几丛高大的芭蕉,该多么好呢? 可惜新落成的房舍,花木均未成荫;潇湘馆竹子可以作假的,而大叶子芭蕉,纵然作了假的,在摄像机前,也难有宜人的真实感。只能委屈晴雯姑娘——自然,也可以说是张静林女士,在夏景气氛不够浓郁的怡红院中表演"千金一笑"了。

笑——能值千金;那哭呢? 也值得观赏。"撕扇"的前因,是早上跌断扇子,在宝玉房中与袭人拌嘴时晴雯的哭;"撕扇"当场,麝月被宝玉抢过扇子,又给晴雯撕了。在红剧中晴雯那含酸的哭和开怀的笑,都得到充分的表演。

怡红院除去房中、前院不少戏外,后院也有不少场戏:刘姥姥从后院边门进来,踉踉跄跄,一路醉态……黛玉从后门进来,立在后面廊子上,听房中说话……这些《红楼》中极为传神的情节,都在后院拍摄下来,展现在荧屏上了。

后院建筑,游廊高下,曲折清幽,山石点缀。还有一角小池,白石栏杆,可惜水不活,不清……前景历历,两年了,不知有无改变?

花鸭子和仙鹤

在怡红院门前,朱门金环,雕梁焕彩,双扉紧闭……摄像机已对好了,监视器也接好了,录像也都准备好了;几条水龙带,同时开始射水,一场人工雨从天而降……出现在监视器荧屏上的是:大雨中的怡红院门,雨注从鸳鸯瓦桄中哗哗流下;忽然,镜头一转,宝玉从沁芳桥方向跑过来,被淋得像落汤鸡一样,冒雨跑到门前,敲起门来。

这样的场景,熟悉《红楼梦》的人,自然知道是拍摄什么。

与此同时:怡红院中一群女孩子笑语喧天,正在把阴沟堵住,把水聚在院中,把花鸭子、鸳鸯等水禽,绑住翅膀,放在雨水中凫;玩得正高兴,嘻嘻哈哈,哪里听得清楚叫门声……好不容易听见,袭人出来开门,宝玉抬腿一脚,"怡红院中第一人"当着众人,哎哟一声,被爷踢倒了——一个特写:袭人——也就是袁玫同志,安徽省黄梅剧团的青年演员——又惊、又羞、又痛的泪眼显现在荧屏上了。这场戏演得正是火候,颇见功夫。

自然,这同时发生的故事,显现在荧屏上也是同一时间,而在拍摄时却是好几天的事。记得,门外那场戏摄制十分顺利;而门里院子中的戏,拍摄时却相当费劲。

因为怡红院中,当时只有砖铺的引路。未铺砖的地方,也无草皮,只是黄土,夏天十分干燥。那天选择西南角廊子下阴凉处,用土垒一小堤,用水龙带往里面浇水,然后放花鸭子和鸳鸯等。但是下面干土,水份渗透很快,虽然浇了不少水,但仍然很浅;那花鸭子浮不起来,只是站在泥浆中。姑娘们在廊子上拍手又叫又笑,赶着这些花鸭子浮水,可它们还是不肯浮。水太浅,让它们如何浮得起来呢……急得美工、道具同志们满头大汗,忙前忙后,好不容易把这场戏才拍好……让花鸭子、鸳鸯等水禽作戏,比人要难摆弄多了。

花鸭子难弄,但也有好弄的,那就是仙鹤。《红楼梦》第二十六回写贾芸见怡红院中"那边有两只仙鹤,在松树下剔翎"。因而拍贾芸来到怡红院时,必须有两只仙鹤。那天从北京动物园请了两只仙鹤来,代价是"聘金"八百元,参加演出半天。自然,这"薪金"比林妹妹、宝姐姐大多了。仙鹤是管接管送,用笼子装来的,自然还跟着动物园养鹤的师傅。开始担心它放出来不听指挥,吃惊乱跑。不想到底是有"仙意"的飞禽,放出来在院中悠闲散步,十分自然,顺利地完成了表演任务。

准备大场面

剧组曾经几度进入北京大观园拍戏，而晴雯诸戏，是第一次在园中拍。当时虽然开机已将近一年多了，但拍好的镜头并不多，进度还比较慢。尤其是一些重头戏，场景不齐备；一些大场面戏，也因准备不充分，都还没有拍。《红楼梦》原著中，本来绚丽的大场面就非常多；改编为电视，虽不能全部表现，但也必须表现其中极为重要的几场，不然又如何能表现《红楼梦》呢？

"《红楼》电视"要拍三场重戏、大戏，那就是"元妃省亲"、"秦可卿出殡"、"清虚观打醮"三场重头戏。仅次于此者，还有"元宵夜宴"、"探春远嫁"、"中秋夜宴"、"红香圃寿诞"等等。第一次进入北京大观园拍摄时，这些大场面基本上一个都还没有拍呢。王扶林导演早在年前就写信来，约我协助把这些戏拍好，我也愿尽自己的力量，贡献一得之愚。美工总设计刘宝俊同志虽然接手较晚，但日以继夜地研究，做这些大场面的准备工作。同时各处选景，确定拍摄大场面的地点。

在初进大观园拍摄的同时，关于大场面的整套图纸，刘宝俊和风雷二位同志都已一一绘制好了。王扶林导演打电报约我来京，首先是一同研究这套图纸。

一天，在怡红院"宝玉"的房中，开了研究图纸的工作会。剧组职能部门的人都参加了。图纸包括清虚观打醮场景、元妃省亲大观楼场景、中秋拜月、夜宴等场景……刘宝俊同志介绍了设计思想，各张图纸的意图，临时演员的人数，灯光来源、角度、照度、摄像机的位置,如何变化等等。大家反复研究,提了意见,确定了方案……后来各个大场面的拍摄,都是按照这些套图纸进行的。

按照拍摄计划,初进大观园的摄制期限到这年 8 月底完成。9 月初去四川,拍摄期限是两个月。大场面原定是清虚观、"大观楼"、中秋夜宴、贾敬灵堂等等。因为南、北大观园工程都把大观楼放在后期工程,所以拍摄"红楼电视"不能充分利用,"远水不解近渴",有什么办法呢? 只好各处去找了。

总体图纸设计、艺术才华、历史学识,均于此中见功夫,是难能可贵的。但还远远不是到此为止,更重要是大量的道具制作。这不但要花很多的钱,而且要有材料,不少都是特殊的材料;还要有工艺水平,这在《红楼梦》时代,或退回半个世纪,也都不成问题。但今天该有多么难呢? 一顶大轿,活络轿框子,如何装配? 有弹性的轿杆哪里去找料? 镶边的轿围子单的、夹的、棉的、呢的如何缝制? 轿杆铜什件多么精美,哪里去找? 一轿之微,以现有水平,就做不出。拍《红楼梦》,真要讲究,那就太难了。

"沁芳"拾趣

　　常想当前各旅游处所,有一个矛盾,就是在开放的日子里,处处都有人满之患。北京大观园第一期工程完了后,门前一清,即出售门票,接待游人了。虽然门票卖一元钱,比颐和园贵得多,慕"大观园"之名来者,却大有人在。多的时候,要卖到上万张门票。有人逛完之后,感到失望,但接踵而来者,仍络绎不绝……说句笑话:这不能不感谢曹雪芹了。要不是有《红楼梦》这部书,"大观园"三字如何召来这许多游客呢?

　　但我这位"红楼"中人,因为胸前挂了一块剧组发的小牌子,自然不用买票,可以自由出入。开机时,自然要进去,到工作现场。但那是工作,一往无暇他顾。值得回忆的是:工作之外的时间里,在园中闲适怡情的感受。

　　我们住的小旅馆,就在大观园对门,隔着一条马路。我坐在房间的沙发上,可以安静地望见对面大观园的白墙、绿树。这里马路偏僻,时当盛夏,傍晚在房中静静地望着斜阳中的大观园围墙,听着绿树上的蝉声,颇得红尘幽趣。我的"纪事诗"中有一首道:

　　　　幽窗日日傍园居,鸳瓦粉墙画不如。
　　　　我爱浮云绿树好,暮蝉声里梦回初。

　　诗无深意,只是一时兴会之句,但也可见北京大观园安静时的情趣了。每天一大早的光阴最可贵。小旅馆的房间不带卫生设备,因而我每日早六时就去对门大观园"如厕"——二字似乎不雅,但却是太史公在《项羽本纪》中用过的词语,不妨借来一用——早上六时的大观园,那真是静到极点。我每天这时进来,办完"公事"之后,便在园中散步。除去二、三位打扫园子的中年女同志而外,没有任何人。这时园子似乎为我个人所有了。我安静地仔细观赏园中各处,感到这个园子布置的确不错。站在西南角滴翠亭望沁芳桥,或在潇湘馆门前望怡红院一带,都有亭台如画之感。如果若干年后,树木、竹林都长成了,那自然就更好了。

我一大早散完步,便在沁芳亭栏杆边坐下来领略一番。沁芳桥、沁芳亭虽然低了些,但工程很细。一色汉白玉石栏,精工细凿。栏外池水映照,虽不旷渺,但也能显示水趣。新池子,还未能种荷花。而园中花儿匠,十分巧妙,把几大盆小红莲,连盆放在水中。这样看不见盆,花叶伸出水面,也如种在池中一样。我每天清晨,坐在沁芳亭畔欣赏。红花带露开放,楚楚宜人,真有"红楼"风韵。时正旧历七月初,我曾有小诗记之云:

沁芳亭子细安排,七月红莲并蒂开。
巧日最怜微雨后,断虹影里出楼台。

"后四十回"讨论会

　　怡红院第一阶段的戏拍完之后,摄像机移到稻香村拍摄,主要拍小红传话的戏,事见原书第二十七回。稻香村按照曹雪芹描写;应该是"忽见青山斜阳"、"一带黄泥墙"、"几百枝杏花,如喷火蒸霞一般"、"分畦列亩,佳疏菜花,一望无际"等等。但北京大观园的稻香村,以上这些,都未体现,显得太单薄了。而且设计构思不明显,未到院门,先在角上一个亭子,绿柱茅草顶,便有些不伦不类,莫明其妙。如在此建一井台,装上辘轳,茅亭低些,用带树皮的圆木作柱子,可能会好些。

　　这个"亭子"在电视"试才题对额"时,也出现了。按书中所写,贾政在此还发了两句议论。景物不能烘托剧情,似乎为作戏而说话,影响演员表演,太遗憾了。北京大观园第一期工程中,以稻香村建筑最不够理想。过两年,树木长起来,风光可能好些,但僻处一隅,恐怕总难展现曹雪芹所描绘的意境。

　　剧组集中在稻香村拍戏时,我却因另外的任务,离开了两三天。一是连着开了两天会,研究后四十回的剧本;二是接待了几位专家,参观了拍戏的现场和大观园;三是去了一天正定,看了"荣国府"的工程,回来还参加了一次来今雨轩招待日本客人的"红楼宴"。

　　这里先说几句研究后四十回剧本会议情况。后四十回改编为电视剧本,是周岭同志执笔的。没有按照高鹗所续四十回改编;而是根据前八十回种种暗示、"脂砚斋"批语以及长期红学研究的成果，另起炉灶，作了种种设想改编的。其突出的意图，就是使"红楼"故事的结局，成为一个彻底"好了"的悲剧。这当然是一个非常大胆而危险的尝试，是要冒很大危险的。

早在半个多世纪前，俞平伯先生在《论续书底不可能》一文中就说过："虽明知八十回是未完的书，高氏所续有些是错了的，但决不希望取高鹗而代之。因为我如有'与君代兴'的野心，就不免自蹈前人底覆辙，我宁可刊行一部《红楼梦辨》，决不敢草一页《续红楼梦》。"从俞先生的文章中，可知此事之难了。

但是续书是续书，改编电视是改编电视，二者自不能等同。周岭兄在改编的《红楼》电视中，显示了他的艺术才华，是大胆的，但又是有根据的、严肃认真的。当然是不是所有观众都能接受，那是另外的问题。报上讨论文章很多，是必然的。百家争鸣嘛！

这次会议由总监制戴临风同志、电视制作中心阮若琳主任主持，胡文彬、周雷、周岭和我都参加了讨论，对修改稿提了意见，争论也不少。两天会对剧组后来工作起了重要的巩固作用。

冀中之行

一九八五年九月初,北京大观园第一期拍摄工作已近尾声。回沪前夕,应制片主任任大惠同志之邀,去了一趟石家庄正定,看荣国府、宁荣街的工程。

这天早上三点多钟,面包车便直放正定。这时夜色仍浓,车过芦沟新桥时,朦胧中望见禁止机动车辆通行的旧桥和那古老的石栏杆、石狮子。

十一点多钟,到达正定。先到荣国府工地,工程完成了十分之六七;而宁荣街工程,则一间房也没有盖呢。看完工程,又参观了著名的隆兴寺,俗名"大佛寺"。然后一行在正定县府招待所内吃了一顿真正的北方水饺,就开车回京了。

季节是旧历七月中,时间是下午两三点钟。雨后初晴,天空蓝得透亮,四野禾黍离离,西望太行山脉,明洁淡远,如数抹阔云。我隔车窗,贪婪地看着,胸怀极为舒畅。我的故乡就在这隐隐的远山后面,但别来已半个多世纪,旧梦比远山还要遥远了。车中微吟,得诗二首,抄一首在下面:

> 青山一派展容光,绿树如荠秋数行。
> 燕冀天高云变幻,滹沱流急势飞扬。
> 征人淡作银河月,客鬓新沾玉露凉。
> 禾黍离离情几许,故园回首是他乡。

下午六时左右,车开到中山公园后门,出席《红楼梦》晚宴,宴请日本外宾。我与袭人姑娘——袁玫同志同席。关于这次晚宴,我给《人民日报》(海外版)写了一篇《稷园夜宴有感》,给《中国烹饪》写了一篇《茄鲞试释》。以上二文,前者收在本书后面的《红楼零简》中,后者收在《红楼风俗谭》。旧文均在,至此不再赘述了。

前面说过,按照拍摄计划,剧组决定九月初去四川,拍摄"清虚观打醮"的大场面。所以,自河北正定之行后,大家便开始准备四川之行。

剧组的同志是八月底、九月初陆续去四川的。我因上海学院开学,于九月初先回到上海,安排好学院中教研室开学上课的事之后,才去四川的。

沪成列车所见

杜甫诗说:"锦江秀色来天地,玉垒浮云变古今。"想不到《红楼梦》会同锦江、玉垒发生了关系。因而使我也留下了一些雪泥鸿爪般的梦痕。

《红楼梦》电视连续剧在成都附近各县拍外景,我应王扶林导演之约,有四川之行。

上海去成都,坐火车,我原以为走西安、经宝成路入川,还想在西安小作逗留。不料临行前夕,才了解到火车不经西安,而是经过洛阳之后,便折而南,经襄阳再折向西北,由汉中、勉县,到阳平关才连上宝成路,南下广元入川。

这条路线对我来说,太有吸引力了,马上把我的记忆勾回到半世纪前。小学四、五年级时,在北国山村中,在枕边就着昏暗的煤油灯,听着窗外呼呼的西北风,我曾贪婪地阅读过《三国演义》。南阳、襄阳、汉阴、汉中、南郑、阳平关……等等地名,以及诸葛亮、姜维、魏延……等人故事,曾深深地打动了我的心!然而,不料于五十年后,我竟要经过这些地方,重温儿时的梦境。

我携带着童年的梦,在上海北站登上了直开成都的快车。

在车上睡了一夜之后,第二天上午火车奔驰在豫中大平原。车进洛阳站,又退回到洛阳东站,折而南,便进入了山区了。晚上九点,到了一个我极感兴趣的地方——南阳。

火车进站,停车八、九分钟。我下车站在月台,先呼吸了一口凉爽的南阳秋夜的新鲜空气。车站上人很少,望过去新建的候车大厅,灯火雪亮,却静悄悄的……我凝思着,这就是"卧龙"隐居的地方吗?

> 驿前灯火静迷朦,谁识当年起卧龙。
> 异代情怀难想象,秋星遥夜入长空。

回到车厢,躺在铺上,思考着这样的小诗,迷迷朦朦地进入了梦境。

一觉醒来,车已奔驰在陕南的万山中了。一条隧道又一条隧道,这个山洞出来,接着又钻了入了另一个山洞。在两个山洞之间,闪现着山乡村落、层层梯田、人家木屋、蜿蜒的带状公路。忽然,一点新奇的景物映入我的眼帘。在那转瞬即逝的山村人家梯田边,几乎家家屋边都有一小片荷塘。秋荷留有残叶,亭亭盖盖,为高山晨光点缀着。其间偶有白鹭蓦地飞起……

这是在江、浙、皖南等地山乡中没有见过的景致,想是汉中一带山乡人家所特有的生活环境了。朱自清先生当年写过清华园的"荷塘月色",不知他见过这万山中的小小荷塘没有?如果在月下,在黑黝黝的山影中,站在这山坳人家的小荷塘边,应当别有一番情趣吧?是诗?是画?时光流逝,我可曾能够作片刻的停留?

车过阳平关,进入四川省界。在高山峡谷中,沿着嘉陵江上游的高岸走,这就是有名的剑门地带了。"细雨骑驴入剑门。"我在不算太快的电气机车牵引的火车上,闲想着八百年前放翁骑驴走在剑门山路上的情景……还好,我没有坐飞机来四川;不然,就没有这样脚踏实地的诗思了。

车沿江岸驶向广元,对岸是公路。忽然看到沿山一派亭台楼阁,隐隐约约,似乎整修的簇然一新。我忽然想起,广元是武则天的故乡,这可能就是她的祠庙古迹了。经问同车川人,果然不错,是著名的皇泽寺,武曌为尼的地方。

路实在太远。由上海坐火车到成都,足足走了近五十个小时。到成都车站,已经是夜间九时四十分了。

有人来接。跟他出站,钻进一辆簇新的银灰皇冠汽车。转瞬之间,开到驻地。第一次来到这憧憬已久的锦江城,站在旅舍楼窗口,望了望外面的车灯,不久,便入睡。一夜黑甜,第二天早七时便驱车去灌县了。

二王庙现场

　　成都去灌县,一条公路,要经过郫县地界。灌县在宋代是"永康军"。范成大《吴船录》记由成都至永康军离堆,要走三天。而我则两小时不到就到了。

　　一部丰田皇冠车,由犀角河街开出成都市,直上成灌公路,一路大小车辆不断。

　　车过郫县农村,见稻谷已收,沃野四连,处处流水环绕,翠竹林中,掩映着人家,正如《吴船录》中所写。石湖诗云:"流渠汤汤声满野,今年醉饱鸡豚社。"四川近年农村形势极好,五花好猪肉只卖了一元三、四毛一斤。沿途景物,大似石湖诗中所咏唱者,只是时代已进入到二十世纪八十年代了。

　　车到灌县,在住处东方宾馆放下简单的行囊,让车直开拍摄现场——都江堰二王庙。为了拍好"清虚观打醮"的大场面,好不容易找到这样一座有戏楼的道观。但也并不十分理想,因为建筑物的风格不是京朝派的。

　　二王庙是一座大庙。后门在山顶,正山门却在山脚下都江边。出了正山门,前行几步,就是横跨岷江的铁索桥;举世闻名的水利工程、秦太守李冰父子所修的都江堰就在眼前。

　　这举世闻名的古迹,剧组看景人员,已来过多次了,而我还是第一次来。后来在这里工作了两周,天天听着那激荡着历史的雪浪声。

　　这里的景观实际上包括了三个部分,即都江堰、二王庙、离堆和伏龙观。

四川西北,岷山连绵数千里,山上积雪万古不化。岷江发源于岷山深处,其上游与迷人的九寨沟毗邻,汇汶川江直泄灌县。到了灌县,流出万山峡谷,直注成都大平原。流势之急,几乎像钱塘江潮一样,其冲击力是无穷的。枯水季节还好,山洪暴发时,就要造成严重的水患了。两千年前秦太守李冰父子,以超人的智慧和力量,为民造福,修下了著名的水利工程"都江堰"。于是,化水患为水利,灌溉了成都大平原数十县的沃土良田,使之成为天府之国。千秋万代,直至今天,上千万的人还享受着他的"余荫"。从"竭天下而奉一人"或"尽一己之力以奉天下"的历史意义上讲,这同阿房宫、兵马俑等等比较,自不可同日而语了。我景仰前者,对后者却感到一种莫名的恐惧。所以我不大想到去参观秦兵马俑。

闲话少说,言归正传。剧组大队人马住在灌县养鹿场招待所,每天坐大客车到二王庙拍戏。有时早上五、六点钟就来了,夜间九、十点钟才回去。有一天甚至干了个通宵,真是日日夜夜,饱览胜迹了。可惜姑娘们对于历史古迹、江山壮丽,并不太感兴趣,感受不那么深。细细想来,未免辜负此行了。

都江堰

　　所谓"都江堰",就是在水枯季节,于江水流出万山、直泄平原的出口处,于江心修一巨型分水坝。水坝前低而锐,后宽而高。山洪暴发时,水头被坝一分为二。从现代科技的眼光来看,这工程是用力学分力原理以减少水势,从而把岷江水分为内江、外江两股;然后再引为沟渠,以收灌溉之利。

　　当然,在两千年前科学不发达的时代,修建这样大工程,是极为困难的;其修建手段,无疑也是较为原始的。但前人运用自己的智慧,观察分析了自然,洞察了物理之关键,便总结出了符合科学原理的施工办法,因而取得了成功。

　　在祀奉李冰父子的二王庙的影壁上,有六个擘窠大字:"深淘滩,低作堰。"这就是李冰修筑都江堰的原则。又有两行石刻云:"过弯截角,逢正抽心。"这也是治理都江水利的原则。

　　据范成大《吴船录》云:"四十里至永康军(指由郫县安德镇来),一路江水分流,入诸渠皆雷鸣雪卷,美田弥望。所谓岷山之下沃野者正在此。崇德庙在军城西门外山上,秦太守李冰父子庙食处也。"现在的二王庙,就是范成大说的"崇德庙"。自然建筑物几经兴废,早已不是宋代的了。

　　现在的庙门大匾,是四十三年前冯玉祥将军所题。庙中匾额不少,但大多是清代的。明清以来,成都府知府或二府同知有专管水利者,曰"署水利同知",每年有专款维修都江堰水利工程。庙中现有清光绪丙午(一九〇六)知成都府事兼署水利同知文焕的一块石刻。其词云：

> 深挖滩，低作堰。六字旨，千秋鉴。挖河沙，堆堤岸。
> 砌鱼嘴，安羊圈。立湃阙，留雷罐。笼编密，石装健。分四
> 六，平潦暵（即旱字）。水画符，铁桩见。岁勤修，预防患。
> 遵旧制，毋擅变。

从这块石刻的词句中，可以较为具体地了解到都江堰的旧
时水利工程情况。

二王庙是道士庙，保存了历代奉祀纪念李冰父子的传统。
庙产一度为园林部门管理。近年落实宗教政策，庙中诸事又由
道士负责。除了有道士之外，还有几位青年女冠，在庙中修炼。

二王庙的当家道长，今年九十三岁了。身着毛料花呢道服，
风度极好。在我们拍戏时，他老人家常常在一旁看热闹，似乎真
是庙里"打醮"一样。据范成大《吴船录》记载，当年的"崇德
庙"，"祠祭甚盛，岁割羊五万。民买一羊将以祭，而偶产羔者亦
不敢留，并驱以享。庙前屠户数十百家，永康郡计至专仰羊税"。
由此可以想见宋代的崇德庙盛况。今天的二郎庙，则已成为游
览胜地，每天来此的中外游客极多。加上剧组在此拍摄"贾府庙
中打醮"，就更热闹了。

当然，《红楼梦》剧为何选中在这里拍摄"打醮"的大场面，
则容我在下节慢慢表来。

拍摄"打醮"

选取二王庙,是为拍摄《享福人福深还祷福》回目中贾母带领荣、宁二府的人,清虚观还愿打醮的戏。这出戏场面很多,镜头要以百来计算。其中最大的两个场景,一是在正院大殿拍贾母看戏,包括戏楼唱戏;二是在庙外小街上拍荣府打醮时的执事队伍及车轿马匹。

二王庙由正山门拾级而登,一直进入正殿前院。重檐两层楼的巍峨大殿,连石阶少说也有二十米高。正殿对着是戏楼,左右两侧是庑殿,也是楼房。《红楼梦》中凤姐的话道:

> 他们那里凉快,两边又有楼。咱们要去,我头几天先打发人去,把那些道士都赶出去,把楼上打扫了,挂起帘子来,一个闲人不许放进庙去,才是好呢?

这在北京白云观、东岳庙都找不到的环境,却被剧组的选景人员在四川灌县二王庙找到了。在这里拍摄的戏中,摄像机录下了这样的场景:贾母、宝、黛等人坐在正殿面对戏台看戏,凤姐等人则坐边楼侧身看戏。这场戏道具极为精美,院中摆满了灯笼、旗锣伞扇、执事牌、金瓜、钺斧、朝天镫等"金八对"、"银八对"全份执事,大小食盒、猪羊三牲、香蜡供桌,房檐上挂满了神幡……完全是《红楼梦》所写的"一片锦绣香烟"的气象。

凤姐的目的是看戏。这时对面戏台上一台花团锦绣的戏正在演唱《白蛇记》、《满床笏》、《南柯梦》……北昆著名演员顾凤莉女士,二十多年前主演王昆仑老先生新编昆剧《晴雯》,饰晴雯。如今虽已"人到中年",而仍戏中串戏,粉墨登场,演出了《满床笏》的"拜堂"。她的表演都被一一收入镜头,把曹公雪芹描绘的故事用现代的科学技术予以形象化了。这场戏双机开拍,随时调动机位,一直拍到深夜二时才完成。这一天,凤莉同志大过戏瘾;但又要负责找临时演员,又要自己串戏,也是十分辛苦的了。

全部"打醮"过程,按照原作,还有这样的戏:贾母等人下轿时,小道士剪烛花,没有能躲出去,一头撞到凤姐怀中,被凤姐打了耳光。拍摄时,小道士是临时找的一位小演员。凤姐的扮演者邓婕扬手打时,心软下不了手,打得不狠,戏开始没有拍成功,只好重来。结果反复拍了几次才通过,那位小演员的脸也就被打红肿了。事后想起来,也真令人感到抱歉。可惜这个小演员的名字我未记住,不能在此明确写出向他表示感谢了。

此外,张道士接待贾母及众姐妹,凤姐与张道士说笑,张道士请宝玉的玉给道友们看等这些细腻的戏中,还有不少特写镜头。这些镜头都是在大殿旁边的一座鹤轩中拍的,而且也拍得相当不易。只是为免词费,我这里不再细说了。

"打醮"队伍

"荣国府门前车辆纷纷,人马簇簇,……不多时,已到了清虚观门口。"《红楼梦》第二十九回所写的这些场面,这些过程,该如何表现呢?

在二王庙的左面,有一条古老的小街。现在电视电影拍摄外景,要找一条没有电线杆、没有西式建筑的街道是相当难的了。这条古老的小街连着二王庙的左山门,改装一下,正好显示这样的场面:荣国府"前头的全副执事摆开,一位青年公子,骑着银鞍白马,彩辔朱缨,在那八人轿前领着那些车轿人马,浩浩荡荡,一片锦绣香烟,遮天压地而来……"

但是这条小街虽然古老,而房屋却是西南风格的,地方色彩很浓,怎么办呢?感谢布景师、美工师的辛劳,他们昼夜赶工,半个多月的时间,就把一条岷江畔的古老小街,改装成一处二百年前十足京华风格的关厢街道了。南货店、饭庄子、绸缎庄、金店、香蜡铺、点心铺……匾额肆招,都是北京味儿的;飘着红布条的幌子,什么"南北细点,大小八件","诚意高香,通心大蜡"等等,应有尽有。

荣府打醮队伍过来了。净街大锣、回避肃静牌、金八对、银八对执事,抬着食盒、供桌、猪羊牲的队伍,骑白马的公子,八抬大轿亮轿、绿呢、蓝呢四人官轿,翠幄骔车、蓝围子红呢骔车……浩浩荡荡,摆满了一条街。

这些大道具都是在北京加工,装车皮运到现场来的,花团锦绣,好不鲜明。这天邀请了四五百位临时演员,庙门前摆了许多摊子:卖耍货的、卖香蜡的、卖花的、卖糖的……尽量表现《红楼梦》中所写的场面:"那街上的人见是贾府去烧香,都站在两边观看……就像看那过会的一般。"再有,《红楼梦》中写的是端午时节,初夏风光,而拍摄时则是中秋之后。但由于川西气候温暖湿润,二王庙古木葱茏,所以逆光拍摄,夏季的气候感觉仍甚强烈。

二王庙的匾额,临时换了"清虚观"三字,蓝地金字,远远在望。摄制下来,有很强的表现力,使人一看就知道荣国府打醮队伍"已到了清虚观门口"了……

可是,这样一个大场面,在荧屏上却只出现几分钟。而为了表现这几分钟的戏,在拍摄前,单是排练的队伍如何走的整齐、严肃,就花了好几天!抬轿、抬执事、抬供品的临时演员,都是从灌县一家工厂中邀请来的。拉车的马和宝玉骑的马,则是从一百多里以外的部队中借来的。这次"打醮队伍"计有八抬大轿一顶、四人官轿四顶、骡车五辆,还有大量抬供品、举执事的人。不预先把队伍训练好,临时乱哄哄地,就无法拍摄。我和北影名美工师马强同志充了临时"训练官",一二一地训练了两天,才基本完成了任务。

索桥情思

　　在二王庙拍摄十来天，工作是紧张的。早的时候，清晨6时就赶到现场；晚的时候，夜间十来点钟还在现场。早晨游人未到，晚间游客已散，玉垒山下的二王庙静谧到极点。走出庙门，都江边日间熙熙攘攘的小摊贩——卖凉粉的、卖抄手的、卖猕猴桃的、卖小玩艺的……都已带着一天辛苦所获收拾摊子回家休息去了；停车场上大客车、豪华旅游车、雪亮的小轿车一辆也没有了；那些南来北往的中外旅游者都不知哪里去了。

　　然而，对我来说，这却是最值得珍惜的时刻。漫步走上铁索桥，走到两节铁索桥面间的桥墩上伫立，望着远方的岷山那黑黝黝的朦胧影子，望着一川望不到头、数不清的大大小小的鹅卵石，我突发联想：同样也是恒河沙数啊！低下头来，凝视江面，只见带着岷山太古积雪寒意的都江激浪，在桥下奔腾而过，哗哗作响。在四周的宁静中，江涛声愈发大起来。此时此刻，被这样一种气氛包裹起来，不能不使人感到岁月匆匆，历史无穷，太古渺茫，人生短促。

　　白天的铁索桥上，十分热闹。走上去，晃晃悠悠的。第一次走这桥，真令人有些恐惧感呢。有几个小演员胆子小，看了害怕，拉都拉不上去。这铁索桥，最早是用竹索修建的，所以叫"索桥"，又名"绳桥"。《吴船录》说"绳桥"云：

　　　　既谒谢于庙，徜徉三楼而返。将至青城，再度绳桥，每桥长百二十丈,分为五架。桥之广,十二绳排连之。上布竹笆,攒立大木数十于江沙中,辇石固其根。每数十木作一架,挂桥于半空。大风过之,掀举幡然,大略如渔人晒网、染家晾彩帛之状。又须舍舆疾步,从容则震掉不可立,同行皆失色。

现在过桥,其感觉仍如范成大所描绘的情况。不过这桥几经兴废,早已非宋代旧物。它最早名"珠浦桥",宋代改为"评事桥"。明末被毁,改用渡船。但都江堰浪剧,渡船十分危险。清代嘉庆时,有塾师何先德夫妇,募集资金,重建索桥,以利行人安渡狂澜,因名"安澜桥"。俗名则叫"夫妻桥",以纪念塾师夫妻。

今天的桥是近年重修的。改木桩架为水泥桩架,改竹索为钢丝绳,自然更加坚固了。所幸修建者头脑清楚,让重修的铁索桥仍保持了原来的风格。

站在索桥上,西望岷山,天晴时可见皑皑积雪。近处则是"都江堰鱼嘴",是主要的"分洪坝",远看像一条大鱼,伏在江中,"鱼头"正对着奔腾而来的怒涛⋯⋯

一天,和演惜春的胡泽红同志在江边铁索桥旁观赏。她拿着照相机,又想上桥拍张照,又不敢上去,还是被我拉了上去,请人用她的相机,代拍了一张合影。承她想的周全,记着送了我一张,现在还珍藏在我的相册中。有时翻开看看,仿佛还听到雪浪的涛声⋯⋯

离堆导江楼

　　站在铁索桥上往东看,则是著名的"离堆"。当年李冰父子将玉垒山西南一角悬崖凿断,让所分内江水从这一缺口流出,直注成都平原。《吴船录》所谓"分江水一派入永康以至彭蜀,支流自郫以至成都"是也。最狭窄处水流湍急,浪花雪涌,便是有名的"宝瓶口"。"离堆"现为公园,建筑物仍是道观"伏龙观"旧名。流传神话说李太守锁孽龙于离堆之下。《吴船录》记载,宋时伏龙观有孙太古所画李冰父子像。自然现在早已没有了。

　　然而,近年出土的汉建宁元年(一六八年)李冰父子石刻造像,现在却陈列在伏龙观里。这是极为珍贵的汉造像,造型浑朴,艺术价值极高,和武梁石室风格近似。李冰为坐像,拱手袖中,面部笑容如掬。李冰之子石像,头部已断,现只剩齐肩以下部分。但衣服细部花纹如新刻者。且双手握锹之姿态,极为生动。二王庙亦有新塑之李冰父子像。但全不讲求历史,如化装之越剧演员,庸俗浮浅,无艺术价值可言,只能稍博道观香火资罢了。

　　离堆下的南桥,风光极好。这南桥原是光绪时所建,现已毁。今天的南桥,为近年所建,十分雄伟。全桥建有楼榭,飞檐画栋,色彩鲜明。桥下激浪飞泻,巨木顺流而下,轻如一叶。在急浪边,居然有钓鱼的人,把鱼线、鱼钩一并扔到急涛雪浪中,大是奇观。但我没有亲眼看见钓上鱼来。

　　桥头有酒楼,名导江楼。是两层楼飞檐古建筑。檐前挂有大招牌,大字写"酒楼"、"茶楼"字样,很是气派。让人看了,马上联想到"武松杀嫂"中的狮子楼,"李逵夺鱼"中宋江、张顺等人吃酒的浔阳江酒楼。我和几位青年朋友,加上摄像霍康力,化妆历敏、蓝岚三人,逛完离堆公园,随意走过南桥,来到导江楼上吃茶。一面望着离堆上面的古木楼台、宝瓶口的都江激浪,一面望着南桥琉璃瓦顶的飞檐雄姿,颇有气象万千之感。平心而论,灌县真是个好地方——只是马路上太脏了。

南桥题咏甚多。名联不少,现抄录一副供读者观赏:

离堆开凿以来,溅玉飞花,流不去秦时明月;
长桥竣工而后,跨虹截浪,直视同汉代仙槎。

这次,我也有小词留念,调寄《减字木兰花》。词云:

导江楼上,茗话凭栏闲眺望;好梦秋情,又听南桥激浪声。　离堆卷雪,万木浮波如箭发;风月人间,游客常思太守贤。

青城山"游湖"

　　在灌县紧张地工作了两周,拍摄完古街"打醮"的盛大场面,有关这部分戏的镜头就算全部完成了。下一个拍摄点是崇庆。在这间歇中,剧组安排大家游了一趟青城山。

　　灌县是成都通向川西北阿坝州的要道。阿坝是岷江上游。那里万山连绵,景色迷人,有近年来发现的著名的旅游风景区——九寨沟。由于旅游事业日渐发达,交通方便,从灌县到九寨沟,坐长途汽车、大旅游车、带空调的面包车、小汽车,都可以。剧组中有的小演员也想去,但任务紧张,哪里有时间呢?去青城山玩上半天,松弛一下紧张的神经,也很是不错的了。

　　青城林木茂密,四季常青,群山环抱,如一座青色的城池,故名"青城"。"青城天下幽",是著名的道教所在地,称作"宝仙九室洞天"。其道观南宋初赐名"会庆建福宫",原名"丈人观",自唐代就出名了。最高处为上清宫,陆游诗所谓"九万天衢浩浩风,此身真是一枯蓬",即指此处。

　　青城山的确幽深,游人甚多。山下停车场上,大小车辆停满了。登山的路,都有石阶,并不难走;登山者鱼贯相连,一个接一个。卖竹制登山杖的满山都是,生意颇好。我也花七角钱买了一根,竹节多而粗,很为实用。但因时间有限,未登到山顶。只在半山处,找个游客稀少处,拣块山石坐了下来,随意看山了。听泉看山、看树看云,本可极为闲适地消磨了浮生片刻的光阴。过惯了上海尘嚣岁月、污浊空气的我,在此片刻,悠悠然地似乎真地成仙了。人间没有永久的神仙,可短暂的仙境还是不少的。比如,青城山便是这样的仙境。

半山脚里新修了一个小水坝,把山泉截成一个小水潭。潭水清碧如莹玉;潭中还可以坐船。这是青城山中的新景。我坐在这半山腰的小湖边,不禁遐想起来。记得不少书中记载,台湾有个日月潭,也是在山上的小湖,其风光大概跟这里差不多吧?大画师张大千先生归道山前数年,还梦寐思念他的故园青城山。山上道观的道长是他故人,所以先生还辗转寄来书信和画幅。然而,先生心目中的青城山,是否也增添了这小小的一泓碧水呢?可惜先生早归道山,不及归来重上青城了。

在这湖上的一条电动渡船十分好玩,我也两角钱买张票坐了一次。本来坐过去是登山正路,游人可以顺路登山。而我则因不想急匆匆地爬山,只爱悠然地观赏,所以坐了过去,又坐了回来。花了两毛钱,只当山中游湖吧。

在山门外,服装设计师史延芹女士用她所带的照相机,给我一气拍了不少照片。和剧组同志在一起,几乎天天都有人给照相。但也不知是什么原因,大多是有"照"无"影",或者说是有"影"无"像"。因为直到今天,我还没有拿到青城山的留影照片呢。

崇庆古蜀州

　　青城山,在我是初游;而在史延芹几位,则是重到了。因为拍一、二集中关于甄士隐、贾雨村的有些戏,是在这里拍的。如贾雨村巧遇冷子兴,演说荣国府的镜头,就是在青城山上山路上的一个茅亭里拍的。

　　游过青城,翌日即到新的拍摄地崇庆。崇庆古地名江原、汉原、唐安、蜀州;建制曾经是郡、军、府、州、县。作为蜀州,前后有四百五十多年。清代为崇庆州,不过不是直隶州,归成都府管辖。由灌县公路到崇庆,方向是正南,一路都是沃野平川,是成都盆地最肥沃的地方。所过村庄,都是水竹林木,十分葱茂。到了崇庆,还看得见旧城边尚留下一段整齐的城墙,显示了一点古老的历史气氛,这番景象在其他地方也是少见的,因为各地城墙大多早被拆光了。

　　生长在历史悠久的国度,多少有点历史癖。看到一角城墙,思古之情,油然而生。忽然想到,这是南宋爱国诗人陆游做通判的地方。八百年前,陆游由绍兴来到西蜀作了不少年官,其中一任就是蜀州通判。《剑南诗稿》中《初到蜀州寄成都诸友》诗云:

> 流落天涯鬓欲丝,年来用短始能奇。
> 无材借作长闲地,有懑留为剧饮资。
> 万里不通京洛梦,一春最负牡丹时。
> 襞笺报与诸公道,罨画亭边第一诗。

蜀州历史,自然可以再往前想。杜少陵《和裴迪登蜀州东阁送客逢早梅相忆见寄》诗:"东阁官梅动诗兴,还如何逊在扬川。"也正是说的今天的崇庆。可惜来时正是秋高气爽的重阳前数日,不是梅花开的时候,已看不到"东阁官梅"的景色了。

范成大《吴船录》记载,崇德庙在永康军,即今天的灌县。又记云:"乙亥,十五里,发青城县。"而后来青城只有山,作为县治,明清两代就没有了。《剑南诗稿》中提到"江原县",现在也无此县名了。

这样一个川西名县,今天居然我有缘游访,实在是十分难得。更使我吃惊的是,这个离成都60公里的小县,却有出乎想象的繁华。马路较灌县整洁,商店较灌县整齐,不少大百货店,商品琳琅满目,甚至上海的紧俏商品——彩色电视机,在崇庆街头商店中也竟有多种牌号出售。

剧组所住旅舍底层是酒类专卖公司门市部。而七楼却是舞厅。每晚一觉睡醒,朦胧中犹听到舞厅里轻快的舞步声。剧组男女青年演员,自然也想过舞瘾。为此剧组作为纪律告诉大家,虽然只隔一两层楼,却不能随便进去。大家都能遵守这条纪律,没有越雷池一步的同志。而剧组为了照顾大家情绪,特地包了一场,全是剧组人参加,让大家尽情玩了一个晚上。记得那晚的舞会上,林妹妹——陈晓旭大唱流行歌曲,变成八十年代的"林黛玉"了。

罨画池亭子

范成大《吴船录》记至蜀州道："丙子,二十里,早顿周家庄……十里至蜀州。郡圃内西湖极广袤,荷花正盛,呼湖船泛之,系缆古木修竹间,景物甚野,为西州胜处。湖中多小菱可食,蜀无菱,至此始见之。"范成大所记,也就是前引陆游诗中"罨画亭边第一诗"所说罨画亭边的罨画池。

罨画池,的确是艺术境界极高的一座园林,当得上"西州胜处"四字的评语。

看惯北京宫廷式园林和苏州、杭州江南私家园林的我,一走进罨画池,马上便有一种面目一新之感。见了罨画池,顿时觉得有一种浓郁的高古画意扑面而来。

罨画池并不大。在我的印象里,它大约同苏州拙政园大小差不多,甚至可能还略为小些。可是,它给人的感觉却很大,丝毫没有江南园林的局促。

罨画池的佳胜处,一在于水,二在于古木丛竹,三在于亭和廊。

水面偏北,如一长脖南瓜,斜放在那里。周圈也不过二百多米,并不大。夏天荷花极盛,小船可在荷花丛中划行。不过去时已是深秋,一片荷叶也没有了。一种白色羽毛似乎有黑翅的小鸟,状如燕子,掠水低飞,一闪而过,捕食小虫,极有情趣。

水面周围,古木极多。四川竹子极茂盛,水边丛竹亦多。既非小竹,也不是浙江、安徽常见的毛竹,而是高大的丛竹,似乎极易生长。看到一堆丈许的土堆上，也长着一丛，两丈多高，不少根都露在外面，也森森然青翠欲滴。心想如能搬一丛到北京新修的大观园潇湘馆墙边，该有多好！

有一池秋水，森然古木、青翠丛竹，再如何点缀呢？主要是用亭子和周围的路，以及一座拱桥，把水和树点缀贯连成一个整体。倒影水中，成为一首诗，一幅画。

"罨"者，网鱼也。"罨画"者，网画也。"锦屏罨画散红青"。画家谓色彩斑斓之画曰"罨画"，诗人谓色彩斑斓之水为"罨画"。浙江长兴西溪，名"罨画溪"，上有亭曰"罨画亭"，世多知者。而蜀州之"罨画池"知者较少。放翁"罨画亭边第一诗"的句子，不言"池"而言"亭"，可见宋时这里就以"亭"著称了。今天的罨画池，同样是亭子极好。

罨画池一共有大小十几个亭子，形状各不相同。前池有两座大方亭，据水中央，拱桥连接，虽大却不显其大。池西北角，一座长方亭、一座小方亭，中有短廊连接，飞檐翼然，临水如水榭然，意境极美。水面弯向东北，狭处有一亭桥，中高，两面低，错落有致，而又落落大方。造型乃江南园林所少见，而极富日本情趣。若有着和服、木屐的仕女由桥上走过，则更如画卷。实际这正是唐代园林的置景风格。与江南园林本元、明、清一脉而传者，在韵味上有明显差别。这就是罨画亭的佳胜处。而剧组选择这里拍摄电视《红楼》，便是看中了这一点。

罨画小桥看"厨娘"

在那唐代古韵照人、有今天日本奈良风味的小桥边,一带短墙,弯进去是个小院,又有三间房子。在这三间房子中,砌了假炉灶,装了假风箱,案板、砧板,北京味的老式冰箱等厨房家具。院内笼中活鸡活鸭,盆中活鱼,木杠上挂着五花猪肉,整只火腿……这是干什么呀?原来是准备司棋大闹大观园厨房的戏。出场人物,除司棋外,主要是柳家媳妇、秦显家的、柳五儿、芳官、小蝉儿等等,故事见《红楼》六十回、六十一回。这是大观园中宝、黛、钗、袭人、紫鹃等人物外的另一阶层的人物;这里有另一种生活矛盾,另一种复杂关系。曹雪芹用传神妙笔,把她们这些人物刻画得丝毫不比宝、黛等人逊色。因此,可以说,不把她们也展现给观众,那就不是社会的《红楼梦》,就对不起曹雪芹,也对不起观众。

电视剧《红楼梦》视野开阔,要全面表现大观园小人物,所以闹厨房是一场重头戏。要选一个美的环境,安置这个大观园的厨房——一句话,就是要把这场戏的厨房,和大观园的风景线连起来——看,隔着短墙,望见司棋带人穿花拂柳,气汹汹地从美丽的小桥上走过来了;看,隔着短墙,望见查夜的管家大娘林之孝家的带领从人,打着灯笼从小桥上走过去,又走远了……是去怡红院呢?还是去潇湘馆?境境无穷,反正是大观园里面,任凭观众去想象了。

厨房柳家的是唱主题歌的陈力女士扮演的。开始造型、化妆和服装都不够理想。经过一再修改，厨娘的形象出来了。在灶口上，火焰熊熊，你看"她"拿着炒勺，满像那么一回事呢！

川西古蜀州，小小的罨画池，美丽的亭子，美丽的小桥，却连接着《红楼梦》大观园中的厨房，这多么好玩呢！如果我不说破，恐怕观众绝对想不到吧。

罨画池园林与崇庆文庙连着，明伦堂及庑殿等虽无匾额，但规模相当大，很可想见当年地方上文风之盛。可惜的是现在罨画池除一近人碑刻"罨画池"三字之外，其他亭榭匾额、抱柱全无片墨。诚如《红楼梦》中"试才题匾额"一回中所说："任是花柳山水，也断不能生色。"美丽的罨画池亭榭，确实是缺少些传统的文化气氛了。

《红楼梦》剧本来想利用这里的明伦堂拍"元妃省亲"大观楼场景。规模大小完全可以，图色也画好了。只是建筑年久失修，太破了。要用，必须大修。由于大修费用较大，时间也来不及，只好放弃了上述的打算。

但罨画池后门形如小角门，又有假山，环境十分幽静。便用来拍了司棋私会潘又安，被鸳鸯撞见的戏。痴男怨女，结局悲惨，是《红楼》另外一桩公案。

片云何意傍琴台

剧组选景，在眉山三苏祠拍赖大家花园宴客。因这出戏中有柳湘莲串戏，可谓戏中有戏，场面十分精彩。北昆顾凤莉女士约好拍摄时要我一定去，我也极想去到眉山，瞻仰一下东坡学士的故乡。可是遗憾的很，临去眉山前一日，我因感冒发烧，情绪颓然，不得不回成都看病。三五日后，病好了。但眉山任务也已完成，大家都回到成都，我也不必再去眉山了。

第一次入川，来时只在成都住了一夜，便匆匆去了都江堰。这次未去成眉山，却在成都住了几天。对于这座仰慕已久的名城说，能逗留数日，也不虚此行了。

我住在抚琴台路民族饭店，这是僻处城西一隅的胜地。少陵诗云："片云何意傍琴台。"我居然在此做了几天客，也是意想不到的机缘。似乎少陵此句，是为我所咏了。

住在这有古老地名的新式饭店中，如何想象那弹琴的司马相如和美丽的卓文君呢？我简直没有去想。头三天有热度，几乎没有出房门。只因外出打针的关系，到对门王建墓散了散步。这是五代十国时前蜀皇帝王建的陵墓，号"永陵"。王建以私盐贩子从军，风云际会。后来雄踞川蜀、并有汉中之地，做了皇帝，才修了这样阔气的坟。这坟墓在一九四二年被发掘出来，现在成了全国重点保护文物。

我从来不参观坟墓，总觉得这不是参观游览的地方。不管是什么十三陵，或是"秦俑"，都从无"雅兴"去看。因而虽近邻王建墓,也没有买票去看墓道。只有一次,到王建墓前的陈列室中看了看。在陈列品中,我注意到王建的一条玉带。这条玉带是近五十年前出土的,为五代时的实物。用两寸多阔、三、四分厚的皮革制成。皮革是几层缝在一起,麻绳针脚十分细密。玉带正面镶有三大块长方形羊脂玉,雕作龙蟠图案,十分朴实浑厚。这做工不像明清以后的雕饰物那样精工细致,还保留有唐代博大的风格,让人追想王建当年系着这条玉带时的模样与派头。

这天正是重阳第二天,秋光大好。院子里陈列的盆菊,八分开放。偶然看到,目为之明,忽然兴起强烈的季节感。因而想到:"采菊东篱下,悠然见南山。"此一诗境也;"永陵散策处,偶见菊花开。"此又一诗境也。会心处常在"偶然"之间,可遇而不可求。

我过去收藏有成都"诗婢家"笺纸店的水印张大千折枝花卉诗笺全套,因抄家而遗失了。"诗婢家"店名是用郑康成故事的出典。成都习惯起极典雅的店名,这是其中之一,现在还在。可惜我未去。在王建墓售品部看到也有笺纸,但印刷粗劣而价钱极高。张大千那样的诗笺已难想象了。

草堂游罢别成都

民族饭店,这里地方很大,有许多幢不同规格的客房,中间还有大礼堂,电影院。我住的是一幢两层小楼,只有十来个房号,我一人住一个套房,浴室出奇地大,十分干净。头两天我躺在床上,昏昏沉沉,也无暇细看。洗了几次热水澡,又吃药、打针,出了透汗,身上一轻松,病便好了。

病好之后,王扶林导演也由眉山完成了任务来到成都,第二天就要飞回北京。飞机下午起飞,上午承他之邀,乘车游了一次杜甫草堂。去的很早,加上距离不远,乘一部簇新皇冠车,转瞬即到。其时还不到八点钟,游客尚未来,静极了。唐诗云:"成都多夜雨",午夜一阵雨,使得草堂土润苔青,洁无纤尘。

扶林导演去年在此拍过戏,他这次来是"偷得浮生半日闲",为陪我来而重来;我则是初到。我们闲行在林木竹径间,我不禁想起了少陵《狂夫》一诗的句子:

> 万里桥西一草堂,百花潭水即沧浪。
>
> 风含翠筱娟娟静,雨裛红蕖冉冉香……

啊——这就是草堂!

慢慢走向草堂西面的水边,一泓秋水,白云掩映——忽然发现了奇迹:沿着水边几十株老海棠,红霞簇簇,着花正好。时令正是重阳过后看菊花的时节呀!怎么有海棠呢?真有些不相信自己的眼睛了……

锦城的海棠是有名的。当年范成大在锦亭燃烛观海棠,曾有名诗云:"银烛光中万绮霞,醉红堆上缺蟾斜。从今胜绝西园夜,压尽锦官城里花。"而我今天却在重阳节赏锦城海棠,便是奇观了。但杜甫诗中,却没有咏海棠的诗,为什么?不知道。这是千古文人艳说的诗苑之谜。

飞机票订好了,头天下午去成都热闹的商业区盐市口买了些"灯影牛肉"、"赖汤元"汤元馅子等著名土宜。第二天一早五点多钟就乘车去飞机场。飞机迟起飞四个钟头。本应上午十一时到上海,结果十时半才起飞,十二时到长沙;四十多分钟后,又由长沙起飞,约下午三时许降落在虹桥机场。如果直飞,两个多小时就够了。范成大《吴船录》记载,他淳熙丁酉(公元一一七七年)五月二十九日离成都,十月初七才到苏州盘门,足足走了四个来月。而我只四个来钟头就到了,深深感到时代的确不同了,人类毕竟进步了。

回想成都数日,还要感谢一下成都民族饭店的小服务员。她胖胖的圆脸,蓝牛仔裤、黄茄克衫,一脸微笑,天天来收拾房间,照顾我的病。两三天后我病好些了,才和她攀谈,才知她是藏族姑娘,她父亲在阿坝州工作,家在成都,她也是成都出生,成都长大的。承她照顾,无意中结下了民族的友谊。

我的第一次四川之行结束了。

虽然它是那样的短暂。四川美好的山水与人情,加上它悠久的文化历史,在我心中留下了永难磨灭的印象。我时刻期望着那重游的日子来临。

上海大观园杂记

一九八五年冬,剧组一方面抓紧远赴东北拍雪景,一方面作好来年在南方拍摄的准备工作。

去东北拍雪景,连去两次,我没有去。但是在摄像李耀宗同志南来时,说起了在哈尔滨拍雪景的寒冷情况,我听了也感到不胜凛冽。他说:每在户外拍摄二十来分钟,就要把摄像机提到屋中暖一暖,不然机器也要冻坏的。而当摄像机一提到房中,屋里热气马上就扑到零下二三十度的摄像机的外壳上,结成一层厚厚的冰花——也就是霜——人的感觉自然可想而知了。

但是,就在这样凛冽的冰雪中,狱神庙一场戏中的凤姐——也就是邓婕同志——却穿着单薄的破棉衣,用芦席卷着,在雪地上被拖着走了那么远,戏拍完了,人也完全冻僵了……

我当时在上海,惭愧没有去东北领略一下雪地冰天的滋味。在上海,却较为忙碌地参加了另外的准备事项,那就是多次到上海青浦淀山湖畔大观园采景,为第二年春天剧组南下拍戏打前站。

若干年前,只是《红楼梦》中有个"大观园";而今,则除了北京有个大观园外,上海淀山湖畔也有个大观园了。而且,上海大观园的建筑年代,又比北京大观园早好几年。

早在一九八二年,中国红楼梦学会在上海漕河泾原上海师范学院开年会时,与会代表就去参观过淀山湖畔大观园。那时这个大观园开工也已二三年了。作为餐厅和招待客房的碧波楼一组建筑,已经完工。参观者在此休息喝茶,我被拖去写字。在一个很考究的花梨大画案上写了不少,十分痛快。后来大家去游湖,我却在楼上新客房中睡了一个美美的中觉——完全像刘姥姥睡在怡红院一样。当时回来的知名同道不少。张毕来、端木蕻良、吴晓铃诸先生都来了。周雷同志为大家照了不少有趣的照片。其时北京的大观园大家想都没有想到呢。

那时上海大观园里面的怡红院基本上盖好了,梨香院戏台、潇湘馆等也在施工。这里原是江南淀山湖畔渔村隙地,因势建园,把潇湘馆建在原有的一片竹林边。这次参观后,我曾写了一组竹枝词,题名为《海上大观园杂诗》,发表在香港《文汇报》"文艺"版上,一晃已是五六年前的事了。现择引两首,以飨读者:

借得潇湘十万竿,当年风雪护茅椽
从今月下闻环佩,清供谁思玉版禅。

欲望沁芳隔陌阡,芭蕉展尽两心悬。
何堪夜雨通情愫,跑煞晴雯与紫鹃。

这第二首第四句,是说明"怡红"、"潇湘"距离较远。

平伯师与红楼电视

由于确定在上海大观园拍戏，因此先是副导演孙桂珍同志来沪，接着扶林导演、摄像耀宗同志又来沪，共同去现场研究机位，以便回京制定具体拍摄计划。接下来剧务部门的同志来，与拍摄现场负责人商洽费用，签订合同，并安排食住的地方。及至剧务主任王慧春同志，把各方面的具体事务落实之后，已经是一九八六年元月下旬了。

这时正好有另外一次与《红楼梦》有关、也与"红学"界有关的盛会，在北京举行。我已经接到中国社会科学院文学所的请柬，要去北京出席。是什么会呢？就是为俞平伯先生召开的从事教育学术研究活动六十五周年纪念会。这次会议会期定在一月二十日。这个日子是着意安排的。因为平伯老师的生日是旧历腊月初八，也就是传统风俗的腊八节。这年一月十八日正是"腊八"，欣逢平伯老师八十六岁华诞。我为剧组写好祝贺这次盛会的字幅：

期颐康乐，艺苑宗师

八个大字，并上下款，足以表达剧组对一代红学大师的景仰。同时，我自己也写了一首五言古诗，并和在沪的剧组主任王慧春同志说好，相偕十六日一同去京参加盛会，兼给平伯夫子拜寿。

可是事不凑巧，这几天正遇寒流袭沪，妻子突然受凉病倒了。她缠绵床褥，无人照顾，我不能离开，只好放弃了北京之行。字幅早已寄到北京剧组，装裱后送到会上去了。临时又托慧春同志给平伯师带去一只大蛋糕，略表我遥远的祝福。

过了两三天，就接到平伯老师的回信，可见夫子喜悦之情了。我把原信一字不漏地引用在下面，以存"红楼艺苑"之文献史料吧。原函云：

> 云乡兄：
> 昨承远惠佳品，感谢感谢。今月二十日荷文学研究所雅意，为鄙人召开从事学术活动六十五周年纪念会，到者约二百人。旧业抛荒，甚感惭愧不安。其谈及《红楼》者，有两小节，只有旧醅，并无新酒，迟日当捡以呈正。以动作说话都很艰难，拟倩人（外孙韦奈）读之，仅可塞责。奈何。即颂
> 大安
>
> 平伯　　一月十七日

俞师日常赐函，十分客气。其称谓是北大老传统，不客气称"兄"，客气者称"先生"。在此我稍作说明，以免读者误会。这次盛会，周岭同志都作了现场摄像，保留下全套录像带，纪录了盛会的历史过程。遗憾的是那天拍照的胶片全坏了，没有能留下一张照片。俞师春秋已高，对于电视《红楼》，虽未列名，却因为私谊，时有消息。我以老学生的情谊，常常思念他老人家信中写到的点滴，较之偶然访问者，或者稍微真实些吧！

移花接木

老牛退位，虎儿迎来。丙寅春节过了，我特地刻了一块"虎虎有生气"的闲章，以迎接虎年的到来。正月初九，因苏州画家方书久先生画虎展览在网师园开幕，我被邀参加。两天之后，苏州园林局派车把我送到上海青浦县委招待所，而红楼剧组的同志，前一天则已经全到了。

根据与上海大观园管理处定的合同，剧组南下较早，为的是抢时间。因为大观园管理处主任要求：园中怡红院、潇湘馆等已开放的地方，在花期到来之前，剧组可以全天拍戏；在花期到来之后，便只能早晚使用；而在游人多的时候，则不能使用了。当时距离梅花盛开，不过十来天时间。因此，剧组只好决定将需要拍摄的戏，全部集中在梅花开放前几天拍摄。

这里的怡红院、潇湘馆，不是按照《红楼梦》中所写什么"小小的五间抱厦"、"抄手游廊"等京式规模设计的，因而不完全是曹雪芹的"怡红院"、"潇湘馆"，况且"怡红"、"潇湘"诸戏在北京大观园已经拍了不少，所以荧屏红楼的"怡红"、"潇湘"只能限制在北京大观园。在上海大观园中，对于淀山湖畔的"怡红"、"潇湘"二处庭院，便要移花接木，改作别用了。

"红剧"需要的场景非常的多，有些房舍也要多次出现。即使有些出现次数较少，但也不能重复，且不能忽略要有"富贵气象"。如凤姐和尤氏、秦可卿斗牌的房间（也似乎是秦可卿的客室），便是利用上海怡红院三间西厢房拍摄的。后来，宝玉带贾珍进来求邢夫人、王夫人允许凤姐协理宁国府,凤姐应允,接了宁国府对牌等戏,也是在此拍摄的。另外,鸳鸯抗婚中鸳鸯与袭人、平儿等谈话,又是此园潇湘馆外山石畔小亭中拍摄的。

上海大观园的条件还有胜过北京大观园的,就是在所有建筑物中,房舍亭榭,都摆着成堂的红木家具和古玩。拍摄时,只根据剧情及镜头角度,调动一下就可以了。由于省去了制作道具布景的麻烦,方便不少,便加快了拍摄速度。

自然,这些红木家具一般摆摆还过得去。如以高标准要求,那还有相当距离,原因就是规格较为杂乱。本来,明代的红木家具最高雅,谓之"明式"。康熙、乾隆之际的次之。上海大观园所摆,大多是近代的。而且有一种没有腿的螺钿多宝格式书架,虽然十分精巧,但那是日本式的放在"榻榻米"上的东西。现在摆在"怡红院"宝玉房中,本来就不伦不类。只是一般观众看了,觉得也算考究,就不去深究了。因此,在上海大观园里拍摄《红楼》剧,导演者不得不移花接木、巧作安排了。

顺便说一句,"《红楼梦》剧"中"试才题对额"、贾政带宝玉逛大观园的戏,也不是专在一地拍摄的。有的镜头拍自北京,有的镜头拍自上海。尤其那些闪现许多美丽的梅花、迎春的镜头,都是在上海大观园里拍下的。由于导演者的匠心和剪辑者的安排,现在电视荧屏上的"大观园",基本上是南北大观园的集锦!

"体仁沐德"红白喜事

上海大观园在电视"红楼"驻园拍戏时,有好几处建筑虽已完工,但尚未开放,接待游客。这样,便给电视"红楼"提供了更为方便的拍摄场景:那就是"体仁沐德"、"梨香院"诸处。这里先说一下"体仁沐德"。

在《红楼梦》原文中,"体仁沐德"是元妃省亲时更衣、登舟游园的地方。但由于小说中着墨太少,一般不熟悉"红楼"故事的人,甚至不知道这个所在。在上海大观园,这组建筑却很好。不但建筑考究,而且位置重要。它们右通怡红院,面对大假山,左连沁芳桥,通向潇湘馆;而且后面是水面,有白石码头,可以登舟,与对面大观园的主要建筑"省亲别墅"牌坊、大观楼、缀锦阁遥遥相望,其位置正好在园的中心。因为时已竣工,尚未开放,所以拍电视使用,便不受游客影响,可以全天"作业"了。

"红剧"在此拍了不少场大戏:

首先派上名副其实的正式用场的,是让元妃省亲时游幸一番。拍摄那天,这处院落,正门洞开,大红地毯一直顺引路铺向门外。院中正屋前檐挂着"体仁沐德"的红色灯匾,两廊各色宫灯,明烛辉煌。正室前面槅扇也都打开了,望到室中鹅黄幔帐,一派宫帏气象。鼓乐声中,一队队太监、宫女前导,身穿明黄宫装的贵妃娘娘贾元春——扮演者南京姑娘成梅女士缓缓走来,一派雍容华贵的气派。只见她走到院中心,抬头细看灯匾,嘴中轻轻说道:"太奢华靡费了!"

这些情节，在原书中写的很概括，而在电视中表现出来，却要花很大气力。元妃省亲的全过程可说者尚多，我们留待写到扬州瘦西湖时再说，在此先暂时打住。

"体仁沐德"院落，可以说是办"红白喜事"的地方。派了"元妃省亲"的用场后，接着就又派"白事"的用场。作什么呢？那就是"灵堂"，而且是"双份"。秦可卿和贾敬的灵堂，都是在这个新落成的精致院落中拍成的。

但是这场景搭起来相当复杂。院中要搭灵棚，要搭左、右鼓乐亭，院中要排大量的灯笼、戳灯，正厅中要有灵幔、灵柩、供桌、供器、祭幛、挽联……不少都是木活、白布活、纸活。单是纸花，就要制作几千朵。因此，工作量大，任务繁重。场景设计及现场指挥是风雷同志。这位家住江苏丹阳的美术师，在《红楼梦》场景设计中几度大显身手。这次搭灵堂，就很能显示他那超群的才干。

记得那天是决定下午五时开机。上午十时，扶林导演约我和摄像李耀宗同志一道乘车直放现场，看看场景搭的如何。到了现场一看，不少尚未搭好，现场也显得乱糟糟的。下午五时能派上用场吗？大家一致担心起来。谁知风雷同志拍拍胸膛：误不了事。果然，下午五时拍摄队伍赶到现场，发现一切都准备就绪了。现在想起来，我真不知道风雷同志是怎样办到这一切的呢！

秦可卿灵堂

秦可卿的戏已在中央电视台播过两次;据说,有的电视台还播过三次。这出戏播出后,引起了很大争论。当然,仁者见仁,智者见智,在此我不作评价或辩解。我所要谈的是这场戏的拍摄过程。那是十分艰巨的,尤其是灵堂和大出殡的场面,要求的是"一大三多",即场面大,演员多,拍摄的镜头多,换的地方也多。

灵堂一场戏,是在上海大观园和北京白云观两处地方拍摄的。原书描绘道"单请一百零八众僧人在大厅上拜'大悲忏'……九十九位全真道士,打十九日解冤洗业醮。然后停灵于会芳园中,灵前另外五十众高僧,五十位高道,对坛按七作好事"。这些如何表现在电视中呢?如果一无巨细地拍来,既无可能,也不必要。导演决定这场戏的场面,只要适当地表现一些就可以了。这里附带说一下,这场戏中的"道士经"不在上海,而是在北京白云观拍的。那是非常真实的道士经棚。至于细心的读者要问:上述引文中的"全真道士"和"高道"有何区别。我这里也附带解释一下。"高道"如同"高僧","高"是形容词;而"全真"则是道教专名词。金代名道士王嘉,号重阳子,居全真庵,创全真教,是道教的一个重要流派。这个教派提倡熔儒教"忠孝"、佛教"戒律"、道教"丹鼎"于一炉;其哲学思想,有相对道理,所以影响甚大。以全真标榜者,不同于一般道士。曹雪芹如此写,是否有讽刺贾敬、贾珍、秦可卿等人的意思,如同焦大的痛骂一样,这还有待于进一步研讨。为了说戏,这里就不再赘述了。

撇开道士,且说和尚、女尼,和尚经、尼姑经,这些都是在上海大观园"体仁沐德"的"灵堂"内拍的。僧人、女尼都是顾凤莉同志从上海请来的。这些被请来拍戏的僧人、女尼,也真在灵前念经、按方位绕灵,很能表现旧时的风情。

贾珍——李志新同志扮演,在院中曳杖而行,如丧考妣。宝玉向他推荐凤姐协理宁国府,就是在"体仁沐德"院中所拍。院中有鼓乐亭、孝棚,白幔飘拂,倒很能渲染戏中的祭事气氛。

灵堂官员上祭的镜头也拍了一些,但更重要的是在场景中拍人物特写。如凤姐痛哭秦可卿的镜头,就是在这里拍的。在此,也顺便提一点,就是旧式妇女哭灵,总是像对死者说话一样,边哭、边说,而诉说的调子又跟唱歌一样,也就是古代"挽歌"的遗意。现在凤姐哭灵的特写,未能如此设计配音,令人感到美中不足。再有瑞珠披麻戴孝守灵的特写,也要求演员放声痛哭。而这位演员却一时哭不出来,只好往眼中点甘油了——那味道自然不好受,于是怪叫一声,眼泪就下来了。

"体仁沐德"的灵堂场景,拍完秦可卿的丧事后,稍一改装,就接着用来拍贾敬的丧事。而这个情节,主要拍尤氏、尤二姐、尤三姐的戏。扮演者,一身孝服,更显出素妆的美丽和动人。至于现在荧屏上所出现的那些有关她们和贾珍、贾琏等人眉来眼去的镜头,从表演的角度看,应该说也都是比较成功的。

《红楼梦》剧剧组在"体仁沐德"拍戏,还有不少有趣的事发生,想来读者会感兴趣。我在下面慢慢道来,也算一点"花边新闻"吧!

雨中谈趣

一九八六年深秋,曾两度重游上海大观园,发现正门、照壁、大门引路及园内前半部的道路全修好了,游览十分方便。而在八六年初,即三月间,在此拍戏时,前面正在施工,进出都要经过正门一带工地。晴天还好,一遇雨天,就十分糟糕。上海郊区土地都是海边冲积淤泥,一下雨,又滑又腻。只穿草鞋、雨鞋还好走,演员化好妆、穿好服装,如何行走呢?就这样一个小问题,在现场有时就感到为难。记得在"体仁沐德"拍秦可卿、贾敬灵堂时,头两天天气特别好。春天的骤暖,笼罩着整个淀山湖。有一天正好是星期天,因为上海的报纸都刊过电视"红楼"在大观园拍戏的消息,大家都想看看现场拍电视的情景。所以,那天真是游人如蚁,大有举袂成云的盛况。但是骤暖之后,风向一转,气温一低,又是一夜的春雨了。

第二天一早,雨仍是滴滴答答地下着。在江南,下雨是家常便饭,并不影响人们的正常生活和工作,大家该干什么仍旧干什么。何况拍戏日程,已经安排好了。只要不是外景露天拍摄,当然不会因雨而改期。

这天是拍贾敬灵堂的戏,演员们五点钟起来依次化妆——尤氏、尤二姐、尤三姐……奶奶、姑娘、丫头们都打扮的像一朵朵白玉兰花一样,撑着伞、冒着雨,从招待所门前上大汽车,直奔淀山湖大观园。大观园更衣处,本来在外园门小卖部旁边。剧务同志考虑到雨天不好走,让车尽量开到现场边上。但是通往"体仁沐德"的沁芳亭一带,正在施工铺路,车过不去,怎么办呢? 于是,只好把车停在离"体仁沐德"正门二三十米的地方。司机一按电门,气压门打开了。换好衣服,拖着长裙的姑娘们站在车门口,哎呀……这可怎么下来呀? 地上的泥水有二三寸深,即使脱了鞋袜、光着脚,也无法往下踩呀,何况一个个还拖着雪白的长裙子呢! 好不容易找来几个稻草垫子,铺在汽车下面,扮尤三姐的周月她们,一手拿着表演时穿的鞋,又提着裙子,一手撑着伞,或拿提包挡着头上的雨,在泥滑滑的路上,像扭秧歌般地,扭到了"体仁沐德"大门口。一进院子,又有廊子,又有砖墁引路,自然不成问题。只是这门口到汽车边二三十米的路,一遇雨天,便被人视为畏途了。

江南雨天,有时可厌,有时也可爱。姑娘们在泥滑滑的路上"扭秧歌"时,如果站在"体仁沐德"门前,用摄像机反打,会拍摄下姿态很美的镜头。因为雨中的背景是很美的——那就是大观园正门进来的假山背面很美。

上海大观园进门的假山,虽然同北京大观园假山犯同样毛病,气势不够,很难造成如贾政所说"好山、好山"的感觉。但淀山湖大观园假山后是一片水面,十分舒展,有苏州拙政园的气势。

青浦招待所

因《雨中谈趣》说到演员由招待所乘车赴园的事,这里不免找补一篇,专门谈谈淀山湖畔大观园的路程,和所住招待所的情况。唐人诗云:"路忆曾经处,桥怜再渡时。"桥还怜再渡呢,何况住过一个多月的青浦县招待所呢? 虽非故居,但客馆之情,隔开一年半的时间,亦颇值得思念了。

话还要从上海大观园说起。上海大观园较之北京大观园,又有一个十分困难的地方,就是距市区路太远。由市中心去大观园,小汽车要开足足两个多小时,如果遇到行车高峰,那时间还远远不够。因此在淀山湖大观园拍戏,剧组住在上海绝对不可能。当然最好是住在大观园里面,但里面只有一个很小的招待楼,不但住不了几个人,而且二月里,十分寒冷。那楼是老式中国建筑楼房,又高又大,坐落在淀山湖畔。门窗槅扇又四外透风,湖上冷风一吹,其寒透骨。所以只是美工组的同志,为了布景施工开夜工方便,勉强住在那里。其他同志,都住在青浦县委招待所。

青浦县离开大观园,公路直通。但是也不近,中间隔着水乡名镇朱家阁,单程足足有二十四公里。读者由此可以想见拍戏期间,剧组的同志是怎样的繁忙了。住在招待所,伙食就在招待所食堂吃。但是到了现场,如果是整天拍摄,或加夜班,到了吃饭时间,如果回招待所吃,单程二十四公里,那花费时间也够多了。因此,剧组在大观园拍戏,都是把饭送到现场吃。这自然也麻烦了剧务同志。但又有什么法子呢？好在大家心里都有一个共同的目标:拍好电视《红楼梦》! 为了这个大目标,辛苦一点也是值得的。

青浦,在上海市西南面,连着淀山湖,经朱家阁、金泽,与苏州的黎里交界。这里真正是江南鱼米之乡。淀山湖的鲜鱼、鲜虾、活蟹,一年到头吃不完;那大米呢,有名的"老来青"粳稻,又香又糯又有咬劲。更有可说者,就是这里被上海市划为食品工业区,水没有污染,空气没有污染。我由上海空气污染极为严重的杨浦区,来到青浦住了一个半月,真感到是无比的幸福。每天早起,吸一口气,也是舒畅的。

剧组是旧历正月十一到达青浦招待所的。在北方住惯暖气房间的同志,乍一到可受不了。白天全身披挂还可对付,晚间钻被窝就简直成了钻冰桶。一时,招待所门口不远百货店的"小绵羊"电热毯成了畅销品。剧组的同志纷纷去买来电热毯。一到晚上,都抱着"小绵羊"睡觉。

招待所门前的马路十分干净。南面走不远有一家名叫"一定好"的食品店,卖糕点,也卖咖啡,一杯雀巢咖啡五角钱。不久这家食品店便成了剧组人员时常光顾的地方。没有戏时,偶然去吃杯咖啡,也是客中的生活调剂吧。

水乡行吟

青浦在上海郊区中，是名县，但非大县。比嘉定、松江等县，市容上可能差些，面积也可能小些，但是江南小城市的特征更为明显，那就是一个"水"字。水多水好，水明水秀，是江南水乡的特色，更是青浦的特征。

历史上的事不必多说了，当年林则徐做江苏巡抚，视察上海，就是乘船由昆山、宝山沿吴淞江而来；又由黄浦江经青浦、淀山湖回到苏州。今天这些水路一般旅客不走了，而水上运输的船只仍然日夜忙碌在江湖河汊间。剧组驻地招待所的后街，就是北面连接昆山、南面连接松江的大河。早晚我站在桥头望着河面上的小火轮拖着几十艘拖船，满载货物，像一列列火车一样南来北往，穿梭而过。每到这时，我便深深感到祖国命脉在跳动着，而不靠近它的人是不大会注意到的。如果坐船，从这条水路，也可到大观园。而剧组每天则是坐大、小汽车从公路去园，一过朱家阁，就是沿着淀山湖走了。

这条美丽的公路上，车辆繁忙。若是白日行车，往往无暇顾及周遭的景色。而早、晚之间，路上往来的车少，十分安静。静中观赏，那情趣就大不一样了。

记得有一次拍夜间的戏，是吃过晚饭乘车去园的。早春天气，天尚不算长，晚六时，已经是黄昏时候了。车过朱家阁，望淀山湖，波痕浩淼，眼界极为开阔，暮云渐合的景色，极可赏玩。远处水天一线，先是浅灰蓝色，中间一线光痕，慢慢变暗，而光痕却更明显,湖面上密度更深了。转瞬之间,远处变成紫色了,却有一点桔红的边。这时夜幕笼罩湖面,什么也看不见了,只见远处水面二、三灯火如豆。我一路凝视着车窗外湖光与暮色的变化,随口吟成一首《菩萨蛮》:

> 寒云淡抹天西北,揉蓝弄紫凝空碧。暝色入湖光,湖波烟水乡。　　数灯红似豆,明灭波光后。帆影忒迷矇,归舟梦寐中。

那灯红如豆的船上,舟人可能正摇橹急于归家吧,小词向他们致以遥远的祝福了。

如果是早上呢,那景色又两样了。有一天早上四时半去园,上车时天还未亮。车开了二十几分钟,湖上曙色来临了。向车窗外偶一仰望,忽见一痕残月,清冷欲坠,大有柳永"晓风残月"的境界。又想要拍梅林的戏,不知花事如何,便又填了一首《念奴娇》:

> 江天月色,正佳人翠袖,早春寒意。破晓轻车风露里,远树萧疏如荠。几缕炊烟,野塘沉碧,暖暖出墟里,一痕如许,玉钩帘外斜坠。　　日日湖畔行经,今朝难得,多少闲情致。应拍红牙歌曲子,换取新词清泪。大似当年,飘零柳七,误了浮名际。小园花讯,待看梅蕊开未?

梨香院内外

　　老友、著名古建筑和园林专家、同济大学陈从周教授，曾对我说：看电视"红楼"里梨香院贾蔷、龄官的戏，特别感兴趣是那两个小鸟，会飞来飞去开箱子、衔小旗子。同时说：这是北方玩鸟的养法……说笑之间，显示出真个行家的模样——自然，园林专家同样也该有对鸟的渊博知识嘛。不过，我在此不想说鸟，而是谈谈梨香院，因为也是一年多之前的旧事了。

　　淀山湖畔上海大观园的梨香院，也是新落成而未开放的建筑，这次红楼电视拍戏，派了大用场。第一，派上在此拍摄贾蔷和龄官的戏；第二，则派上更重要的用场：宝姑娘初到贾府，不是也住在梨香院吗？因而"奇缘识金锁"也是在此拍摄的；第三，也许更重要的，就是这里还作了宝玉、宝钗成亲的洞房。此外，噩耗传来，元妃薨了，也是在此拍摄的。这样上海大观园新建的梨香院便跟贾家的命运联系起来，甚至可以这样说：电视中贾家可悲的结局，就是从这里开始的。

　　梨香院如果关上院门，只是里外两个院落，并无风景。里面院落有戏台，有大花厅，当时作为仓库，剧组未用。只用了外院三大间有廊子的北房。所有戏都是在外院拍摄的。

　　梨香院坐落在大观园西部。从怡红院门口西北行过一座长石桥，往北走偏东斜过去就到了。长桥三孔，是引淀山湖水入园的必经之路。站在桥上西望淀山湖，波光浩淼。东望北面省亲别墅的大牌楼，庄严典丽。后面大观楼、缀锦阁等建筑颇有"飞楼插空,雕甍绣槛"的气势。东面南望,则是白石栏杆护岸、"体仁沐德"的水榭,一派疏窗,有似河房,明畅闲雅。反之,如由以上二处望石桥,则见长虹斜卧,烟雨人影,风月残荷,极饶诗意。遗憾的是在设计上这样连贯风景线、构成诗情画意风景点的桥,却又画蛇添足,被造园者破坏了。在桥的西面,离桥不过一二丈,盖了一座楼;在桥的东面,紧贴桥根,北面是一个大石舫,南面是一个大亭子。四个建筑挤在一起,不是互相借景,而是互相破坏,让人感到设计者真是"智者千虑,必有一失"了。

明人计成的《园冶》是集园林建筑艺术构思大成的作品。它首先强调一个"势"字。上海大观园据自然地形建园,林木水趣、院落亭榭,布置都十分成功。从风景上说,得天独厚,比北京大观园好得多。唯独在梨香院外,这座重要的桥的设计上,犯了拥挤局促之病,十分遗憾。

梨香院的西北有一土丘,有四五丈高,是造园挖泥堆砌而成。如今林木已成,还没有建筑物。我拍戏之余,每于黄昏后登丘一望,眼界开阔,十分可观。《红楼梦》于时令未写重阳,如重阳日在此登高,想也是难得的胜游了。

宝玉情悟梨香院

　　"识分定情悟梨香院"，是《红楼梦》中一个关键情节。它写出宝玉天真、善良的赤子之心，受现实生活教育，悟彻人生；思想上从少年时的无知走向青年期的成熟。其所写人物龄官、贾蔷似客却是主，宝玉似主却是客，这是《红楼梦》画卷的多元性。要把这样具有深度思想性和高度艺术性的戏展现在荧屏上，那是很不容易的。

　　在上海大观园梨香院拍的这场难度很大的戏，只能说基本上达到了预想目标，距离曹雪芹笔下的深度和高度，那还远得很呢！用最简单的话说，就是作戏的成分还太多，自然的成分少，感情的流露与交融不够，让人感到浮、感到浅。但是有什么法子呢？演员与"红楼"中人历史的差距、生活感的差距毕竟太大了。而就是这样，也实在难为演员了。

　　记得拍摄那天，是上海早春天气。淀山湖畔，寒意料峭，春风入骨。摄制组工作人员，大多都还穿着绒衣。而演龄官的年青演员，却要穿着绸衫子，斜躺在滑溜溜的卧榻上，装出炎暑时候，一副病骨恹恹的样儿，对心上人娇慵密语。这样感觉多么难找，又多么难于掌握呀！这天戏拍了许多次才通过。本来是冻的身上发抖，却要演出夏天的慵懒娇态，实在是难为她了。

　　那两个小鸟是从北京连人带鸟一同重价请来的，表演还差强人意。但同原书中所写"玉顶金豆"会衔鬼脸作戏比起来，还差着几分。但在八十年代的今天，能找来这种鸟拍摄电视，由人调度,也相当不容易了。前面说过,电视剧《红楼梦》中,把宝钗、宝玉的新房也布置在梨香院。电视《红楼》关于宝钗、宝玉婚姻,未按高鹗续书情节改编,而是改为奉元妃懿旨完婚。这些改动,在社会上引起极大争议,在此我不想多说。我要说的,只是宝玉的洞房布置得多么喜气洋洋:紫檀雕花的古雅老式床,挂着大红绣花罗帐,正是古诗所写"红罗覆斗帐,四角垂香囊"的气派;其他如妆台、巾架、箱笼,一律都有大红喜字覆盖着。斗香、绛烛、喜屏、铜镜、子孙饽饽……一切洞房中的陈设,应有尽有。墙上挂的是"麒麟送子"、"和合二仙"的喜庆画及金自鸣钟,都显示了二百多年前的富贵气象……

新郎、新娘坐帐了。宝玉——欧阳奋强,宝钗——张莉,都是大红蟒服,端坐床沿。黛玉——陈晓旭,也身着大红蟒服,打扮成新娘子了——怎么,也要一同坐帐吗?不是,原来要拍宝玉的幻觉镜头,要表现宝玉的幻觉中,新娘宝钗,忽然变成了黛玉。

宝玉情悟梨香院,成婚梨香院,"怡红"变为雪白"梨香",岂有意乎?

淀山湖梅林

上海淀山湖畔的梅花很值得作一番介绍。赏梅,有几种境界。一是盆梅,适宜于萧斋华屋,茶寮禅房,作案头清供;二是梅树,适宜于篱边驿畔,深院窗前,供水石点缀;三是梅林,以多为胜,以老树为胜,可为香雪海,可成蜂阵,供倾城看花,万家游赏。

江南以梅林著称者,为南京梅园、无锡梅园、苏州天平、邓尉、杭州孤山等处。在记苏州拍摄时,我曾经谈过,苏州天平、邓尉等处香雪海的梅林,近年已很少了。农民都去掉老树,改营苗圃,这样经济收益更大。因而苏州看梅胜处"香雪海",已大不如前。连苏州当地游客,也不大去,而是返而往东,经黎里、金泽,到淀山湖畔大观园风景区梅林来看梅了。

大观园梅林,是营经者近十年来栽种的。如种小树,自然十年难以成林,而这里却大多是移植来的老树,不少都是从苏沪附近郊区农村中买来的。谁家改建百年老屋,房前房后常有种了几十年的梅树,要扩大房基盖新楼,老梅就得想办法处理。这样便都集中在大观园风景区来了。

这大片梅林在大观园外马路东,有几千株,另成一园,专以梅胜。园子邻近湖边,树间有曲折幽径。平日人很少,但一到花时,便又有人满之患了。

剧组初在园中拍戏时,是旧历正月中旬,花期尚早。梅花一般要到正月底、二月初才盛开,大概是以节令惊蛰为度吧。当然,春寒、春暖也会影响花期迟早。这里顺便说一句:《红楼梦》

中"琉璃世界白雪红梅"的描绘,几乎也同王维的"雪里芭蕉"一样,是艺术家、画家的主观想象,并非生活中的真实。书中说"十月里头场雪",这在江南梅林中也不会催开花朵。因为在节令上还差着好几个月呢!

剧组在拍完梨香院的戏后,天气渐暖,于是准备拍梅林的戏。一天下午天气稍晚,扶林导演约我和摄像耀宗同志一同去梅林探景。由招待所登车,二十四公里,半个钟头就到了。大观园风景区,一过下午三、四时,游人便纷纷离去。偌大的园林胜景、湖水寒花,也几乎是寂莫无主了。我们漫步梅林间,正得幽静之趣。这当然是因工作之便,得黄昏赏梅之乐。特地来游园时,就办不到了。这次梅林晚景,我不细细描绘了。抄一首当时写的《满江红》,以饷读者吧。词云:

> 春锁轻寒,频探望、华林几树。思昨夜,一分新绿,二分红吐。未负今年芳径约,不辞日日湖边路。喜朝来,暄暖入枝头,韶光住。　　水清浅,香暗渡;沾客鬓,销魂处。渐游人去矣,夕阳红透。湖上波痕天地渺,笼烟待月黄昏后。有幽禽,飞去又飞来,花间舞。

诗魂梅下定情时

　　梅林中千树老梅,有白梅、红梅、绿萼,蔚然大观;有的含苞,有的已开了四、五分。一、二日内,正是看花的好时候。游人去后,芳径幽绝,碎石子路洁无纤尘。我和扶林导演、耀宗摄像,徘徊在静寂的梅林中。看看树的高低,看看小径的曲折度,看看树的姿态。要找一株最适宜表现剧情的梅树,为林黛玉、贾宝玉这一对痴男怨女安排一个树下定情的地方。

　　为什么要安排这样一场特定的戏呢? 还要简单说一下《红楼梦》中林黛玉、贾宝玉二人爱情发展的过程。因为男女之间要好是一回事,相爱是一回事,定情又是一回事。这里有一个发展升华的过程。"郎骑竹马来,举手弄青梅",这是爱的萌芽;到了"七月七日长生殿,夜半无人私语时",才是感情升华到极点,山盟海誓,"在天愿作比翼鸟,在地愿为连理枝"的定情场合。这是"至情",是属"性灵"范畴的,决不是单纯的"欲"。

　　《红楼梦》一开始,宝玉、黛玉还只是儿童。到了"神游太虚幻境",也只不过是由儿童时期进入到少年时期。其后与黛玉长期的感情相触中,一对冤家,虽然说过"弱水三千,只取一瓢饮"的话,但真正男女双方明显表现"情"的地方,似乎还未写出。

　　在电视连续剧前面的大部分情节中,宝玉的形象还是带有稚气的。"情切切良宵花解语,软绵绵整日玉生香"回中写宝玉、黛玉躺在床上说"林子洞"、"耗子精"故事,表现的正是少男少女、天真无邪、两小无猜、说说笑笑、闹着玩的场面。虽然躺在一起,却无任何使人看了不舒服的感觉,只觉得活泼,只觉得美。在这种地方,演员表演火候是不错的。

但是他们二人要成长,男女之爱要成熟,而且结局要生离死别,也是"天长地久有时尽,此恨绵绵无绝期"。这就要为他们二人安排一场在极幽僻、而又极富诗意的环境中"定情"的戏。经过编导者的反复思索与匠心安排,这出戏便这样定下来:地点在淀山湖畔上海大观园梅林,时间是夜间……

这场戏有一个镜头,在今年一月十日播映的"《红楼梦》电视剧简介"中已经放过。那就是在一棵苍劲的老梅下,繁花掩映,春夜清冷,花径清幽,宝玉、黛玉依偎着坐在山石边,执手含情,脉脉无语,演出了这场生死不渝的"定情"场面……但世事那得尽如人意。不久,宝玉出走、黛玉病死;又不久发生更多的变化,大观园、荣宁府、爱情、繁华……统统幻灭了,剩一片白茫茫大地真干净了。

大观园虽然是假古董,而梅花千树,春色清韵,仍然像《红楼梦》时代一样,是真的。花下定情,情的交融,诗的境界,摄入镜头,映在荧屏,"梦境"、"幻觉"似乎都变成真实的了。

闲话碧波楼

　　上海大观园不少建筑物，都是拆迁来的。这是我国木结构古建筑最大的好处。雕梁画栋的雕花牙子、窗棂廊柱、屋瓦梁椽，乃至整个房架子，都可以一一拆除，编上号，换一个地方，再按号数，一一装配起来，又可以盖成一所与原建筑一模一样的房子。北京陶然亭公园云绘楼，原在中南海，后来拆迁到该园。美国纽约大都市博物馆，原是在苏州把梁柱门窗全部加工好，装船运到美国去组装拼建。上海各处基建，需要拆除的古建筑也不少，大观园经营者便选其中精美者，拆迁到淀山湖畔。这样，既保存了古建筑，又节省了不少人力物力，是一举数得的好事。其中，拆迁最早的就是"碧波楼"。

　　"碧波楼"在大观园正门外南面，是另一组建筑群。这原是上海南市区的一座海神庙，建筑规模相当大。一共有四、五个院落，有大殿、正楼、庑楼等等。大观园建园之初，把这组建筑拆迁在园外南端，紧贴淀山湖边上，是最早完工的工程。早在一九八二年开《红楼梦》学会第三次年会时，这里就完工开放了。

　　上海大观园离市区过远，大多数游客，必须在园中用午饭。因而园方首先在这里开了一座规模相当大的餐厅。有比较大众化的座位，也有高级的摆酒席的雅座。如果在正楼上摆酒，那视野是极为开阔的。楼窗下是一个短栏围着的月台般的院子，左右各植一株十分高大的雪松。走过院子，路那边就是淀山湖，一望浩渺的淀山湖，在月夜波光平静时，真是像一面透亮的镜子；

而在刮风的时候，却是波涛汹涌，直拍岸边，浪花似乎要飞溅上楼；如果是晴天的下午，那情况就完全两样了。西斜的太阳，直射湖波，万点金光，摇晃不定，使人目为之眩，神为之夺，不敢正视……因而碧波楼上望湖光，也还只有朝暮风平浪静之际，才能体现出"上下天光，一碧万顷"的碧波意境。

碧波楼没有什么匾额，只保存着一付海神庙的木刻对联——也叫"抱柱"，是挂在楼下柱子上的。可惜联语词句我忘了，不能抄给读者。"碧波楼"三字的题匾，在院门门楣上，是安徽老画家赖少其先生写的金冬心体的字，十分古朴可爱。

这里附带说一句：《红楼梦》中"大观园"对匾额楹联是十分讲究的。"试才题对额"是一回大书，说的清楚："若大景致、若干亭榭，无字标题，也觉寥落无趣，任是花柳山水，也断不能生色。"匾额楹联是中国园林建筑的"灵魂"，是充分显示几千年文化艺术结晶的所在。游人可以不懂不顾，而建园者却万万不能马虎忽略。而上海大观园对此却十分草率，不少都无体制、格局，照书上作也作不像。如林妹妹的潇湘馆"有凤来仪"，却写了个"有风来仪"，真叫人啼笑皆非。

碧波"红楼"翰墨缘

去秋十月,我和陈从周教授陪全国政协常委、《团结报》社长许宝骙老先生游览大观园,到碧波楼吃中饭。一进里院,当院一座半人高的"古鼎",铜绿斑斑。一只脚已经残破了,露出来的却是白色的塑料。我不禁失笑,接着又感到怅然了。

原来这是拍贾母元宵夜宴时留下的道具:用塑料做的"鼎焚百合之香"的大香炉。曾几何时,已被丢在院中无人过问,或许在不久后的大扫除中,就要被当作垃圾给清除掉了。二百多年前的《红楼梦》已经是一梦了,二百多年后拍摄电视连续剧的故事又已成为"梦"境。前景历历,浑如昨日。我忽然想到《陶庵梦忆》的作者,南明人张岱所说的话:又是一番"梦境"。记得当时我的心底似乎有一种欲望在萌动。或许,那就是我写我的《红楼梦忆》的最初念头吧!

我和碧波楼是有很深的"红楼因缘"的。记得早在五年前,开红学会时,我和周雷、胡文彬诸兄,还有张毕来、冯其庸、端木蕻良、吴晓铃诸公一起来过。一进院门,先见一排精美的楼房。楼上是招待所式的房舍,楼下旧时有一大画室,一张有丈数长的花梨大画案。我们不少人,被拉进画室去写字。正在我写时,恰巧遇到有关人员陪同因遇险而耽搁在上海修船的一艘台湾渔船上的船员来参观。那位年青船长见我写字,便托陪同人员表示也希望得到一幅。我写了"红楼梦好,碧海情深"八个字,送给他。五年过去了,今年四月底五月初,电视剧《红楼梦》的首映式

在香港举行,代表团应香港亚洲电视台之邀赴港。我曾写了一副大对联庆祝盛会,词云:

红楼圆好梦;碧海共深情。

《红楼梦》是所有炎黄子孙的共同文化瑰宝,甚至可说是全世界的艺苑之珍。通过将它改编为电视剧,定将赢得更多的观众。如果以清代自乾隆辛亥(一七九一年)程伟元印刷活字本以来各种印本为第一次普及,以近数十年将《红楼梦》改编成戏剧、电影等等努力为第二次大普及,那么,这次电视剧的改编与拍制,便是第三次普及了。其意义则有关于中华民族传统文化的普及,它已经超出了《红楼梦》本身的范畴。追想起来,真是"碧海虽遥,既能共红楼之深情;岁月非遥,亦可圆红楼之好梦"了。

扶林导演香港归来,写信给我道:"您的字幅已在香港世界贸易中心展览大厅《红楼梦》服装展览会上展出。精美的书法,博得不少青睐,可以告慰。"

信中所说,当然是客气话,我虽然写两个毛笔字,但不敢高攀书法家;挂在展览会上,参观展览会的人多,看了几眼我的字,也不一定就是"青睐"。我所眷眷的是这"圆好梦"和"共深情"。如果参观者和看电视者有此同感,我就感到莫大的安慰了。

夜战碧波楼

红楼电视剧组,除去刘宝俊、风雷等同志领导的美工组长期住在碧波楼外院招待所中进行现场设计、制作、布置各处场景、制作道具而外,正式拍戏,共两进碧波楼。一次是在大厅上布置都察院大堂,这是八十回以后荣、宁府被抄家以后的戏。二是在碧波楼正楼大厅及院中拍贾母赏元宵的戏。第一次是在剧组刚刚进大观园拍戏时拍的,第二次则是剧组快要结束大观园的拍摄日程时拍的。两次都是重头戏,接连拍了四个通宵。

为什么呢?这里有个小原因,必须说清楚。碧波楼是上海大观园的餐厅。由于青浦是水产河鲜的集中产区,活虾、活鱼一年都有,原料新鲜,烹饪得法,所以,旅游旺季,每天上午十一、二点,直到下午两三点钟,都是起满坐满。仅一餐中饭,就要接待好几批顾客。剧组拍"都察院大堂"时,还只是旧历正月十三、四。天气尚冷,旅游季节未到,碧波楼正在修理炉灶,所以大厅能白天使用,搭景拍戏。到了拍贾母元宵夜宴时,那已是旧历二月下旬了。不但梅林花期游客如云,而且桃李次第,春光大好了。游人最多时,光大小汽车就能云集几千辆,规模相当大的碧波楼餐厅显得太小了。拍戏使用,要等下午两三点钟之后,把所有桌椅全部收拾干净,然后再按剧情要求布景。夜里拍完戏,第二天一早,又要把布景收拾起来,把餐厅的餐桌椅子摆好……如此这般,自然要十分紧张,连开夜工了。

"元宵夜宴"这场戏已经播映过了,我看着荧屏上花团锦绣的火炽场面,不禁想起当时拍摄时的紧张情景。

当然第一是布景人员的紧张劳动。天天大搬家,而在镜头前面却要布置出谱儿、气氛。那么大的面积,仅天天把那块大红地毯卷起铺上就大不容易。何况为了节约,那块大红"地毯"用的是代用品——大红毛巾布拼接而成,又软又涩,如何把它满地铺平铺挺刮,就要费很大劲。还有那些大红锦绣幔帐,都是一两丈高,好几大块。要每晚挂上,白天又拆下。其他桌椅、花灯、陈设,就不必一一细说了。这里不妨拆穿一点小秘密,那每张桌子上的酒菜、果子都摆得满满的,观众不要以为都是能吃的,演员可以大快朵颐了。其实只有几样能吃,而大多是塑料、树叶子、纸片……涂些颜色作成的。虽然红红绿绿一桌子,可大多不能吃呀!

导演、摄像及演员等都是晚饭后乘车赴园。这样演员都在下午就把妆化好了。到了现场,天已大黑。等大家作好准备,便可开机,一干就干到下半夜三、四点钟,才能完成原定镜头数字。这样大场面,也只是李耀宗同志一台摄像机拍摄,忙了这又忙那,又没有升降车,实在难为他了。这场戏连拍四夜,镜头很多,剪辑只用了一部分,还有不少作为资料保存着呢!

三月下扬州

　　结束了上海淀山湖大观园的拍摄,剧组便转点扬州。早在大队人马去扬州之前,就有一大批美工人员到扬州搭景,制作道具。在上海大观园拍戏时,不少室内的戏,多承大观园管理部门给予方便,尽量使用园中陈设的家具古玩,这样节约了不少经费。扬州无此条件,几场大景,如元妃登舟、贾政书房、薛蟠家,都要美工同志较长期的制作才能完成任务。所以要及早动手。

　　由青浦招待所转点去扬州,如果是回上海坐火车去镇江转扬州,便十分麻烦。剧组决定包汽车经苏州等地由江阴过长江,直开扬州。我因上海有些零星事情要安排,所以回家住了两天,再与会计柳甬华同志搭火车取道镇江去扬州。虽然只晚去了两天,却好像晚了很长时间。剧务李军如同志来接,仿佛他已是老扬州、老镇江了。因为还要等北京来的同志,所以我们到镇江站后还不能马上走,还要留在车站等北京来的人,以便一道走。好在等车的时间不长,只要等个把小时,我便抽身到站前广场闲步。记得八三年我曾在这里参加过一个学会的成立大会,在这"六朝名城"作过几天客。如今重来,一眼望去,又有不少新变化了。车站前的小山——大概是北固余脉吧,已被切断铲平,开成广阔的环城马路了。新盖的高层楼房——润州宾馆,巍然在目,感到镇江的变化真不小呀!

　　我到车站附近的一个商场去看了看,顺便买了点饼干之类的食品,以备不时之饥。因为我有胃病,饿不起,经常得准备点零食。

北京的同志不久便到了。大伙儿一同上车，开赴扬州。王安石诗云："京口瓜洲一水间。"镇江、扬州，像汉口、武昌一样，实际没有多远，只是隔着一条长江，交通就显得不便了。现在是汽车轮渡过江，轮渡码头就在白娘娘水漫金山寺的金山附近。汽车从山下经过，山上的金山塔清晰可见。

过江时，已近黄昏，微微有几点春雨。江上烟水空濛，波涛浩淼。浑雄的气势，使人不由地感慨万千。尤其像我这样多少有点历史常识，又饱经忧患，早已过了哀乐中年的人，"情之所钟，正在我辈"，种种感受，是自然而生的。并不是在此故作多情，想博得"美人"的欢心。

过江上岸，车沿着一条笔直的公路飞速向扬州开去。路两旁的杨树，一派新绿，像迎接客人一样，十分宜人。我不禁想起王渔洋的"绿杨城郭是扬州"的名句，感到古人虽远，而风景依稀，古人也仿佛生活在我们中间了。这或许就是我们古老悠久的文化的作用吧！记得八三年在南京开红学会，也曾来过扬州参观。那时走的是江都、六合的公路，而且匆匆来去，并未曾真正认识扬州。三年后有机会在扬州作较长时间的逗留，或者可以满足我认识扬州的心愿吧。

我随口吟了一首小诗：

> 烟波莫认楼船夜，细雨江天古渡头。
> 城廓已无春又至，绿杨一路是扬州。

诗是小诗，但却真实地记录下了我当时的心境，以及我对有着悠久文化的古城和日新月异的扬州的倾慕。

151

扬州拍摄日程单

剧组在扬州住第二招待所。我们到达时,已是晚饭后。下车后大家先去吃了晚饭,再到各自的房间。我住的房间在三楼,条件虽然一般,但十分宽大干净,明亮的窗外,是高高的树木,绿意可以拍入窗来。空气好,居室又爽净,便于我的副业——写字。因为每到一个地方,总要为剧组或友人们写些字幅,以留纪念,按照文人的说法,叫结个"翰墨缘"吧。所以总希望有个宽敞的房间,好摆"摊子"。不仅如此。古人云:"腰缠十万贯,骑鹤下扬州。"我虽然腰无"半贯",却也居然可以在扬州作半月的"神仙"了。

剧组每到一地,都有打印的工作日程表发给大家,以便按安排好的日程进行工作。前不久,翻阅旧稿,恰巧见到一份"扬州拍摄日程"单,感到十分有趣,现抄在后面,以为纪念:

扬州拍摄日程

三月二十八日—三月三十一日	薛蟠家	一组
四月一日上午	贾政书房(雨村递书)	二组
四月二日—四月三日	贾政书房	二组
四月四日	柳叶渚柳堤	一组
四月五日	元妃登舟	二组
四月六日—四月七日	紫鹃试宝玉	
	黛玉幻觉	

	黛玉闻恶讯	一组
四月八日	刘姥姥遇惜春	
	贾瑞戏凤姐	
	刘姥姥赎巧姐	二组
四月九日—四月十日	宝玉遇湘云	
	宝玉遇雨村	二组
四月十一日	三姐之死	
	贾政回归	二组

我抄一个日程单在文章中，是"实录"的意思，以证回忆的真实性。不过这个日程单，还不能完全反映当时在扬州的情况。因为实际拍摄日程和项目，比这个单子要多；而且多了不少重要的戏。如"探春理家"、"赵姨娘闹事"、"宝钗蘅芜院"、"妙玉走火入邪魔"等，都是在扬州拍摄的。

扬州拍摄的几个具体地点是"瘦西湖吹台湖岸"、"小白塔桥头"、"瘦西湖小金山"、"徐园"、"何园"、"剪纸艺术馆"等处。

我到扬州那天，剧组已开机。第二天一早，到瘦西湖新建"剪纸艺术馆"拍探春理家的戏。艺术馆是一所由华侨捐资新建的房舍，在五亭桥右侧，共连接三个小院。最前一排厅临水，可望湖光塔影；中间一个小院，拍过宝钗的"蘅芜院"，不过美工同志制匾额时，把个"院"字写"苑"字了。后面小院，倒坐三间，作为"议事厅"，拍了"探春理家"和"赵姨娘噪闹"一场戏。

徐园薛蟠家

扬州拍摄,主要在瘦西湖。"瘦西湖",这个漂亮的名字,在《红楼梦》时代,其声望与杭州西湖,不相上下。若论繁华靡丽,且要过之。略后于曹雪芹的李斗,给我们留下一部内容丰富的《扬州画舫录》。单从文化史的角度看,其价值不亚于《红楼梦》。《画舫录》中便记载过瘦西湖。读者有兴趣的话,不妨找来看看。

瘦西湖说是湖,实际又不全是湖。它是大运河由北而来、通向扬州城里的一段水路。因其水道曲折,水势潺缓,成为一个湖。进入瘦西湖公园,有两处园门,一处在"虹桥"边上,一处在后面通向平山堂的大路上,即旧时的"熊园"(现在没有了)。再过去,就是蜀岗平山堂。

"虹桥"又名"红桥",是扬州极为著名的地方。远比曹雪芹祖父曹寅还早的大诗人王渔洋,顺治时任扬州推官,在此与陈维崧等名士,先后两次"修禊虹桥",写下了著名的"冶春词"。吴梅村称他为:"贻上在广陵,昼了公事,夜接词人。"现在站在桥头一望,仍然风景潇洒,极为宜人,可以想见古人清韵。

从虹桥边上园门进去,一带柳岸长堤,间种玉兰、桃、李等花。尽头是"徐园"。徐园好像是园内园,但也无明显范围,因为各处可通。为什么叫"徐园"呢?是因辛亥后扬州镇守使徐宝山而修建的。

园中几处厅、馆,转过去,经一木桥,便是有名的小金山。小金山侧面,有一处院落,游廊连接,前后各有三间厅。进门处还有两间厢房,种了不少桂花,十分幽雅。老友陈从周教授为之题名为"木樨书屋",想来秋天桂花开时,这里一定很好。

剧组把这所院落派了大用场,即让它作了呆霸王薛蟠的家,一共布置了三堂景。前面三间临水大厅,在柱子间作雕花落地罩,隔成里外间。门上挂了大帘子,作为薛蟠和夏金桂新婚后的正房。室内家俱陈设,虽没有怡红院宝玉房中气派,但也富丽堂皇,充分显示一点"皇商"的气派。

剧组在这里拍的戏很多:"薛蟠娶金桂"、"薛蟠戏宝蝉"、"金桂大闹"等,都是在这里拍摄的。这地方本是临水的厅,而拍戏时,挂上帘子,表示外面是院子。只是这个院子不能走出去,镜头也不能向外照。

后面三间厅,布置成薛姨妈的房间,前面有院子。此屋的妙处,是此屋的门,斜对游廊尽头薛蟠屋的后房门。这样,夏金桂靠着房门和婆婆拌嘴,薛蟠光脚跑出院子来打香菱等等好戏,都能充分表演了。

厅的边上,有两大间厢房,十分宽敞。里面钉了木桩,挂了帐子,摆了箱笼,作了香菱的卧室。香菱后来就"病死"在这房中。夏金桂在小说中是"桂花夏家"的姑娘,而在电视中却也以"木樨书屋"的院子作为演戏的地方,似乎是个巧合。

薛蟠家闹剧悲剧

薛蟠家在扬州小金山后小院中,这是看电视的观众想象不到的。就在这个小院中,演出了呆霸王家一出又一出的闹剧。

在大观园群芳渐次凋零之际,"呆霸王"娶了富商"桂花夏家"的女儿夏金桂。这个类似王熙凤,又别有手段(甚至比凤辣子还多两手)的"美人儿",在曹雪芹笔下,虽篇幅不多,却写的极为火爆。曹雪芹惊人的艺术才华,在此先不多表,只说电视剧吧。

夏金桂来薛家,薛家就鸡犬不宁了。她要压迫善良的香菱,她又嫉妒高贵的宝钗,她要而且也能控制住呆霸王,她不在乎婆婆薛姨妈。旧式封建礼教的作用,在这种人身上常常是不起作用,而反为之利用的。夏金桂在薛家所向披靡,节节"胜利",只是遇到薛蝌她才失败了。本世纪初有一出名戏:《宝蟾送酒》,演的就是这段情节。

作为夏金桂牺牲品的香菱,首当其冲,"自从两地生孤木,致使香魂返故乡"。曹雪芹写香菱,从暗示结局到最后都写全了,是"十二金钗"中完整的文字。

电视里,陈宏海饰的薛蟠、陈剑月饰的香菱、杨晓玲饰的夏金桂,还有配宝蟾的一位年青演员,演出都很成功。

夏金桂给香菱改名字时二人的一段对话,只是香菱悲惨结局的开始。接着就是夏金桂对香菱进一步的暗算,让宝蟾勾引薛蟠,故意让香菱(已改名秋菱)取绢子撞破,然后薛蟠拿门闩打香菱,使香菱受折磨。拍电视用的这根很粗的大门闩,是塑料作的。薛蟠——陈宏海在小院中乱叫乱喊,追赶香菱——陈剑月,抢起大门闩,狠狠地向她打去。哭成泪人儿、吓的像头被猎人追赶的小鹿般的香菱——陈剑月,一下子被打倒在地了。

薛姨妈闻声出来护香菱,夏金桂——杨晓玲却在后门口与婆婆舌枪唇剑,大拌其嘴。杨晓玲演撒泼很传神,说骂就骂,说哭就哭,坐在地上号叫……样样都来。但是毕竟又有其天真处,导演要她在撒泼时,摔一个很好看的花瓶。而且只有一个,必须一次演成功。她捧着花瓶,笑着爱玩了好一会儿,舍不得——但是不行,非摔不可。镜头对好,喊一声"开始",她马上来戏,一跺脚,哗啦一声,一个美丽的花瓶,就粉碎了。戏拍完要拆景时,她真舍不得,用地道的哈尔滨语音叫道:"这可是俺们家呀!"

香菱——陈剑月,最可怜的还不是被薛蟠拿大门闩一抢打了个大跟头,而更可怜的是服侍薛蟠洗脚时,被"呆霸王"任意折磨。又嫌水冷,又嫌水热,又骂又打,把洗脚水泼得她满身满头——热情的观众,能不为她气愤填膺吗?在那"木樨书屋"改装成的香菱的卧室中,善良、美丽、聪明的香菱姑娘,身世坎坷的香菱姑娘,年青的生命悲惨的结束了……

凫庄、桥影、梦痕

在五亭桥边，小白塔下，有一组游廊、水榭连接起来的建筑，好像是浮在水面上的一样，名"凫庄"。凫庄倚栏，可以远望"吹台"，近看"五亭桥"。五亭桥又名"莲花桥"，桥上五亭，一大四小，桥下十五个桥洞，三大十二小，是瘦西湖的精华。有了这样的桥，凫庄便成为一个极得中国园林水趣的所在。

凫庄是一家茶社，也卖酒菜点心。扬州最有名的一种点心是"干丝"，就是把厚的豆腐干切成丝，用好汤文火煮了，在上面加些浇头，如肉丝、鸡丝、虾米等，便是"鸡丝干丝"、"开洋干丝"等名点。干丝不十分咸，可以当点心单吃，也可以当菜吃。在五亭桥一带拍戏时，休息一会，我常常在附近散步，隔着窗户，望见不少女师傅忙着不停地切干丝，想来生意是很好的了。

剧组用"凫庄"拍了"藏春院"的戏。这是八十回后的情节，贾家衰败之后，巧姐不幸坠落风尘，被卖在维扬"藏春院"作妓女。刘姥姥古道热肠，千里迢迢来到"瓜洲古渡"，进入维扬城来救巧姐，找到这个瘦西湖边上的"藏春院"——凫庄。刘姥姥交银子赎人的场面，是在上海大观园拍的。而"藏春院"的内景，寻找巧姐的戏，却在凫庄拍了。这里拍很有层次：在曲折游廊上，站了几个穿红挂绿的姑娘，镜头拍出去，情景历历，把《红楼梦》时代及其前后，如余澹心所写《板桥杂记》、李斗所写《扬州画舫录》中所描绘的妓院的气氛表现出来了。

在这里的山石旁，还拍了个特殊的镜头，也可以说是补前面的吧。在宁国府中赶宴,凤姐看望完秦可卿的病,急急忙忙到席上去。刚转过山石畔,一个人突然出来道:"请嫂子安!"原来是贾瑞——这个重要的一刹那,正是在凫庄的山石畔拍的。

关于八十回后的情节,在五亭桥下还拍了不少,而且都是十分重要的。

五亭桥下来,转过小白塔——注意,这里"白塔晴云",是扬州二十景之一,这在镜头中也未出现过,不必多说它。——又有一座桥,也很宽敞高大,适宜于拍戏。狱神庙之后,贾宝玉从狱中放出来,形容憔悴,落魄途中。上桥时,正遇到大官鸣锣喊道过桥。他冲撞了官轿,被衙役用皮鞭一鞭子抽倒,从桥上直滚下来……而官轿,却是北静王的大轿。在桥上,他又遇到奇事,昔日的贾雨村,已经枷锁锒铛;而昔日那个"门子",却是猩袍官帽,一品大员了。宦海浮沉,沧桑巨变,世态炎凉,封建社会的种种残酷无情,在此桥边,宝玉一一经历了,认识了……

入夜了,玻璃绣球灯—宝玉仅存的唯一有繁华梦痕的灯火,被一个画船上姑娘望见了,突然大喊"宝哥哥"。原来妓船上沦落风尘的史湘云,正在人生的苦海中作最后的呼叫,宝玉闻声,拍入水中,拍向船头,二人抱头痛哭了……

柳堤"悲喜剧"

老友从周教授《园林丛谈》的《瘦西湖漫话》文中道："扬州旧称绿杨廓,瘦西湖上又有绿杨树,不用说瘦西湖的绿化是应以杨柳为主了……在瘦西湖的春日,我最爱'长堤春柳'一带……"

他的文章,我拍戏时,有充分的感受。

由虹桥过来,进入瘦西湖大门,沿着一条柳堤前行。右面是湖水,但无西子湖之浩渺,只是五六丈宽吧。隔水又是一带洲渚,上面长着一排高大的树,有林莽之势。左面则是斜土坡,杂花丛树,联绵不断。一路行来,中间有个亭子,临水而建,可以远望虹桥水中倒影,也可以望远处湖水烟波。

杨柳与春花是相结合的。杨柳无桃李而不"媚",桃李无杨柳而不"韵"。这段柳堤,兼而有之,既韵且媚,又多春草,而且花柳杂植,更添不少野趣。不像杭州西湖边"一株杨柳一株桃"和整齐的水泥砖路面那样太讲究,太感到人工化。

剧组拍戏期间,正是春花次第开放的时候。玉兰、迎春、桃花、海棠……再加上杨柳依依,回黄转绿。翠堤一脉,真是春光锦绣,气象万千。"柳叶渚边嗔莺叱燕",这反映大观园天真丫头的一场戏,在北京、上海大观园中,均未找到理想的拍摄场景,在此找到了。这环境正如书中五十九回所写:"二人你言我语,一面行走,一面说笑,不觉到了柳叶渚。顺着柳堤走来,因见叶才点碧,丝若垂金……径顺着柳堤走来。莺儿便又采些柳条,索性坐在山石编起来……"

镜头在瘦西湖岸,对准这些小演员,莺儿、蕊官、春燕……气氛出来了。戏也出来了。婆子的柱杖、春燕娘的耳刮子,似焚琴煮鹤一般,打破了美丽的画面。这是大观园鼎盛时期的闹剧。

如果说"嗔莺叱燕"是闹剧、喜剧;那在同样的春柳堤畔,桃花树下,又拍了悲剧、惨剧。那就是尤三姐自刎的场面。

要拍好尤三姐这场戏,让她在一个什么特定的美丽环境下自刎才好?几经研究,大家以为最好是花下。什么"花"呢?最先研究是玉兰。后来才决定桃花。"桃花薄命",有一定象征意义,一也;当时桃花盛开,气氛正好,二也;所以就在这柳堤的左侧桃花林中,拍了尤三姐自刎的场面。现在放映出来,效果是非常好的。

在瘦西湖拍戏,几乎天天要走这条柳堤。有一奇怪景观,很值得一说。有一天大早散步时,我无意向右一望,只见隔水高大的树林上,立着一排奇怪的"庞然大物"。别人说是猫头鹰,我仔细一看,果然是。我忽然想起林风眠、黄永玉的画来——原来真是这样!

妆点瘦西湖

　　"元妃省亲"中的元妃登舟一场戏,也是在扬州瘦西湖拍的,很值得一说。

　　《红楼梦》所写大观园,没有类似湖泊的大水面,但有引来的一股活水,因而有沁芳闸,有柳堤、河流池沼,有船,有姑苏请来的驾娘……这样在元妃省亲时,在刘姥姥逛大观园时,都有了乘船的描写。在拍摄"红楼"电视时,必须要选择能表现这一场景的水面。这水面既不能过大,也不能过小;还必须在园林中,不能用野外的水面。也不能用过大的水面。如杭州西湖就不能用。上海大观园"体仁沐德"后面,本来有码头,有水面,但一因隔岸建筑物尚未完工,二来也没有放水,因而不能用。为此,选景时选中了扬州瘦西湖。

　　瘦西湖五亭桥北岸,有几十米开阔地带,高处有两组古建筑。右边是五亭桥,斜对凫庄。左面是有名的"望台",是一座建在水中的突起方亭。四面四个月亮门,是当年迎接御舟、借水音演奏丝竹的场所。正对面则是一带柳堤。在这样借景陪衬之下,中间是瘦西湖的纤腰,其水面相距约成三十米的三角形。如把"她"妆扮成大观园中水区,用来行走元妃所乘凤舟,大小正好。

　　元妃省亲,更衣之后登舟,是在晚间。火树银花,皇家富丽,在《红楼梦》原书中有细致的描写。拍电视时,如果妆扮实景,要因地制宜加以改造。瘦西湖河岸,是土岸,颇有野趣。但作为皇家贵妃省亲苑囿,如何能成呢?因此先要岸边搭出码头。北京颐和园和北海的码头都是细石料,汉白玉栏杆。这里临时搭建,自然不能用石料,只用木头、泡沫塑料。泡沫塑料雕刻装置的汉白玉栏杆,不要说在月光下、电灯光下远望,即在白天看上去,也几乎可以乱真了。此外,还有用同样材料,按比例尺寸搭建的汉白玉牌坊,也就是《红楼梦》中多次写到的"玉石牌坊"(按,有的版本中写作"琉璃牌坊",那是绿琉璃的。这两种牌坊,现在北京名胜古迹中仍然都能找到)。

最五彩缤纷、构成梦幻境界的是湖上的灯、桥上的灯、岸上的灯和那彩灯照耀的凤舟。岸上的灯好办,只要吊在灯杆上、灯柱上、树上,挂上彩灯,接上电线,入夜一开电门,便灿若繁星了。桥上、牌楼上,也好办,按照书中所写,做成灯匾,一写"蓼汀花溆",一写"天仙宝境"。拍摄"奉元妃命"时,一个改为"花溆",一个改为"省亲别墅"就可以了。灯中都可装电灯,光源都好解决。

困难是水面上和凤舟上的彩灯,以及其他灯船上的灯、水中漂浮的花灯,光源如何解决呢?解决的办法是全部用大蓄电瓶。记得那天单电瓶钱,就用了好几千元。这样,一入夜,瘦西湖就被妆点得像一片五彩灯海了。波光闪耀,凤舟在华灯辉影里,在萧鼓声中,缓缓前进——有人笑道:自乾隆下江南之后,瘦西湖从来没有这样繁华过了。

元妃登舟幸园

　　《红楼梦》第十八回"皇恩重元妃省父母"一节中,写元妃入苑,在"体仁沐德"更衣后,复出,上舆进园。"忽又见太监跪请登舟。贾妃下舆登舟,只见清流一带,势若游龙。两边石栏上,皆系水晶玻璃各色风灯,点的如银光雪浪……真是玻璃世界,珠宝乾坤"。小说写元妃登舟,只一笔带过。但电视要表现的却是一个"说不尽太平景象,富贵风流"的大画面。而且,前面说过,拍更衣是在上海。拍登舟则在扬州了。这场面,小说只用几个字,拍成电视,就不那么简单。它所跨越的时空和花费的劳动,是观众很难想象的。

　　如果说在上海大观园"体仁沐德"更衣之后,走出殿门,走上码头便是"登舟幸园";那么这一"出"一"登"之间,便已由上海青浦淀山湖,飞越长江,来到瘦西湖了。而且不只元妃一个人,还带了庞大的銮驾仪仗、内监宫娥——每到一处,必须有大批的群众演员。

　　元妃登舟时,舟上、岸上大批执事仪仗,都是扬州师范学院中文系的同学们担任的。掌伞的、掌扇的内监,捧炉的、掌灯的宫娥——男同学、女同学一行行,几百名,在"汉白玉石牌"坊下,鸦雀无声,肃然敬立。远远两条用彩灯妆饰的船,一大一小,缓缓行来,渐渐听到仙乐鼓吹声。凤舟抛岸,搭好跳板,由南京演员成梅女士扮演的元春宫袍凤冠,由宫娥、女官扶着,在鼓吹声中,款步走下船,迎面走来,在汉白玉牌坊前立定,仰面细看,说

164

道:换作"省亲别墅"吧！……这时在指挥台指挥的孙桂珍导演用话筒高喊着调动队伍,在现场的执行导演马加奇同志忙碌地指挥着,总导演王扶林同志在监视器的荧屏上注视着每一个画面,而轨道车上的摄像机,和站在轨道车上的摄像李耀宗同志被推过来,推过去,不停地转换着镜头——元妃省亲登舟时的场景、形象,通过这样复杂的艰巨的劳动,展现在观众面前了。

扬州"红楼"友谊

在瘦西湖拍摄"元妃登舟"的前两天，总监制戴临风、副总监制胡文彬、作曲王立平、音乐编辑郭融融等一行四人，在烟花三月之际来到扬州和拍制组的同志见面，算是"红楼"剧组在外景驻地的一次小聚。

由于在他们来到之前，扬州方面已知道这一消息，所以，扬州师范学院中文系黄进德教授代表师院约我和王扶林导演，加上胡文彬兄去给同学们讲一次"红楼"电视。导演拍戏太忙，实在抽不出时间来，这样就只有我和文彬兄二人应进德教授之邀，去师院讲课了。同学们十分热情，都争着来听。有二百来个座位的阶梯教室满了，又开了一个教室，拉线过去，装了扩音器。我介绍了一下拍摄"红楼"电视的过程和难度；文彬兄讲了一下为什么要拍《红楼梦》。因为时间有限，不能多举例子，只不过讲大概而已。所讲实际是很浮浅的，而同学们认真听讲的态度，却很使我感动。他们专注的神情，至今似乎还浮现在我眼前。从听讲的神情中，可以看出他们的兴趣和热情。这也可以说是建立在《红楼梦》基础上的友谊吧。

因为应进德教授之邀，去师院讲课，就又认识了该院中文系主任曾华鹏教授、副主任张泽民教授，相谈十分投机，颇有倾盖如故之感。承他们盛情，相邀到富春茶社吃点心。扬州富春茶社，海内外久负盛名。原是卖茶、卖花、卖点心的茶社，已有一百多年历史。因为扬州早在《红楼梦》时代之前，就是"十里栽花当种田"的繁华之地,卖茶、卖花、卖点心是传统的行业。三者结合在一起,就更富有文化生活的情趣,集中起来说,就是一个"雅"。品茶、品花之际,肚子饿了,也要吃,如何使其与"雅"相配呢?自不宜于酒池肉林的酗酒饮宴,而是吃些"点心"。大概这样原因吧,"富春"的精美点心便应运而生了。

三丁大包、五丁大包,是上好白切肉丁、笋丁、豆腐干丁等制成的。翡翠烧卖,是透明的皮子包碧绿的菜心泥。千层糕是生猪油、白糖、发面蒸的透明的又松、又软、又甜、层数又多的糕……品名众多,无法一一介绍了。自然还有闻名海内外的各种干丝,这都是"富春"的名点。

"品茶"、"品花"、"品尝名点",三者结合为富春的传统特色,颇有"红楼雅意",殊足代表东方文化的神韵。可惜的是,近年渐失雅趣。装上茶色玻璃的楼窗,密不透气,没有"卷上湘帘画不如"的风韵了。食客又太多,地方较小,点心桌的玻璃板下面,台布又油又脏,看了让人不快。自然,也无花可看了。不过,点心确是好的。应富春经理之嘱,为店中题了一首小诗:

多谢富春滋味长,维扬名点有余芳。

馋香未记画舫录,宜入红楼说梦乡。

诗后跋云:"一九八六年四月随中央电视台红楼剧组来扬州拍戏,吃干丝包子后,书小诗为富春茶社补壁。"

说来,这也是雪泥鸿爪。但扬州人对"红楼"的情谊,还是令人难忘的啊!

何园贾政书房

　　美工总监制刘宝俊同志早就向我说，要找个适当的地方，为贾政布置一间书房。当然也可以在棚里搭景，但是不如找几间合适的房子，这样更方便些。这个房舍，在扬州的何园找到了。

　　何园，原名"寄啸山庄"，在花园巷，为清光绪时做道台的何芷舠所筑，是清代扬州园林最后一部作品。园中以池和假山为主。假山堆的不俗，且山上有一株大白皮松。陈从周教授《园林谈丛》说到"何园"时道："园中为大池，池北楼宽七楹，因主楼三间稍突，两侧楼平舒展伸，屋角又都起翘，有些像蝴蝶的形态，当地人叫做'蝴蝶厅'。"

　　宝俊同志就在这"蝴蝶厅"中，为贾政布置了一座书房——"梦坡斋"。

　　贾政的书房名"梦坡斋"，这在《红楼梦》几处写到，是大观园外有斋馆题名的房舍。其格局自然也应该是"京朝派的"。这场景主要是拍室内，少数镜头在门前，没有室外全景。所以，只用楼下正面三大间就可以了。房门外正对大池，如出现在荧屏上，似乎不合"梦坡斋"庭院意境，怎么办呢？很简单，院中池边，正对房门处，立一个老北京式的锦格木影壁，如园木屏风，这样就把池水的景挡住了。在房中，正当挂在门上的竹帘，向外望去，只见木影壁，似乎转过木影壁，就是通向外院的月亮门了。就这简单的造景，就可引出人们不少的想象……

　　室中有"梦坡斋"的横匾，又挂了《前赤壁赋》的横批。《前赤壁赋》现有传世苏东坡手迹影印本,模拟复制并不难,只是字太小,在荧屏上显示不出来,失去了它的效果。室中几案书架等,布置也都不俗。当然,这里有个小小的漏洞,就是有一套盒装《二十四史》。严格地说,在《红楼梦》时代,还没有《二十四史》这个名称呢!定《二十四史》为"正史"是乾隆后期的事。不过在电视剧中作为妆点,那也就不能严格要求了。

贾政书房中的戏很多,主要一场是"宝玉挨打"的戏。这"不肖种种,大受鞭笞",可不是好演的。打必须真打,所用的板子也必须是真的。怎么办呢?先在板子上想点主意,毛竹板子,一面塑料海绵垫了,包起来刷上颜色,一面硬,一面软,打时用软的一面,稍减轻一些疼痛。但打时又狠又快,虽然一次拍摄成功了,但欧阳奋强同志为这场戏,臀部真让打肿了。

在一个场景中,镜头是综合拍摄的。"宝玉挨打"是夏天的戏,而"宝玉上学"是冬天的戏,都是在贾政书房中拍。门帘换成冬天的,门前做上人工雪等等,稍微变换一下季节感,这样给人的印象就不同了。

平山堂花圃

　　扬州平山堂,是天下闻名的地方,早在《红楼梦》时代,已经是扬州胜迹的中心。据钱泳《履园丛话》说:"扬州之平山堂,余于乾隆五十二年秋始到,其时九峰园卜倚虹园、西园曲水、小金山、尺五楼诸处,自天宁门起,直到淮南第一观,楼台掩映,朱碧新鲜,宛入赵千里仙山楼阁。今隔三十余年,几成瓦砾场,非复旧时光景矣。"乾隆五十二年是公元一七八七年,所记在《红楼梦》程伟元乾隆辛亥活字本之前四年,在《红楼梦》"脂砚斋"庚辰"四阅评过"本之后二十七年。这正说明,扬州风华最繁华的时代,也正是《红楼梦》写作诞生的同时。电视剧《红楼梦》在扬州拍戏,把"小金山"诸景一一收入镜头,是有其历史意义的。

　　当年的平山堂,不只是一处建筑,是一大组景,一条风景线。现在由瘦西湖到平山堂一带,虽不能如钱泳所说:"楼台掩映,朱碧新鲜,宛入赵千里仙山楼阁。"但风景线仍然连接着《红楼梦》时代的盛况,仍可依稀想见之。剧组也想在扬州多拍些镜头,但几次到平山堂选景,总未选到适当的足以表现红楼故事某处的理想景点。

　　在平山堂下面植物园,有一大片桃林着花正好。在几株大的落英缤纷的大桃树下,略加布置,做了一个假的石凳,起了一个小小的"花冢",便布置成为"大观园"中沁芳桥旁幽僻小山的境界了。

　　时当春暮,黛玉葬花时所起的花冢,也不知经历了几个寒暑，又是碧草如茵、落红成阵的时节了。大观园人事凋零，去者去、死者死、嫁者嫁……连宝玉也外出了。久病缠绵的黛玉，趁身体稍好之际，出来散散。走到这个"伤心地"，突然听到宝玉在外遇险、元妃赐婚等等不幸的消息，如闻晴天霹雳，昏倒过去，就此不起了。当然这些都是八十回后新编的电视故事情节，当作《红楼梦》八十回后的情节来研究，那是学术问题，在此不多作讨论；如作电视剧的情节发展，则我感到也未为不可。它有一定的情趣，在情理之内。

这些且不多说，只说说具体拍摄时的情况吧。

那天在花下拍，全是外景，没有电源，都用自然光。但因有不少特写镜头，所以灯光组带了大的反光板，在多云天气下，拍得十分成功。现在播映在荧屏上，这一镜头，接上北京大观园紫鹃找姑娘的镜头，在境界上还能连得起来。只是"花冢"周围景观不够雅，当时再稍加加工，就更好了。

这天戴临风、胡文彬、王立平、郭融融等同志都来了，也是一次小小的胜会。今年春天，去北京见到摄像耀宗同志，送我一张大照片，正是当天拍完戏大家的合影，把扬州平山堂下花圃中的春色长期地保留在照片中了。

镇江半日

镇江的工作日程，一共是两天。第一天是拍"瓜洲古渡"的戏，第二天是在焦山寺院一小巷中，拍贾芸遇倪二的戏。但这组戏镜头很少，剩下的时间，还要拍一些镇江戏装厂的纪录镜头。待全部工作结束后，剧组第二天就转点杭州了。

剧组由青浦去扬州、由扬州去杭州，都是包了长途大汽车，由这一驻地直接开到那一驻地的。因此，便省去了不少转车、搬东西等麻烦。由青浦坐长途车去扬州，是走苏州、无锡、江阴，过长江，经靖江到扬州。由扬州去杭州，则是由瓜洲渡口过长江到镇江，然后经常州、宜兴、长兴、湖州等地到杭州。后一条路，是由太湖西面、南面，再经莫干山而到杭州。这是长江三角洲水网地区一条鱼米蚕桑的锦绣之路，自六朝以来，就是江南经济文化的心腹地带。剧组小演员，能够坐汽车走一趟，这机会也是难得。它可以增长人不少见闻，丰富不少感性知识。

很遗憾，我因为回上海有事，没有和演员同志们同行，失去了这样一次美好的学习与旅游机会。

这天和大家一早乘游艇过江，在焦山寺现场看了看，便和服装设计史延芹同志同车到镇江戏装厂，参观了几个钟头。这是一家专门制造戏剧服装的厂，电视连续剧《红楼梦》中部分服装是这家厂商制作的。

说到这里，我仍然感到当前古装（包括远古、近古、近代，甚至三四十年前的现代）戏剧和电影、电视的差别没有明显地分开。过去戏剧服装，明清谓之"梨园服色"，宜于戏剧舞蹈，讲鲜明飘逸，不能讲生活真实感。但也据明代服色，讲究历史的"真实"，行话叫"宁穿破、不穿错"。这种服饰，穿着在电影、电视中表演生活中的古人和古人的生活，就不行了。比如，戏剧服装过去是钉飘带，现在不少都钉暗钮。镜头一推近，稍不注意，就要"穿绷"。而且都是新衣，如何显示"半旧"、"家常"等等。总之，不少问题，都未能很好解决，因而总感不够理想。史延芹同志在正定拍全剧外景结束，与我同车回京，在车厢中感慨地说："如果让我再搞一部《红楼梦》，我会更好。"又说："我最近才发现北京一家绣品厂，真正能做出又华丽、又富有生活感的服装，就是价钱贵些。"这些话我非常同意，就是她设计出的东西，在制作时如按戏装制作，总不会达到她的要求。但工艺水平，只是这样，又有什么办法呢？但愿将来能有足以表现她设计水平的生活化的精美服装出现。

镇江半日，只是在戏装厂逗留。中午饭也只是匆匆扒拉了半碗，便急急忙忙赶下午的火车回沪了。

"瓜洲古渡"

　　电视剧《红楼梦》在八十回后，未按高鹗续书改编，因而在故事情节上有了较大的改动。这是一个大胆的尝试，自然未必十分成功；引起争议，也是必然的。在此我不作评论。因为我的"梦忆"，大多只限于具体拍摄情况，或道及得失，也是个人一己之见，不能当作评论。

　　情节上有所改动，那人物上便也有所改动了。其中刘姥姥的戏，在结尾几集中加强了。出现了刘姥姥羁候所探凤姐、刘姥姥去瓜洲寻访巧姐的戏。刘姥姥到妓院赎巧姐的戏，在上海大观园和瘦西湖凫庄都已经拍过了。为了表现刘姥姥长途风波的旅况，还要拍一些野外行旅、落日古渡的场景。

　　"京口瓜洲一水间。"在扬州拍戏，拍瓜洲渡口太方便了。扬州南面不远就是三汊河，再过去就是瓜洲渡口，大运河进入长江的必经之路。导演约我和风雷同志特地到真的瓜洲渡看了一回景，但是很难使用。为此便过江去找。在焦山脚下，找到一片水滩，空旷而浩渺。因为焦山在长江中，等于一个岛。这片水滩在里侧，没有船只过往，远处有一片浮沙，上面长了些芦苇，很有些野渡的意思——当然古代真的瓜洲渡，那是十分繁忙的渡口——便把景选在这里。

　　这里正在焦山脚下。焦山是石头山。除去一小片滩外，还有一些露出水面的礁石，两处景都好派用处。那片小滩边，略事布置，竖了一块用泡沫塑料做的"石碣"，上刻"瓜洲古渡"。刘姥姥由船上下来之后,上得岸来,要在这个石碣前端相一下,这就表示到了"瓜洲"了。像不像,三分样。电视艺术虽说要尽量反映生活真实、历史真实,但毕竟是有着很大差距的。有这样景物出现在荧屏上,也就古意盎然了。

"刘姥姥到瓜洲"主要是船上的戏。那天租了两艘木船,一艘改装作古代的蓬船——按说刘姥姥当年的经济能力,到瓜洲来,官船是坐不起的,最普通是搭回南的运粮船。小蓬船一般不走长路,为表演便利,也只能如此——刘姥姥带板儿坐在船头。艄公摇船,自然也要他装成古人。另一艘船是工作船,摄像机在工作船上。导演看监视器,自然也在工作船上。工作船尾,对着刘姥姥座船的船头,拍摄下古代烟波风浪、坐蓬船行旅的苦况。

因为在水面上拍摄,工作船要指挥表演船,靠对讲器联系。距离稍远,传话困难,拍摄起来很费时间。镜头不多,却足足拍了多半天才完成。

在此除拍了刘姥姥去瓜洲的镜头外,还拍了一些零星镜头。如宝玉落难在礁石上行走的镜头,也是在此拍摄的。此外,在焦山寺庙院一个弄堂中,还拍了贾芸遇倪二的镜头……

再到杭州

三十年前，我岳母住在杭州。因此，我在杭州等于有半个家。假期中回到杭州，住上一个时期，稍解上海尘嚣之苦。那时收入虽不多，但生活日用更便宜，孤山脚下楼外楼、太和园都还开着，一条最好的活鱼烧成"五柳鱼"，只卖一元二角五分（去年问一名五十多岁的该店的招待员，结果连"五柳鱼"三字是什么也不知道了）。一般一条醋鱼，也不过七、八角钱；两个人吃不了，剩下的还可以回锅烧豆腐。至于小菜，那就更不用说了。什么虾儿、活鲫鱼，更是十分便宜，每次总要买不少带回上海。

三年自然灾害时期，上海家中吃菜粥的日子里，有一次夜间回杭，在离家不远的柴木巷口外一家小店里，居然吃到"春卷"，真是喜出望外。深感杭州物力之丰，即使在最困难的时候，也还对付得过去，较他处为好。

而"再到杭州"——就是说随"红楼"剧组再到杭州拍戏，并不是指我个人——却感到真不知说什么好了。过去说"长安居，大不易"。现则真感到"杭州游，大不易"了。

不妨说几样小事吧：剧组这次在杭州住的地方是一家新造的饭店，名叫"花园饭店"。房间一般，只是正值不冷不热的暮春，居处倒也干干净净，住住完全可以。饭店是五层楼。我住在三楼。楼梯宽大，很好走。又有电梯，开电梯的小同志，十分客气，每见我进来，总要用电梯送我上楼。只是饭店餐厅的菜却奇贵、奇坏。一元几角小盆排骨，只有几块骨头，一丝肉也没有；同样价钱的红烧肉,肉皮上却连着不少猪毛,真是"奇迹"。收拾房间的服务员小姑娘却和霭可亲,笑着说:这里的菜、饭怎能吃呀?你到马路对面的服务餐厅去吧。我一问,知道她是服务学校毕业的。马路对面,果然有一家服务学校办的小饭店。老实说,那饭店里,桌上油腻,地上满是肉骨头,也很脏,但菜烧的总还像样,价钱同花园饭店的差不多。这样,我就在那里对付吃了几天。

别的地方未多去,不便乱说。但看到有个馄饨摊,菜馄饨六角一碗。吃的人大多是北方游客,而且排队买。想来生意不错。杭州生意历来有"一春顶三冬"的说法,而且"泡黄瓜儿"——即外地所说"敲竹杠"——之风,似乎又卷土重来,十分凶猛呢。

著名的"楼外楼",内部高级如何高贵不得而知,而下面的大厅也满地是肉骨头。我曾同小演员古彤、李曼在那里吃了餐便饭,菜都是半冷的大锅菜。李曼同志还多买了一个菜,里面有蘑菇,结果大上其当。可能是变质的,三个人吃了都闹腹泻。而且我最严重,又泻又吐,闹了个不亦乐乎。

阮公墩之晨

　　"西子"晨光是美不胜收的。我不知领略过多少回,而每次收获都不一样。三十多年前,我曾经几次早五时起床,从羊坝头的家中出发,沿南山路步行,经苏堤到孤山脚下,绕行西湖大半圈,感受西湖晨曦、晨风、晨露……

　　不过,在我记忆中,都是从岸上看湖上,而没有过从湖上看岸上的体验。即没有在晨光熹微中泛过湖。因为过去游湖,往往是黄昏漫步,月下泛舟。早上五、六时,那湖边几百条船,都静静地缆在那里,构成一大片静止的图案——舟子、驾娘还未来呢。

　　为了"红楼",却无意中得到在晨光中乘船游湖的机会。到了杭州当天晚上,就看到公告工作日程的黑板上写着"明天早6时阮公墩拍戏"的通知。这是"探春理家"的一大段过场戏,展现的是大观园中的花圃柳陌,竹桥敞轩……探春要大力经营、运筹帷幄一番:在敞轩上把婆子们叫来,分别"承包",兴利除弊。

　　场景就选在静寂的阮公墩上。"阮公墩"实际是西湖中心一个小岛,是清代阮元在杭州作官疏浚西湖时用挖出的湖泥堆成的。和"三潭印月"一样,四周是水,不连湖岸。西湖水涨时,这几处都像浮在水上一般,绿水荡漾,波痕潋滟,远看只是绿色小岛,必须坐船过去,才能领略她的情趣。近年湖上旅游事业兴旺,"阮公墩"被装点成宋代茶肆酒楼的风貌:卖茶全用紫泥茶具,而且挑上"望子",挂上灯笼,"茶博士"都穿古代衣服,以招引游人。自然，门票是便宜不了的。

剧组拍戏，要在大批游客到来之前，因此须赶在早晨六时开机。五点半钟，大家就来到湖边。孤山中山公园码头前，有包好的汽艇等着。大家上船后，几分钟就开到阮公墩了。但就在这几分钟里，真令人感受到湖水晨光之美。水在浮动，船在浮动，小岛湖岸似乎都在荡漾。太阳还未出来，但是橙色的光、白色的气、绿色的水……光彩水气杂糅在一起，一船人都包孕在里面了。我忽然想到法国印象派画家的水彩画，他们的感情所追求、所表现的似乎就是这一种境界。

这场戏主要是探春、李纨、宝钗、平儿几位，其他婆子，都是在杭州请的临时演员。因为西湖难得来，不少同志都是第一次，因而没有戏的人也都跟到现场来了，大家在水边拍了不少照。

湖上水气渐渐散了。这时四周湖山明媚，尽收眼底。望孤山，楼台高下；望苏堤，一派绿痕。树下骑车人，如芥如蚁，瞬息而过。望湖滨公园一带，烟痕淡秀之中，隐隐高楼矗起。日影渐高。十时许，完成拍摄任务。于是，大家重新登船，回住处吃中饭了。

植物园池畔石榴裙

"还道昨宵春梦好,原是今朝斗草赢,笑从双脸生。"提到"斗草"的风俗,不由人想起宋人的著名词句,这正是杭州的故事。拍香菱姑娘"斗草",选择在杭州植物园水池边,原是可以充分显示诗情画意的场景。

杭州植物园,在"曲院荷花"西面,是培养各种花木的地方,里面没有什么亭台楼阁,只是各种树木、花卉,品种很多。湖上游客虽多,但很少来这里。因此,在杭州,这植物园倒是一个拍戏的理想环境。

场景安排在一片斜坡草地上,临近水池边。芳草如茵,池水涵碧,配上"石榴裙",风景自然很好。但是表演起来,却十分为难香菱姑娘——陈剑月女士了。为什么呢?且听我细细说来。

按照《红楼梦》原文"情解石榴裙"所描绘,斗草的地方,自然是一片草地,或草地边石板上都可以。而弄湿石榴裙的是什么呢,应是一小汪积水,是平坦的草地上凹处的积水,而似乎不是池水。因而斗草打闹起来,没有注意到身后有一片污水,忽然把裙子弄湿弄脏了。这样站起来,一边拧裙子上的水,一边埋怨、骂蕊官等人,才合情理,易于表现。

现在场景选在小池边,斜坡上,在表演上,分寸就比较难掌握。第一,打闹时,香菱要滚到池边,让裙子沾上水;第二,又不能滚得太靠下,以免把裤子及衣服也沾湿。而且那天配戏的几个临时演员,都是小学生,年龄很小,身材不高,于是就显得香菱特别大。作起戏来，就十分困难了。

这场戏，拍了好几次遍才通过，而裙子倒弄湿好几条。第一次拍，打闹从斜坡上滚下，不好：入水太多，拖泥带水，湿漉漉的，不能用。只好换裙子，重拍。管服装的同志，带来两三条同样的裙子。但是一次、两次拍不成功，带来的裙子都不够替换了。可戏还没有拍成功。还要换干裙子，只好临时坐车回到住处去取。好在小车就停在旁边，随时待命，说走就走；不然，那全组的人只好等这条裙子，或因为裙子没有，就拍不成戏了。电视机前的观众，是否会想到这些困难呢？

所以拍电视、电影，"选景"是一个很不容易的工作。在选景时，就要综合考虑实际拍摄时种种关系，有的很小的场景，考虑时忽略了某一方面，就会给具体拍摄时带来不少困难。尤其是要考虑好演员表演的实际可能性和位置，如何在刹那之间显现出最美好的角度。当然，静止的位置另作别论。

陈剑月同志拍这场戏时是克服了困难，才获得一定成功的。虽然戏并不多，但"事非经过不知难"。这或许是剑月同志拍完这场戏后的收获吧。

设计"红香圃"

在杭州拍戏,主要是掌握花期。拍宝玉过生日,红香圃开宴、史湘云醉眠芍药圃等花团锦簇的戏,是表现大观园史册上最繁华的时期。因此,在场景布置和表演上都要求较高。

"红香圃"的场景选在西泠印社下面的那座四面厅中。这里是孤山要路,游人最多的地方。但又闹中取静,易于控制。临马路有围墙,又有几个玲珑剔透的假窗,可透视湖景,路人也可向里窥视。另一个小院门一挡住,马路上游人就进不来了。通向上面西泠印社及四照阁的山石路口,也可拦断。游人走其他路,并不受影响。现场厅轩游廊、山石树木,十分幽雅,是理想的大观园环境——当然,说到"大观园",现在似应分三处:一是《红楼梦》中的大观园,也是曹雪芹笔下、曹雪芹心目中的大观园,这是"文学艺术的真实";二是北京、上海淀山湖新建的"大观园",这是今天建筑专家设计修建的大观园,是"现实生活园林艺术的真实";三是电视连续剧《红楼梦》的"大观园",这是今天各地园林的集锦,自然也包括南北新建大观园,这是"电视艺术展现的真实"。

"电视艺术的真实"所展现的大观园,自然有其便利处。它能瞬息千里,不受限制,把全国名园最好的风光美景都集中在这座"大观园"中,充满奇情幻彩。但也有时难免给人跳跃过分的感觉。"西泠"下面"红香圃"建筑是江南淡雅的四面厅,一色茳苇漆;而一跳到"寿怡红开夜宴"的"怡红院",便是朱红粉彩,描金细画的北京宫庭建筑风格了。跳跃太大，令人眼花缭乱，风格自然也不统一了。也许有人说：不会都在北京大观园拍吗？但是不行呀！第一，工程跟不上拍摄进度，因为就是到现在南北大观园都还没有完全完工呢！第二，花草树木也一时长不起来，又如何展现"文学艺术"大观园的种种花草树木景致呢？为了北京大观园潇湘馆的竹子，美工同志不知伤了多少脑筋，而出现在荧屏上的画面仍没有"凤尾森森、龙吟细细"的阴凉感觉。说明想象容易，而实际拍摄是何等困难。

　　"红香圃"的场景选的是非常理想的。但并不能因此就可拍戏了。第二步是如何按要求设计改造。考虑到它的是四周大玻璃窗槅扇，全是现代的，自然不行。于是全部拆下，在四周挂上大竹帘；正面用大屏风，红缎子假金线堆花牡丹，十分华丽。再有是家具，原来这里是书画展销的地方，玻璃柜台，自然不能用，只能全部搬空。我介绍美术设计师风雷同志找老友、西泠金石名家王京簠兄，承他不弃，派其三世兄王一天同志帮助联系。西泠印社负责同志大力帮助，把半山的家具库打开，将合用的花梨、紫檀等红木家俱全部搬出来，大力支持了"红香圃"的设计布置。

"仕女行乐图卷"

"卷上珠帘画不如。"西泠印社下面平时展销书画的门市部，拆去玻璃槅扇，挂上帘子，正中悬一块"红香圃"小匾，居然境界大变，俨然是大观园中一处赏芍药花的宴乐所在了。为了拍摄，在这里摆了几桌酒席。除席上必须的菜肴外，寿桃、寿面等之类点缀寿筵风光的"俗品"也是不可少的。

按照《红楼梦》原书中描写，宝玉过生日，可以分四个步骤：一是拜寿行礼；二是红香圃开宴；三是大观园姊妹们行乐，这中间也包括醉眠、斗草等等；四是怡红院夜宴。在这个新设计的"红香圃"中，要拍好两部分戏。一是室内开宴部分，二是室外行乐部分；室外部分要拍成一个"仕女行乐图卷"的样子。室内部分容易掌握，室外部分就颇费心思了。这幅仕女行乐图，究竟应该如何安排，都作些什么呢？

这场戏出场的人很多，"十二金钗"正、副册的主要人物都有：宝玉、黛玉、宝钗、湘云、迎春、探春、惜春、香菱……莺莺燕燕一大批，组织在一个画面中，都作些什么呢？拍摄时，决定让惜春作画，探春和人对弈，其余的或刺绣、或钓鱼、或穿茉莉花、或观画观书……总之，要求有情趣、有神态，要错落有致，能展现一幅"仕女行乐图卷"。

执导在处理现场画面的设想上，要求把黛玉表现的格调更高雅些，想让她弹琴。但是道具组没有带古琴来，找我商量如何解决。我当晚打电话给上海友人胡绣枫老师，请她帮助联系上海民族乐团古琴专家龚一先生，很快就联系上了。过了不到一小时，打来了回电，龚先生答应给予大力支持。这样，不但解决了琴，而且还帮助请到了教弹琴的老师。原来只是想到上海借一张琴来，结果古琴专家、上海民族乐团龚一团长热心帮助。他在电话中告知，杭州就有他两位学生，都是弹琴名家，并都详细介绍了地址，说明如何去找这二位，向她们借琴，并请二位教授指法。这样演黛玉的陈晓旭同志无意中得到一位教弹琴的老师。自然，先是登门拜访求教。杭州一位女古琴专家，对于陈晓旭同志十分热情。剧组让晓旭同志到家中求教，又用车把老师接到饭店中指导。直到拍摄那天早上，这位热心的古琴女教师还亲临现场指导呢！

　　记得那天，围着院中的曲折水池，布置各位"画中人"的位置：黛玉弹琴在西北角亭子下，亭子前面是探春对弈的地方，对手好像是宝钗，在四面厅台阶下，设着画案，惜春在作画，别人在观看。扮演惜春的胡泽红是杭州人，那天把她妹妹也拉来做临时演员了。这天我六点钟就来到现场，不巧的是，我因头天晚间吃了楼外楼不干净的菜，七点多钟突然发病了，又要呕、又要泻，十分狼狈。大家给我介绍古琴老师，结果未及寒暄，便匆匆乘车回饭店了。

湘云醉卧"芍药圃"

　　"湘云醉卧"是一场大戏,早就要拍。可是一直没有选到适当的外景,因为这场戏,不只要求要高些,而且更重要的是要有芍药花、芍药圃。原书描绘道:

> 果见湘云卧于山石僻处一个石磴子上,业经香梦沉酣,四面芍药花飞了一身,满头脸衣襟上皆是红香散乱,手中的扇子在地下,也半被落花埋了,一群蜜蜂、蝴蝶闹嚷嚷地围着;又用鲛帕包了一包芍药花瓣枕着……

　　曹公的笔力,其绚丽处,真是光彩摄人。这段文字都能使读《红楼梦》者神魂颠倒。但仔细一研究,却感到这是浪漫手法的描绘,在事实上几乎是不可能的,也正像"白雪红梅"的描写一样,在文字上十分美丽;而在生活中却很难遇到、办到。

　　第一芍药是低丛草本花,史湘云卧在石凳子上,高度几乎超过芍药丛尺许,花如何落的她满脸、满身?第二芍药不像桃花那样,一树繁花,微风一过,乱落如红雨。一丛芍药,开上几朵,大朵大瓣,即使开谢,花瓣落地,也很难被风卷起,落满湘云姑娘一身,除非人为地把花瓣洒在她身上……

　　早就选择好,要在杭州西山公园芍药圃拍摄,等扬州拍摄完成之后,来到杭州,等待花期。当时正是谷雨过后,牡丹方开。但是花期因春寒、春暖的关系,实际上却也有早有晚。剧组在杭等待花期之际，却芳讯迟迟。几次到西山公园探望，却是花蕾多而大放的少。而且这还是牡丹，至于芍药，还在牡丹之后。剧组虽一再加码，拍了不少其他的戏，但日程也不能拖的太久，怎么办呢？找美工设计师风雷同志商量，细算花期，最少要等两周才能大放，不能再等。只好用假花和真花相结合的办法，真真假假、假假真真，来完成"湘云醉卧"的拍摄任务。

先到塑料花厂买来假芍药花比较，肉眼看了，自然容易识别是假，但插在真花丛中，在摄像机面前，便真假难辨了。就这样，突击了一天，上千朵"鲜花"，插在真花丛中，把"湘云醉卧"的芍药圃布置成功了。

拍摄的那天，天气很好。时值旅游旺季，西子湖畔、花港观鱼、西山公园一带，游人真是举袂如云，挥汗如雨。拍摄现场，被游客团团围住。自然四周都拉了绳子，杭州公安局的同志不少人都到现场协助维持秩序——因为大观园的姑娘们都花枝招展地来了，都来看湘云姑娘醉眠呀！

这场戏，一般说，是拍成功了。但是细看，不免有小小漏洞：假花有大红的，真芍药哪有大红花呀！湘云姑娘近处像花海一样，而镜头扫到远处，花就稀少了，多奇怪！再有大家围着看的镜头也不够好，稍感遗憾了。

湖山屐痕入梦痕

剧组全体同仁,自从三月初、即旧历正月十一、二离京到青浦开拍以来,再转战扬州、杭州,已经两个多月。由初春到初夏,转眼就快过五一劳动节了。这一时期,不少天都是夜以继日,加速拍摄。尤其是工作同志,都十分辛劳,离家日久,也有不少人思归了。剧组至杭州拍摄,日程安排的不算太紧,容出时间,给大家安排了两次旅游。一是游龙井、灵隐等处,一是西湖夜游。调剂一下同志们的情绪,也是有劳有逸嘛。

因为我是少半个老杭州,同志们不少都把我当作"识途老马"来咨询,约我坐在一个面包车上。车到龙井,马路边上的茶农一拥而上,都抢着兜生意,下车的同志都分别被围住了。这时我便又成了买茶叶的顾问。尤其是一些小姑娘们,瞪着大眼睛,望着我赶紧给个答案,以便买一包天下闻名的龙井茶,又不吃亏上当。因为她们绝大多数根本不知"龙井茶"是个什么样儿,好坏新陈更分不出来了。在我的种种回答之后,她们各自买了一两盒茶叶。有从茶农手中买的,也有从商店中买的。这样,她们心满意足,可以带到山南海北送知亲好友去了。

当时正是立夏之际,新茶上市的时候。我是几十年惯知绿茶的人,茶的新旧粗细,一看便知,是可以担任"买茶顾问"的。至于说到价钱,老实说,我也不知道了。

龙井下来,去灵隐,车经"双峰插云",我看到一辆小车,从一条叉路上开进去。忽然想起,那不是去"浙江宾馆"吗?记得一九八五年春来杭州采景时曾在那里住过。当时住在里面一号楼，那是二十多年前有名的"保密工程"。宫殿式大楼，电梯下到地下室，一层层钢门，可通"指挥中心"；坐电瓶车可以从地下通道直到"双峰插云"的山洞口。整个建筑由楼上几大套卧室、楼下大厅、剧场、会议室、办公室等等再加地下工程部分组成；对面还有室内游泳池、跳舞厅、录像室等。可是它的"主宰者"一分钟也未使用，便在沙漠上空爆炸消失了。现在则出售门票，供游人参观。记得一年前，我们住在楼下时，每日有上千人参观。他们从山洞口进来，再循另一路线转到二楼，然后再出去。人事匆匆，又是一年了。本想下车再进去看看，但风驰电掣的豪华面包车转瞬就开了过去了……

多少年未到灵隐。灵隐外面，今天已成闹市，湖山也大变样了。在冷泉亭畔坐了一会，看着来往如蚁的游人，真感到自己像"马二先生"了。不过缺少一点"迂劲"，因为我看到紧身裤、蝙蝠衫的女郎们并不感到不舒服。正看的入神时，忽然一位风度翩翩的女士喊我，要给我和妻子蔡时言照张像。啊，原来化妆组的同志。盛情可感，自是欣然从命。灯光一闪，摄入镜头，湖山屐痕，于是也入梦痕了——两个月后，我便拿到了这张珍贵的照片。

湖光夜色记友情

　　在灵隐留下了一张珍贵的照片，友情是可贵的。为什么这样说呢？因为每天遇到的照相的人太多了，尤其在外景现场，一天不知有多少人"被照"。但不会拿到照片的，说笑话叫作"有照无影"。习惯于"有照无影"，偶然拿到一张，不是弥足可珍吗？

　　这张照片，有我妻子蔡时言在内。这里顺便提一句，怎么会有她呢？因为她是同我一起到杭州走亲戚来的，住在浙江大学著名"三体力学"专家汪家䜣教授家。顺便看看拍戏，又一同搭便车游游湖山。"三体力学"是专门研究地球、月亮、太阳之间力的关系的。家䜣是治学多年，在海内外均有声望，多年不见。这次我因《红楼梦》的关系，重到湖山，作了他家高斋的不速之客，自然十分欢畅。他让我写字，我报以小条幅：

　　　　力学尊"三体"，生涯在一湖。
　　　　剪烛武林夜，春梦话《红楼》。

　　"湖"、"楼"非一韵，当时怎么写的，记不确了，总之意思不错，诗不成诗，只当作顺口溜吧。家䜣兄毕业浙大，服务浙大，今已古稀，故第一、二句道及。而他虽是力学名家，却又是《红楼》爱好者，有此因缘，因而附笔写入，亦是梦忆之一端耳。

　　集体游览之后，我单独和扶林导演、耀宗同志去采了两次景。主要想顺便找一块奇特一点的大石，但一无所获。

临行前夜,剧组组织西湖游,放车到湖滨。一些天真的姑娘问我西湖夜游好不好,我笑着对她们说:"那是天上少有,人间全无的呀!"

俗话说:上有天堂,下有苏杭。然而,一定要在特定的环境气氛之下,才有所感受。这不单纯是风景,而且还更重要的是舒畅与欢乐,都包孕于波光、灯景、晚风、月色、花香、人语所造成的气氛。我也有两三年没有陶醉西湖之夜了。记得还是四五年前,因开会,于四月末住在里西湖新新饭店,曾同舍弟邓云骐披着夜风,由里西湖马路出来,沿着断桥、西泠桥绕过一圈。而这次却和两位演员,由中山公园门口,沿湖滨在夜幕下散步。湖水几与岸平,似乎要涌到脚下面。湖水如油,波光辉映着灯光。湖面不知有多少游船。近处的偶然可见,远处的却都在黑黝黝的夜幕中,顿时增加了不少神秘感。耳鼓边传来阵阵桨声、涛声、笑声、歌声……如果说天上没有哀愁的话,那此时此刻的西湖之夜,真个就是天上了。

夜深了,大家乘原车回到住处。第二天,剧组除极少数几位留下办理善后事宜外,都乘车北上了。我则同车回上海。还有邓婕、袁玫、吴晓东几位同志都在上海下车。承她们热情,叫车把我送到家中。但正遇宿舍修房,未能款待她们,真是怪对不起的。

《红楼梦》剧剧组两次到杭州采景拍戏,我有幸参加,不仅亲身感受到杭州湖山的佳丽,而且记录下许多真挚的友情。从这个意义上讲,我这个杭州的"女婿",实在是十分幸运的啊!

蓬莱爽约小述

　　自杭州分别两个月不到,我又来到北京。一到驻地——白纸坊华园旅馆,遇到扮演邢夫人的夏明辉同志,一见面就问我,蓬莱为什么没有来?那里如何如何好……说了一大堆;而我只能两手一摊,有什么法子呢?没有分身术呀!实际说来话长。

　　自杭州分手之后,我回到上海,受扶林导演之托,仔细看了一遍分镜头本子的对话。再有宿舍改建房屋,工期一再拖延,住室中搞得几乎无法生活,更无法工作。六月下旬,应苏州友人王西野兄代苏州园林局柏传儒副局长之约,去苏州忙了几天。主要是苏州建城二千五百周年纪念,园林局新修了"盘门三景"、"唐寅墓"、"范成大祠堂"、"石湖虞庄"几处。特地约请上海图书馆名誉馆长顾起潜(廷龙)老先生来筹划一下这些景点的匾额对联之类。我不过是忝陪末座,幸附骥尾耳。大家到这几个景点参观游览后,拟了不少匾额对联。记得我给范成大祠堂拟的是:

> 万里记吴船,蜀水巴山留胜迹;
> 千秋崇庙祀,行春串月仰前贤。

　　上联用"石湖三录"中《吴船录》的典故,下联用石湖行春(又名杏春)桥八月十五"串月"的掌故。此联由顾老写了,刻成木抱柱,大概现在已经挂起来了。顺便说一句,苏州园林十分重视这些匾额的拟写制作。近时老友陈从周教授修建豫园东园，也一样。建园的同时，已约人书写制作匾额。而上海大观园对此却不甚讲求，未免遗憾。

在苏州住在乐乡饭店，正好史延芹同志也住在里面，催促赶制苏州戏装厂的定货。因同住四楼，常常见面。她告诉我蓬莱"探春远嫁"的戏就要开始了，相约同去蓬莱。但她先要回北京，再赶回苏州，再去蓬莱。与此同时，扶林导演也有信寄到上海。而我人在苏州，没有及时见到他的信。

待我苏州完事之后，回到上海，读到信中相约的日期，已经过了一两天。再张罗买车票、换车，计算下来，即使赶到，也已没有几天；而凑巧上海单位又有特殊任务，非我参加不可，虽只一两天时间，而正巧在这个期限中。分身无术，只能爽约了。

遗憾的是，没有能亲身参加"探春远嫁"这场戏的大场面的实地拍摄。这一集在内部放播时，曾获得一致的赞赏，十分成功。原拍资料，还有好多海外民族舞蹈的镜头。最后剪辑时，这些都删去了。因此，更为简洁，确是十分巧妙的手法。

但是说到《红楼梦》整个电视，有的又令人感到不够舒展，不少地方缺少行云流水、回肠荡气、柳暗花明的艺术效果，而显得跳跃太大。如薛蟠挨打后一张烂泥的脸，本没有交待，突然又是香菱在亭子上的美丽的脸……不少人观看时感情接不上，便影响理解了。当然，我所写多为回忆拍摄过程，不欲作评论。在此偶然谈及，只是举个小例子罢了。

文字因缘

一九八五年七月末到北京，正好买到二十来本我写的《红楼识小录》，便带到北京送人。秀才人情，自然十分寒酸。人家以为是覆瓿之物，而自己又敝帚自珍，这种可掬的酸态，也正是知识分子的傻处。当然，我这只是说自己。隔了一年到北京，又正遇上我的《燕京乡土记》出版，便又带了三十本，来北京献宝。朋友们得到书，自然很高兴，给了我不少鼓励。可惜这两本书很快都售罄，无处购买了。而向我要书的朋友还很多，不能一一答谢朋友们的雅意，至今还感到遗憾。

也许有人问：在《红楼梦忆》的过程中，忽然插上这样一段，是什么意思呢？难道是在作自我吹嘘的广告吗？非也。这要从另一角度说，或者说的玄妙一点吧，要从"文字因缘"说起。

对于《红楼梦》的拍摄，我没有别的能力，只能勉强为它提供一些文字上的资料。说起来，也只是"纸上谈兵"吧，不过是供有关同志们参考罢了。《红楼识小录》多少起了点这样的作用。再有从在圆明园讲课开始，三年多跟随剧组拍摄外景，在工作之余，也还总抓紧时间，写些东西。由在圆明园讲的"江南风俗"，接着写的长文"服饰"，夏天在八大处讲的"礼节"等等，这些都编成了另一部书《红楼风俗谭》，即将由中华书局出版。实际这也可以说是因电视剧《红楼梦》的拍摄，才促使我写的这本书。因而这书的写作过程，也就是"梦忆"的过程。这就是我所说的"文字因缘"，也可以说是"红楼文字因缘"吧。

扶林导演拿到我送他的《燕京乡土记》,兴奋地对我说:这本书可以拍成"京华风土系列电视"。感谢他的热心,不过要成为事实,困难尚多。现在这本书在日本已引起重视,正在翻译。而有关单位,又在计划译为德文。设想有朝一日,如果拍成电视,那在海内外的影响,就要更广泛了。因为在今天,文字的影响面远远不及电视的影响面广泛。就以《红楼梦》说吧,虽然已被译成许多国文字在外国出版,但据著名国际作家韩素音女士说,在欧美人士中,知道的还是不多的。但如今拍成电视剧,在国外播放出去,那影响就完全两样了。

略述"《红楼》文字因缘"也还是值得珍视的。这次到北京,总剪辑师傅正义同志的剪辑工作已经开始了。根据电视剧制作中心阮若琳主任的指示,先剪了一部"简介",让我急就章,写了一份解说词。这时剧组已经分批去正定新建的荣国府,作最后的会战了。我却留在北京看剪出来的"简介"和写解说词。这样,耽误了一个星期,完成了北京的任务,赶到正定,已是八月间了。

决定性战役

  电视剧《红楼梦》上万个镜头，都是打乱了综合拍的。由一九八四年十月在黄山脚下太平湖拍黛玉北上第一个正式镜头开始，直到一九八六年七月底，足足拍了二十二个月。镜头的确拍了不少，一盒盒录好像的一寸"索尼"带子——全是原始资料，都送回北京保存起来了。但是，北上的林姑娘，在路上已经过了两年了，还没有进"荣国府"呢！比当年真的"林姑娘北上"不知要慢多少呢！为什么？一句话，就是"荣国府"还没有盖起来。你让她如何进府？

  因此，截至一九八六年七月底为止，凡与荣、宁二府直接关连的戏，可以说，都还没有拍。这时，要想剪出完整的一辑来，都还不可能。著名剪辑师——被誉为全国第一把剪刀的傅正义同志已经开始工作了。实际这时还只是作初步的接辑，即是说，把凡是已拍好的资料，能连接成为片段的先连接起来。八月初剪辑了一部几十个镜头的《简介》，我在京参加了这一工作。但这个《简介》中，没有一个荣国府、宁国府的镜头。只是一些人物的片段，不能进一步延展，自然还不能成为《红楼梦》。

  没有大观园，不能成为《红楼梦》。

  没有荣、宁二府，没有门前的石狮子，同样也没有《红楼梦》——作为形象艺术的电视，更要求要有大量的生活化的实景。

  近两年来，在各地拍摄的大量镜头，都必须和荣、宁二府的镜头联系起来，才能成为戏。因此在各地每拍完一组镜头，必然也要剩下不少镜头，等着在荣、宁二府或荣宁街上来拍。因此，拍摄荣、宁二府的大批镜头，等于电视剧《红楼梦》的"淮海战役"，是决定性的大战役。

在《红楼梦》中，宁国府是大房，荣国府是二房，因此应该叫"宁、荣二府"。但是故事主要发生在荣国府，因此习惯上往往叫颠倒了。而在实景的建造中，只盖了一所"府邸"，挂上"敕造荣国府"的匾，就是"荣府"；挂上"敕造宁国府"的匾，就是"宁府"。

至于门前的一条街呢？那就叫"宁荣街"了。

剧组一直在等着河北正定建造的"荣国府"、"宁荣街"的完工。正定，这个著名的古城，也是饱经战争创伤的古城。直到今天，在南面残破的城墙，黄泥土路，还像刚刚打完仗一样，使人一见就想起"地道战"、"地雷战"的年代——她，距离河北省省会石家庄，只有十八公里。

在正定古郡著名的大佛寺后面，新建的荣国府、宁荣街，直到一九八六年五、六月间，才全部完工。红剧组"先遣部队"——风雷同志带领的美工人员，七月初就来到现场。剧组大队人马，分批于七月底来到正定，开始了两个月的电视剧《红楼梦》决定性大战役。

正定"荣国府"

　　离开正定荣国府、宁荣街，虽然还不到一年，但是这两处摄入电视剧《红楼梦》荧屏的仿古建筑，已经天下闻名了。据说春节时，"红楼"电视试播六集之后，这里的游客剧增。几百里外从来不出门的农村老大娘，也成群结队坐了长途汽车来逛"荣国府"了。传闻春节假日几天，门票卖了七万元，这真是一个了不起的数字。想不到为拍电视剧《红楼梦》盖起一座荣国府、一条宁荣街，地方上真正收到经济效益了。

　　正定荣国府是由著名红学家兼建筑师杨乃济先生设计建造的。杨公早岁毕业于清华大学建筑系，专攻古建筑，是已故著名建筑权威梁思成教授的高足。在经历了二十多年坎坷道路、饱经人世沧桑之后，欣逢盛世，仍是壮年。以饱满的精力，为"红楼梦"建造荣国府、宁荣街，这在他过去是沉于"红海"的非非之想，今天却变为现实了。

　　荣国府在建筑规格上，是大门三间，左右石狮子一对，比起北京旧时的大王府，如郑王府（现教育部）、醇王府（现卫生部）等略小些；比起过去北京的公府、贝子府等却毫不逊色。主要分中院、西院、东院三组建筑。

　　进了三间大府门，笔直一条中轴线，前厅、过厅，直对贾政正屋——荣禧堂；转过去后院，一大排后照房，两旁一律东西厢房，由钻山游廊连接。按格局上讲，是北京旧时府邸大宅门的规模。但是从大小多少上来说，剧组的目的是只要能拍摄《红楼梦》就可以了。所以院子的层数并不比真的府邸(王府或一般公府、贝子府)多些。

东院只是一所一般的一宅分为两院的大四合,北屋带廊子,东西厢房不带廊子,没有垂花门而有月亮门,将南房隔成外院。正院西面是一条长更道(预备打更上夜的人走的路线)。隔开更道,是贾母上房的大院落。这是由正房、四面厅、前厅、垂花门、外院临街南房组成的几进大院落。也都有东西厢房,四周钻出游廊衔接。因为四面厅四面有廊连接,所以更显得玲珑有致。拍完戏之后,我曾在此院落留影纪念。贾母院后面,一所院落,是琏二奶奶的住处。从王夫人正房后面出来,走后院到贾母这面来,必然要经贾琏住的院落的门口,这正是按《红楼梦》所写设计的。我把这些院落方位大体说清楚,以后读者如去参观时也容易明白了。

当然"荣国府"的建筑,在大体规模上很像样子,而比起北京旧时真的府邸建筑,那就太粗糙了。没有一块"磨砖活",镜头一推近,就显着粗糙不堪,大石灰缝子很难看,这限于经济和时间,是没有法子的。也是遗憾啊!

宁荣街

　　宁荣街是在正定修建"荣国府"的同时,特地配合荣国府工程修建的一条古老的街道。一九八六年八月去正定看工程时,这条街还没有破土。隔了一年,到一九八六年六月底,已经全部完成土建。到八月中我赶到正定时,不但土建早已完成,而且铺面装修、过街牌楼、府门前八字大影壁都全部建好,俨然是二百多年前北京某府邸外——类似于旧时北京旧鼓楼大街或锦什坊街那样的一条街道了。

　　这条街应该是个什么样儿呢? 在《红楼梦》原书中,写到黛玉进京,坐在轿子中,由轿窗向外观看,只见京师街道上的热闹情况。后来轿子向前走,黛玉又从轿窗中看到外面一座府邸,心里知道这是舅父家大房——宁国府。又走了一段,才到了荣国府。我在前一篇文章中已说过,原书中写的宁国府、荣国府是两座府邸,而在电视连续剧中虽是"两座",实际上则只盖了一座。这也是真真假假吧。

　　这条街是东西向的,荣国府在街的东头路北。出府门往西走,先是荣国府群房外墙;约五六十米,一座高大的彩画过街牌楼,上嵌一匾,刻"宁荣街"三字;过去就是"繁华"的宁荣街了。两旁都是画栋雕梁的铺房,有的两层,飞檐朱栏;有的一层三开间、五开间,冲天大招牌;有的有围墙,有的没有围墙,都错落有致,一派京朝气氛,升平景象。有酒楼、绸缎庄、颜料铺、烟店、染坊、当铺、银楼、钱铺、药铺、香料铺、干果子铺、鲜果局……各种幌子;如"南北海鲜、飞觞醉月"的酒楼幌子;"锦章庆云,杭纺贡缎"的绸缎庄幌子;"云贵川广,地道药材"的药铺幌子;"诚心大蜡,如意高香"的香蜡铺幌子……应有尽有。你走在街上,仿佛把你拉回一二百年前的北京大栅栏一样。形象地说,这条街是《康熙南巡图》、《乾隆南巡图》中北京街市部分具体化了。

这街长九十多米,不算太长,但比较有深度。出现在镜头中,显着很长,很丰富。在这中间还有一些曲折。第一,这街向西迎面走不出去,顶头是一座前面有柜台,后面有高楼的铺子,挡住去路,也挡视线。西面的街口是向南、北两面拐过去,这样就形成一个过去北京常见的"丁字街",在镜头上给人以想象。向南、北拐弯出去,似乎还很远很远。

在街的中间,一座两层飞檐的华丽酒楼转角处,向北一拐,是一条巷子,这就是著名的"花枝巷"。贾琏偷娶尤二姐的"外宅",就在这条巷子中。路西一个乌油小砖门,从门外一看,里面肯定是一座精美的小院,应该还是两进院子。凤姐身穿蓝缎子素妆,"突然袭击"来找尤二姐,就是在这个小门口下的车,可是不能走进——这个谜不能拆穿,走进去什么也没有,因为尤二姐的房子却远在上海青浦淀山湖畔大观园中——电视上真真假假,这是镜头接起来的呀!

由"醉琼楼"酒楼转过去的"花枝巷"设计很好,乌油小砖门也很有意境。只是在小门把院中的房露了一间在门外——电视荧幕上可以明显看出——则完全不合规格,照北京说法是"不成格局"。记得当时我本想提出,但考虑到其时一段围墙、街门都已盖好,拆改太麻烦,也就算了。

黛玉进府,宝钗、薛蟠进府,元妃省亲、秦可卿出殡等等重要戏中,都展现过"宁荣街"的镜头。那高大的牌楼,不要说在荧屏上看上去是真的;有的人手扶着柱子,我问他是真是假?他还说是真的——实际是美工同志用杉槁、三合板、泡沫塑料搭建的——读者可以想见其逼真的程度了。

我选了一张和陈晓旭同志在牌楼前面拍的照片作为插画,附在书中,读者可以从照片中看到牌楼建筑之华瞻,想象"宁荣街"之富丽。

有关荣国府和宁荣街的大体情况就是这些;若要更详细地了解,当然最好是身临其境了。

"更道"琐话

"荣国府"也好、"宁荣街"也好，在建筑上，有优点，有成功之处；自然也有缺点，不管是什么原因造成的缺点。

先举一个镜头作例子：凤姐过生日，喝多了酒，心扑扑乱跳，请尤氏在席上照顾，自己带平儿想回房歇一会儿。可是一出角门，还没有转"更道"，就看房中小丫头张望，经在门前审问小丫头，得知贾琏同鲍二家在房中搞鬼。凤姐气得斜坐在角门台阶上，手扶着角门"马头墙"发抖……拍摄时，为了表现凤姐内心的激动，对手部抓墙，给了一个大特写：雪白的手，鲜红的指甲，扶在墙上，似乎要抓进砖缝中去……十分遗憾，衬在手下的，不是磨砖对缝的府邸建筑的细墙；却是十分粗糙的青砖，和宽而曲的粗石灰缝—美的形象被破坏了。

"更道"是北京旧式府邸大宅门建筑的一种长通道。北京旧式合乎格局的宅邸，都是许多大的四合院组成。院子一进、一进，可以连接三个、四个，或者更多的院子，成为垂直一串，有一根轴线。但这只是纵向连接，应该还要横向关系的建筑。一般都是正院、东院、西院。如正院四进、五进，那其他各院也是四进、五进，但建筑规模及使用，各不相同。大约正院前院是客厅、大厅等，正院后院是府邸主要人物的内宅。西部院落，一般前进可能是邸宅主人的书房等，后几进或是老母颐养之所，或是其他长辈所居，也可能是姬妾所居。东院后面可能是另房、或子、侄所居。而前面则是账房、马号，临街房屋佣人所住，另有门出入。

一般三个门通向外面,正门、侧门(有的还有角门)、后门。正院不论几进,其东西房屋后面,与东、西院之间,各留一条"走道",谓之"更道"。不管几进院子,这条更道直通到底,笔直深长,两面都是正院东西屋,和东西院东西屋的后墙,十分高耸,因而这条更道像峡谷一样,把连接各个院落的角门关死,那就变成无路出入的"死胡同"了。

这种"更道"的规模,如在皇宫中,那就更宽、更长、更深,两边还要加上高高的宫墙,一眼望不到头,就是人们说到宫廷建筑所谓的"长门永巷"。一般府邸宅门中,虽跟一般百姓家完全两样,但比起宫廷,那就要差远了。

"更道",从名称上讲,是更夫打更巡查、上夜的路线。夜深人静,管家婆子带着人拿着钥匙,顺"更道"依次巡查一遍,该关的关上,该锁的锁上,夜间再由更夫打着灯笼、敲着梆子,顺更道巡逻。再有"更道"又称"火道",带有防火的作用。这边院子着火了,顺"更道"来救火,而且隔着"更道",火也不会烧到另外的院落中去。

这"更道"的作用在于此,却想不到王熙凤利用这个地方,又毒设相思局,狠狠地"整"了贾瑞一下子……贾瑞不禁"整",一命呜呼了。

真的府邸,都是磨砖对缝的墙,分"干摆浮搁、糯米灌浆"、"磨砖对缝"、"磨砖勾缝"、"磨砖打掭缝"等等。细说起来,太复杂,在此就不多说去了。凤姐的手,如果扶在磨砖对缝的墙上,那在镜头中,就好看多了。可惜"荣国府"工程太粗糙,只能远看。镜头一推进,便粗劣不堪。当然,这也是时间、经费所限,是没有办法的啊!

"元妃省亲"进府

　　"元妃省亲"是电视连续剧《红楼梦》播映后受到一致赞赏的一集戏，我也十分爱看这一集。唐诗中有不少"宫怨"的诗，这种感情、气氛、意境，在这一集中都表现出来了。

　　"元妃省亲"一大集戏，是分五个地方拍摄的：西山摄影棚"贾母上房"一堂景中拍的见贾母和王夫人；在上海大观园"体仁沐德"拍的"更衣"；在扬州瘦西湖拍的"登舟幸园"；在北京白云观拍的大观楼开宴。以上这些重要的场面都拍好了，但是还不能剪辑成"元妃省亲"，因为还缺少重要的东西呢，那就是"进府"。"进府"一直拖着未拍，为什么，主要是等正定"荣国府"、"宁荣街"的工程。没有"荣国府"，又如何拍得成功"元妃省亲"呢？

　　说到这里，不免要扯远来，说到整个电视连续剧《红楼梦》的拍摄速度，那就是"前松后紧"，而且是后面十分紧。就是所有"荣国府"、"宁荣街"的镜头，都是在一九八六年八月和九月两个月拍完的，包括"元妃省亲"的"进府"。

　　为了拍好这场戏，准备工作，在七月份就开始了。一是外地的准备，如在苏州、镇江两个戏装场赶制服装。《红楼梦》原书写贾蓉、贾蔷到苏、杭为准备元妃省亲采买"女孩儿"动用甄家存的五万两银子，先提了三万两云云。而赶制服装的费用，若按数字说，多得多。二是现场准备，包括宁荣街装修、迎接元妃"銮驾"时的张灯结彩……都费了很大力气才准备好。准备什么呢？那项目很多。举几个例子吧：

比如说牌楼，就搭了两座。一座是"真"牌楼，在"宁荣街"一文中，已经说过。而在这一牌楼的对面，也就是荣国府的东面，又搭了一座"六柱、五门"的彩牌楼。彩布起脊，彩绸绣球飘扬。两座牌楼，一"真"一彩，都是美工同志搭建的假的，分别起着不同的效果，却都花了大量的人工物力。

而这"彩牌楼"，正代表了清代皇家重要喜庆的妆点物。搭彩牌楼，即所谓"张灯结彩"。几百年中，北京有手艺最高超的结彩、搭棚师傅。这一行道谓之"彩棚铺"。除去搭了高大的"六柱五门"的过街大彩牌楼外，在荣国府正门上也搭了彩牌楼，把平日的大门也挡住了。

"銮驾"经过的街道上，要张围幕、要悬灯，都布置的井井有序。只是参照《康熙南巡图》等比较，在围幕（主要是经过各处路口，不让人看见）张挂上，稍长了一些，出现在镜头上不够好看。另外元妃銮驾经过的当天，五城兵马司派兵驱赶闲杂人等，黄土填道、净水泼街……这些在镜头上都一一表现出来了。

贾母、王夫人……按品大妆，依次在门前排班，等待接驾，这场戏也是够辛苦的……既要等着拍"銮驾"的仪仗队、大太监、小太监、宫女、女官、凤辇……一队队过去；还要等着拍各人的面部表情，各种特写。当时天气还很热，穿的很多，站在那里，几个钟头，才全部完成。好在拍这场戏是晚上，不是在太阳中晒着，比较好些。

按照《红楼梦》原书所写，一队队太监，过了许多队。因在仪仗队中，太监的队伍很长，这都是临时演员，经过临时训练，能够走整齐的队伍。只是拍掌没有合乎规范——原来书中所写的"拍掌"是太监传暗号，只有"三下"就够了——现在较多，且配音较响，观众就误以为是现代的鼓掌了。

"秦可卿之丧"出殡

"秦可卿出殡"的大场面,是拍完"元妃省亲"后,隔了两三天拍的。为什么这样的大场面戏,都集中在一起拍呢?这里面也有一个窍门,就是省事,像变戏法一样,原地不动,一番花样,"红喜事"就变成"白喜事","荣国府"门前,元妃省亲的场面,就变成大出殡了。

"秦可卿出殡"也是分好几个地方拍摄的,前面我也曾经介绍过。"秦可卿灵堂"是在上海大观园"体仁沐德"那个院子中拍的,凤姐上祭、凤姐哭灵,都在那里;和尚、尼姑绕棺念经,也都是在那里拍的。"道士念经"、"按七作法事",是在北京白云观拍的。这些和尚、道士、尼姑念经,都是真的。但这些地方,都不能代替"出殡"。"出殡","压地银山一般",那还要在"宁荣街"上来拍。这时"敕造荣国府"的匾,便换上"敕造宁国府"的匾了。

街面上的布置,两三天就够了,所以在拍"省亲"两三天之后就拍"出殡"。比如为省亲而搭的彩牌楼,出殡时照样需用,但是不用另搭,只把上面的红花、红彩球,换成素花,白的、蓝的、黄的,红彩球换成白布彩球就可以了。大门前石狮子后面搭的彩也换成素的,这样气氛马上就变了。

秦可卿之丧,"出殡"(又叫"发引")时大批的纸扎(北京旧时叫"烧活"),都是在现场制作的。几十名工人在"荣国府"后院群房中,制作了好几个月。有好几位老艺人,都是旧时北京

"冥衣铺"学徒出身的,手里都有几样绝活儿。"冥衣铺"在旧时,是北京的特殊行业,它主要业务是两种:一是给办白事的人家糊"纸人"、"纸马"、"金山"、"银山"、"阴宅"等纸扎,因为这些是出殡后都要烧掉的,所以俗名"烧活儿"。二是裱糊房屋,这是绝技,在此不多说。不过说到"纸扎",在北方几省中,最好的手艺,还不数北京,而是山西。现在当然这种迷信技艺已失传了。剧组美工组有位年纪最老的纸活艺人已八十多岁了,身体十分健康,还照样跟剧组到南北各地工作,"秦可卿出殡"的不少纸扎都是他糊的。他旧时在冥衣铺耍手艺,解放后到北京人民艺术剧院作美工,可以用纸糊出各种古董玩器。

"秦可卿大出殡"用的临时演员,都是当地找的,各单位支援的。没有这些群众的大力支援,也拍不好这样的大场面。

按照《红楼梦》原书所写,应该有不少"路祭"棚,但是场景限制,摆不开,所以只表现了最重要一个路祭棚,那就是北静王路祭,和宝玉见面。现在出现在荧屏上画面,似乎显得很远了;而实际在现场,那个路祭棚,只搭在宁荣街西头转角处,拍摄时,要整个出殡队伍都在这个"路祭棚"前经过,所以也用了很多时间。当然主要是拍贾赦、贾政、贾珍等人参见"王爷",以及北静王同宝玉见面等中心近景及特写。

"出殡"的概念,就是"出去殡葬",把死人棺材送到坟地落葬。落葬之后,一切该焚化的都要在坟地烧掉。那大批纸扎,因此都要烧掉。电视表现了这一场面,作一交待。但这个焚烧场地十分难找,因为第一"秦可卿出殡"是冬天,焚烧的坟地上不能有绿色树木、庄稼。而当时是八月中秋刚过,田野到处是青纱帐,不能用。第二火烧大量的"纸活儿",还得要有安全措施,防止危险。最后找到大河滩上。本来北方不少河十分可怜,枯水时,水就很少,现在上游都有水库,河中更没有水了。宽阔的河床,一望什么也没有,全是油沙。于是,就在这沙滩上,作了秦可卿大出丧、火烧"纸活"的"坟地"。熊熊的火焰中,狰狞的"开路鬼"、"找路判"露着鬼脸,吐着火舌,也在荧屏上留下了形象。

"秦可卿大出丧"同"王熙凤协理宁国府"是分不开的。顺便说一句,凤姐协理宁国府,在议事厅上发号施令,大显才能,也是在正定"荣国府"——也可以说"宁国府"中拍的。

"元妃省亲"与"秦可卿大出丧"这两场戏拍摄成功,《红楼梦》电视剧的"大场面"就算完成了,全剧的成功也指日可待了。

"大场面"拍成了

一九八六年九月二十日前后，北京广播电影电视部不少客人来到正定电视剧《红楼梦》剧组驻地，前薛文清副部长，中央电视台王枫台长，电视剧制作中心阮若琳主任，总监制戴临风同志，《红楼梦》剧顾问、荣国府设计者杨乃济建筑师……真可以说是嘉宾云集。"《红楼梦》剧组"自拍外景以来，从没有这么热闹过。这是作什么呢——来参加最后几个大场面的拍摄。

《红楼梦》剧实足拍了两年多了，但几个重要的大场面，都在等着荣国府、宁荣街的工程。没有"荣国府"的大门和石狮子，好多镜头都不能拍摄。"秦可卿大出殡"，只是其中之一。

"秦可卿大出殡"这场戏，从七、八月开始，已经足足忙了两个多月了。执事、纸扎、影亭、鼓乐、棺杠、棺罩、车轿……按大类分，就已经有不少了。如果再把每类的具体细目一一写出，那将是许多篇内容十分复杂的明细表。就说全套纸扎吧：什么"方相"、"方辟"、"开路鬼"、"打路判"、"四大金刚"、"十二美女"、"金童"、"玉女"、"金山"、"银山"……数也数不清那些怪名堂，都要一样样地用纸糊出来，才能表现规模和气氛。特地请来的北京电影制片厂的名美工师马强同志不辞辛苦，亲自指导具体工作同志制作，保证了拍摄的成功。

这次大场面，准备工作，不只是美工同志，服装也作了大量的工作。上千名临时演员，打执事的、抬杠的、和尚、尼姑、道士、捧香的、赶车的……全部要服装。不仅如此，还有大量扮演群众看热闹的呢！也都要服装。主要演员的、次要演员的、群众的，上千套服装、帽子，不但都要作好充分准备，而且在现场也都要换，脱了穿，穿了换……把几个跟现场的服装同志，忙了个不亦乐乎。

不少群众演员，都是部队同志来帮忙的。但也预先分好队伍，演习了好几次。这种大场面，几位主要女演员，倒都没有戏，如林姑娘——陈晓旭，妙玉姑娘——姬培杰。她们却未闲着，临时调动，作了现场分队带队"官"，戴顶草帽，顶着大太阳，带着她们的队伍一遍又一遍地在电喇叭的号令下，操练着。

拍摄按原定日期，推迟了一天。因为原定那天正好是中秋节，团圆节——如何能拍"大出殡"这种场面呢？所以，大伙儿一计议：顺延一天吧。

为了拍群众场面的鸟瞰镜头，在荣国府大影壁后面，搭了一个十五六米高的大架子。不少鸟瞰镜头，如抄家时的"荣国府"全景，大出殡时"宁国府"全景，都是在这个大架子上拍摄的。

整个"大出殡"规模庞大，但只用了不到一天就全部拍好了。操练时全队走动不算，单拍摄时，全队就走动了三次。两部机器同时拍摄，大场面终于顺利地拿下来了。

这次大场面拍完，大家在"荣国府"门前拍了张照，电视剧《红楼梦》外景拍摄，也胜利完工了。

黛玉进府

　　"黛玉进府",如果从真实的历史背景看,在《红楼梦》时代黛玉由扬州乘船去北京,沿大运河航行。正常情况,一般走一个来月。如搭运粮船,就要慢得多,据明末清初谈迁《北游录》记载,要走八九十天。黛玉是坐府中的官船,那就完全两样。不过不管怎么说,当年这段水路,是全国最繁忙的水路,再慢也慢不过电视连续剧《红楼梦》"黛玉进府"了。自从一九八四年十月间在黄山脚下太平湖拍了"黛玉北上"的航船远帆镜头后,她这条船足足航行了两年,直到一九八六年九月末才下了"船"坐轿子走在宁荣街上。这还是正定"荣国府"及时完了工,不然,她还到不了荣国府。

　　拍电视、电影,都是把镜头分好,编好号打乱了,根据条件综合拍。一段情节,分成好几个时期,隔开很长时间拍。把两年前拍的,同两年后拍的镜头接在一起,这叫作"接戏"。两年前那个镜头梳什么头、戴什么首饰、穿什么衣服……一切的一切,在两年后都要按原样打扮好,不能错一点。所以"接戏"是十分细致的工作,容不得半点疏忽大意。当然只靠人的记忆是不行的,必须靠细致认真的场记,文字和简图都要画明确,再有就是照片。

　　"黛玉进府"是先拍乘船北上,再拍见贾母、包括吃饭等等,这都是在摄影棚、贾母上房的场景中拍的。最后直到正定"荣国府"盖好,才拍"进府"。而"进府"还是先拍了在院子中的过场戏,如到贾政正院见王夫人,先到"荣禧堂",出来再到"东边的三间耳房内":王夫人领黛玉从后房出去,进入后院,出小角门到贾母上房,而中间在过道中告诉黛玉,这就是凤姐的院子等等,这些细节,都是分开日程一一拍出的。

黛玉下轿也足足拍了半天,轿中幌动,由轿窗向外张望,掀起轿帘下轿,扶轿杆出来,手部特写……一连串细致的动作,都是在"荣国府"前院仪门前拍的。

按照《红楼梦》中所写,黛玉坐轿进入京师,走在街上,撩起轿窗小帘向外观看,看见京师街道,果然繁华……这一气氛,在宁荣街上,要尽量表现出来。各种店铺的市招、幌子,都一一入了镜头;各种摆摊的、卖艺的……应有尽有。还要有不少老百姓,男女老少,买东西的、说闲话的、在小摊上蹓跶的、看热闹的……这也都是由临时演员妆扮的。

在"元妃省亲"、"秦可卿出殡"两场戏中,虽然也都经过"宁荣街",但一是"净了街的",一是"出殡行列",实际都没有展现宁荣街平时风貌。在"黛玉进京"中是有意展现"宁荣街"风光,而目的是表现书中所写"黛玉所见",是写黛玉内心世界。但书中可以一笔带过,在电视剧中却不能"一笔略过",而要较真实地表现了。

除去"黛玉进府"展现宁荣街的风光外,在薛姨妈、宝钗、薛蟠来京时,在小红带巧姐外出时也展现了宁荣街,但那只是作为背景处理,就未特地展现"京师街市风光"了。

院落及其他

在《红楼梦》原书中,对宁、荣二府的房舍,都作了细致而具体的介绍。正院、偏院、前院、后院、大门、二门、仪门、角门、钻山走廊、抄手游廊、引路、月台等等,无一不是具体的营造学术语,任何小说中,都没有这样周详写房舍的。因而可以根据《红楼梦》中原文,按顺序设计、兴建正定"荣国府"。现在这里成了重要游览区,据闻今年正月电视剧《红楼梦》播放了六集之后,这里游客大增,春节期间卖了好几万张门票。游客多了一个游览的地方,地方上多了财源,《红楼梦》电视在此拍了戏,据闻香港著名导演李翰祥先生也来过,对此也感兴趣,这真是一举数得的好事。

但是如从府邸规模来说,这还是相当小的,也比较简陋,与《红楼梦》原著比较,那还是差的很远。不论从工程细度说,还是从平面布局说,以及从宏大规模说,都差着好大距离。如从"细度"说,我在另一文已说到,这些房屋连一段磨砖马头墙也没有。所有墙头都是青砖大石灰缝,而且现在泥瓦工的水平太差,连一般"清水墙"也砌不好,何况砌这样比较讲究的府邸了。举例说,有一个宝玉去见贾政的镜头,表现宝玉由正房廊子东头"钻山"门穿过去。拍摄时镜头跟得很紧,而游廊"钻山"的粗劣墙头大面积地展现在荧屏上,就十分难看。像这种"真实"的镜头,就反不如美工的布景了。如荣国府大门对面,高大的八字影壁,出现在镜头上,俨然是"磨砖对缝刻砖大影壁",十分精美。我这样写,并不是说新建"荣国府"工程如何不好,不是这个意思。由于经费、时间、工艺水平种种限制,在很短的时间内,盖出这样水平的"府邸",保证了电视剧《红楼梦》的拍摄,那真是不容易的。我说到这些建筑上的不足之处,目的是介绍一点前车之鉴。以后如有利用这一场景拍各种影、视时,远景自无问题,要出近景、特写时,最好在局部地区加一加工。

从平面布局上说,现在正定这个"府邸"。从名称上说,也只是"荣"、"宁"的一半,挂上哪块匾就是哪个"府"。而从实际上说,恐怕"一半"也还不够。因为从《红楼梦》前几回实际所写来看。这个院、那个院穿来穿去,比现在正定的"荣国府"要大的多。但是出现在电视荧屏上,那就要大多了,用各种手法一变换拍摄,就显着重门深院,不知有多少房舍了。

王夫人第一次领黛玉从后房走后角门过来,指给黛玉看,说"这是你的屋子"。这个院子的位置设计很好,在这院中拍了不少戏,如秋桐指着尤二姐的窗户骂人的镜头,就给人留下很深的印象。只是这个院落外院也过于简陋了,廊子、垂花门一样也没有,哪里有当家琏二奶奶院落的气派呢?

凤姐院子而外,其他院落,也谈不上"规模宏大"。如《红楼梦》原书写贾珍看乌庄头交租来,一个大狼皮褥子,要铺在"月台上"。按理这种"府邸"的正院正屋、西院正屋,地基还应起高几尺,要有月台,而现在出现在镜头上,月台太平,院子中又未全部墁砖,花木又少,院子大,房子就显得很低,没有能显出应有的规模和气派。总之,这也是些遗憾吧。

古郡、古寺

正定过去的清代是府治,府城很大。当年通向太原的火车路,也由此作起点,叫"正太路"。那时的石家庄,还是一个很小的村庄呢!

多少年的战争,使这个要路之冲的古郡饱受创伤;直到现在,还留有不少战痕。新的建设似乎还很缓慢,似乎还未展现它应有的风貌。我们到南河滩去拍"秦可卿出殡"的"火烧纸扎"的戏,来回所坐是漂亮的进口日本小汽车。车过南门一带土路,只见半截残破的城墙。路上也高低不平,黄土飞扬,像是刚打完仗一样。记得有两面破旧人家的墙上,画着"仁丹胡子"的广告画赫然入目,当时就吓了我一跳。后来一了解,原来是刚拍完抗日战争题材的电影。我真觉得那位导演善于采景,在这样的残破城墙下拍抗日题材的影片是太逼真了。

在一个秋高气爽的日子里,我和"四姑娘惜春"——胡泽红同志畅游了正定古郡名刹龙兴寺,俗名"大佛寺"。这一名胜保存十分完好,游人很多。有名的《龙藏寺碑》就在这里。

早在十几年前,我得到一本梁思成先生影印的《梁任公先生诗稿》。这些诗稿都是任公在日本时所写,用的是小楷格子纸,一律工笔小楷,并经康南海氏批过改过。在有一页上,康南海氏的大字"眉批"道:"何不学龙藏寺碑?"隔开若干页,又有"眉批"道:"学龙藏寺碑,果然笔法大进。"我因此而对《龙藏寺碑》发生了兴趣。后来买到影印旧拓本,拿来和《圣教序》比较,感到其楷法中"瘦、劲、秀、润"四者,确是源出一脉。我也很临了一阵子,但真不容易。笔笔中锋,一竖一画,都有千钧之力,即使学到一点皮毛,也要花很大气力……我有幸到正定来,在古槐阴下,细细赏玩原碑,真感到莫大的欣慰。

我和胡泽红同志在秋风古寺中漫游了半日,仰望了几丈高的大佛,也欣赏了明代的壁画,又在辽代建造的"法轮殿"中,看了那巨大的法轮——佛语道:"法轮常转"——惟愿它常转吧!这天大家都带了照相机,互相拍摄了不少照片,玩得十分尽兴。

大佛寺建自隋、唐,经过辽、金。悠悠千余年,历史漫长。正定也正是一个古老的城市,城里古塔很多。有一天一早,我外出漫游,向一个古塔方向弯进去,只见一条陋巷口上,一株古槐。在朝阳中,老态可掬,大有生意。知了在树上叫着,大有"古槐深巷暮蝉愁"的感觉。我走了进去,看到在一个水池边,一个高大古老的方形砖塔,边上的碑已倒了。破旧的钟楼,看上去也已快倒塌了。这原是"开元寺"的残址,只有塔还完好。

别了正定

　　由北京南来的火车，在正定站不停，所以每次都是坐到石家庄，再转车来到正定，路程不过三十六华里。而北去的快车，在正定停，所以回北京，只要在正定上车就行了。

　　在微微下了几点秋雨的早晨，我和史延芹同志由招待所乘汽车到正定火车站。临时买票，上车再补了软席票。一上车坐下来，车就开了——别了！正定。

　　我和史延芹同志自从在苏州甪直认识之后，共事已近三年了。这次正定工作结束，她又要参加新的工作；车中无事，不免谈话多了些，既是思旧，又是话别；既是话别，又是怀旧。而话题的中心，还在《红楼梦》，还在三年来的拍摄甘苦……

　　她意味深长地说："如果让我再搞一次《红楼梦》，我会搞得更好……"

　　我深深感到这话包含着多少艺术的苦心！现在"红楼服装"在香港、在北京几次展出，写此文四周前，即六月二十六日下午，在北京故宫前朝房中"红楼服装展览会开幕式"上，我还和她见面，大家还为已取得的成绩而欢忻。但从艺术的追求上讲，我相信她不会满足的。在离开正定时火车上的话，我感到是她发自内心的艺术心愿。

　　车到了北京站，剧务李军如同志已来接待。他告诉我，他已为我买好了第二天回上海的火车票。我十分感激他，也十分感激剧组的全体同志们。虽然行色匆匆，不能跟大家一起庆贺外景拍摄工作的完满结束,但我们终于完成了一件大事。电视连续剧《红楼梦》播映之后,轰动了海内外,获得了很大的赞赏,也引起了极大的争论,其影响之强烈,出乎人的意料。对于这许多争论的问题,见仁见智,各有不同;大的方面,小的方面,都很难一下子取得一致的意见。我未能深入地写什么讨论的文章,只是把拍摄的经过,当作旧事来回忆,陆陆续续写了些片段。今年七月间,有机会来四川峨眉成都军区疗养院小休,回忆在四川灌县、崇庆等地拍戏,不觉便已两年,自然难免感慨系之。

小休期间,除去各处游览外,剩下时间,在安静的小房间中,望着窗外老树茂密的浓绿,回忆前尘,伏案书写,每天两三篇,用了一个星期的时间,终于把全书写完了。奉献给爱看电视连续剧《红楼梦》的热情观众们,或者能给您增加一点荧屏之外的文化兴趣吧?

一九八七年七月廿七日完稿于峨眉军区疗养
院居室北窗下,时窗外夏雨初霁,绿树如洗。

红楼诗草

海上大观园杂诗

上海市政当局,在沪淀山湖畔营建上海大观园。壬戌重阳节近,红楼梦学术讨论会代表联袂往游。天朗秋高,欢情甚畅,因成纪游杂诗截句十二首。

碧草逢春皆妩媚,红楼有梦总迷离。
秋光一笑成嘉会,黄鞠初华蟹正肥。

今年红楼梦学术讨论会在上海召开,余戏拟红楼联语十余副,以秦篆书之,分赠与会友好,玉言(周汝昌)翁独赏"碧草"一联。群贤嘉会,秋光正好,因以联语衍为小诗以纪游胜之嘉会。

一望青峦一豁眸,华亭腴野佘山孤。
廿年旧迹浑如梦,每忆海盐八宋楼。

游车由住处桂林路师范学院招待所出发,先游松江方塔、醉白池等古迹,再到淀山湖,途中经过佘山。上海四郊无山,均系腴野平原,只一佘山,孤立于松江境内,小峰峦耳,不足以言山也。二十年前曾与老友海盐朱剑心先生来游。朱为朱竹垞后人,家有"八宋楼"。下世已久,其所著《金石学》、《孙过庭书谱笺证》等书均已重版。重建坟地,不胜黄垆之思也。

截取波光入画图，大观风月淀山湖。

怡红公子多情甚，好梦渔歌枕上呼。

新建大观园在湖之西南隅，怡红院建筑已初具规模，离湖极近。有楼，较《红楼梦》中所写者稍大。今日宝公，高卧怡红，可以饱听渔歌唱晚，欸乃一声，波光绿意直拍枕上矣。

借得潇湘十万竿，当年风雪护茅椽；

从今月下闻环佩，清供谁思玉版禅。

滨湖原有江村人家竹林一片，营建者即以其地建潇湘馆，亦已初具规模。从此衣香鬓影，环佩钗裙，出入于幽篁画阁间，一派华丽景象，无复寒家清供矣。

欲望沁芳隔陌阡，芭蕉展尽两心悬。

何堪夜雨通情愫，跑煞晴雯与紫鹃。

园址原为湖畔农田，阡陌相连，极为肥腴。惜怡红院与潇湘馆在园中相距较远，沁芳桥畔，两地传柬，将跑煞晴雯、紫鹃矣。

冶园借势费经营，一脉引来水局清。

想象荷香风十里，藕花衫子鬓云轻。

上海水源，现以淀山湖水最佳。《红楼梦》第十六回"脂评"云："园中诸景最要紧是水"；又云："余最鄙近之修造园亭者，徒以顽石土堆为佳，不知引泉一道。"海上大观园借势冶园，取水便

224

利,其水局之胜,将来必有可观者。惜参观时所见之池沼位置,尚不够理想。

> 小阁梨香院本真,龄官妙韵渺如尘。
> 金钗十二排新部,一效颦卿自可人。

其新建之戏楼、戏厅,亦具规模矣。同游者有演唱黛玉之王文娟女士,乘兴登台,一效颦卿,其真潇湘妃子乎?

> 红楼梦好三秋会,碧海情深万里心。
> 每忆莼鲈思故国,季鹰此意古同今。

园方备有笔砚,嘱为题字,余书写时,适有台湾省某渔轮之船长、船员数人,亦在招待者陪同下来参观。请招待者代为索书,余以小篆为书"红楼梦好,碧海情深"八字赠之。握手致谢而去。

> 湖畔画楼号碧波,刻砖门户细工磨。
> 我如姥姥怡红卧,片刻春婆一欠呵。

园外新建之临湖酒家"碧波楼"已完工,磨砖群墙,院门刻砖小额,为赖少其所书。游览代表,均在此休息。楼上有客房,卧具颇精洁,余写字后,借一室小卧片刻,自惭形秽,大似刘姥姥醉卧怡红院也。

> 湖光渺渺接晴光,一望江乡熟稻粱。

拄杖看云无好句,忽思明日是重阳。

淀山湖甚大,是日天气又好,江村腴野,稻粱丰收,湖畔闲眺,极畅尘襟。惜无好句足以唱此锦绣河山也。

乘兴何妨一作场,白头人莫笑疏狂。
琵琶弦索伴妆弄,台上争如台下忙。

中午饭于一江乡小镇市楼上,设席处为一书场。饭罢与端木蕻良、吴晓铃二公观赏说书小台。端木公忽发奇想,蹒跚登台,坐在上档,拿起弦子,功架十足。随即呼晓铃公与余上台,于是晓铃公上台坐在下档,抱起琵琶;余上台坐于中间,拿起扇子,居然三人"会书"矣。此时台下忙煞摄影者周雷兄,一张两张,闪光不停(江南评弹,一人为单档,弹弦子。二人为双档,下档弹琵琶。三人为"会书",坐中间者弹月琴,形同"白搭",最无用处)。

二三野老茶坊坐,漫指市矎说古今。
安得浮生闲半日,端公到此一沉吟。

饭罢下楼处,为一小镇茶馆,有吃茶老者数人,意颇安详。端木公亦思小坐片刻,以领略江南小茶馆之情调。惜归车催促,时间不及矣,意颇怅然。

壬戌大雪后二日重录于浦西寓楼

鹧鸪天

一

一九八四年春,于角直①拍《红楼梦》葫芦庙故事,题赠总监戴临风、编剧刘耕路二先生。

深巷楼头怯早寒,此来未值卖花天。红泥寺古瞻名塑,绿水桥残泊画船。　真作假,梦如烟,谁将木石说因缘。华灯权当元宵夜,谁识英莲是应怜。

二

一九八四年春,于角直拍"红楼"甄士隐戏,题赠乡谊韩淮方家。

三晋云山梦未休,又来吴下梦红楼。乡心客里情偏确,水镇春迟寒未收。　寻巷陌,立桥头。橹声人语自轻柔。乔妆亦似山塘市,吴苑茶香且少留。

---

① 角直小街布置为《红楼梦》十里街。

水调歌头

甲子(一九八四)暮春为"红楼"事归京师,记车中所见。江乡菜花烂漫,过鲁境,得喜雨,岱色朦胧,村落桃李着花正妍。暗忆都门花事,别来已三十年矣,欣然得句。

新绿三千里,故国暮春天。此行疑真疑幻,流水惜华年。卅载尘嚣误我,抛尽闲愁万种,剩得鬓毛斑。又见菜花发,锦绣正无边。　　望岱心,登临愿,意悄然。雨中桃李,挑逗村落几分妍。暗忆丁香结子,细数东皇芳讯,何问昔时缘。一夕征车梦,欲话已忘言。

金缕曲

甲子暮春,为"红楼"事,偶住圆明园传舍数日,朝暮行废园林莽中。时春雨初霁,新绿照眼,燕子低飞,小桃幽独,因谱此曲。

何处寻华屋,看呢喃,飞低掠影,池边相逐。杖策林莽春无赖,细柳新蒲暗绿。喜雨过,晴光如沐。石似能言花解语,更西山相对峰峦簇。闲眺望,漫凝目。　　藕田如镜残桥曲,带平岗,回环萦绕,尽成幽局。别馆离宫基半在,歇了前朝丝竹。谁记得,内家妆束。还待多情重点染,小桃嫩,灼灼篱间独。惊一顾,为停足。

浣溪沙

甲子暮春归京师,为"红楼"演员讲课,遇北昆名演员顾凤莉女士,闲话主演王昆仑老《晴雯》旧事,匆匆已二十余年矣。因成小词二阕赠之。

一

一笑翻怜身世哀,女儿心事费疑猜。天成灵巧运偏乖。
丽质自无媚俗态,新辞每赖雪冰裁。踏花小步怎安排。

二

舒展春心绿蜡香,彩云霁月漫思量。红牙细拍水磨腔。
唱破红楼知几纪,梦成华胥鬓沾霜。腰身犹记昔年妆。

浣溪沙

《红楼梦》剧组在四川灌县拍戏,顾凤莉女士再索题字,因成嵌字格小词赠之。

风月年华似水流,多情几度梦红楼,舞衫犹带翠云愁。顾盼回眸新笑靥,凤钗摇步旧歌喉,鬓簪茉莉锦江秋。

太平湖杂诗

一九八四年国庆前后,随中央电视台、中国电视剧制作中心"红楼梦剧组"于黄山市太平湖拍黛玉北上诸镜头,并应市领导之嘱,为拍风光短剧《黄山情侣——太平湖》,驻平湖宾馆二十余日,得以畅游太平湖及黄山西海诸山村。江山佳胜,兴会偏多,时拾断句补缀成章。得俚句多首,总名曰"太平湖杂诗"。

一

黄山小妹自风流,万顷晴波泻绿油。
凤髻梳云簪翠竹,花容浣月照明眸。
应怜丽质侔西子,何必卢家唱莫愁。
嫁与江山添锦绣,千姿百媚世无俦。

二

群山环抱水中央,一叶湖心兴欲狂。
绿到眉间如中酒,静生望外入云乡。
挂帆疑向广寒去,唱晚时闻欸乃忙。
几处人家临碧涧,待寻野老问渔桑。

三

浩淼烟波一线连,云飞冉冉见峰巅。
湖光变幻开明镜,雾意迷蒙接远天。

应接不暇真化境，经营未艾看他年。

六桥风月千秋业，游客常思太守贤。

四

湖上活鱼鲜且肥，山家清供莫推辞。

堆盘细剥宣州栗，入座欣尝竹下鸡。

陈馔便知生计好，试茶方识魁尖奇。

老猴似早知人意，望到沧桑太平时。①

五

满湖寒碧动秋思，节近重阳感岁时。

暮霭渐凝山欲紫，梦痕初挂月如诗。

疏林偶见新红叶，野屋遥瞻上晚炊。

朴实人家存太古，尘嚣误我悔来迟。

六

一帘秋雨黄山麓，怅望天都岭上云。

出岫无心随意趣，因风聚散亦纷纭。

客怀未许伤摇落，旅况偶然感夕氛。

山水钟灵思雅俊，乡人谁识瓣香文。②

七③

云上天都露一峰，连霄宿雨散迷蒙。

---

① 用猴魁茶、黄山"猴子望太平"故事。
② 雨窗偶忆著名女作家绿漪女士苏雪林教授乃太平县人。
③ 游焦村。

石桥野渡流泉急，小树微霜嫩叶红。
鸡犬相闻新稻熟，菑田高下陌阡通。
屐痕处处怜鸿雪，欲话沧桑问老枫。

八①

乱石寒流涌白沙，秋情古道看茅花。
长桥斑栏苔莓迹，颓屋参差野老家。
石板摩崖留姓字，青山无语记年华。
大似桃源存旧舍，几人避世卧烟霞。

---

① 游仙源古石桥。

北京大观园杂诗

幽窗日日傍园居,鸳瓦粉墙画不如。
我爱浮云绿树好,暮蝉声里梦回初。

泡子荷花梦已残,宣南风月久阑珊。
繁华点缀红楼意,又建名园号大观。

沁芳亭子细安排,七月红莲带露开。
巧日最怜微雨后,断虹影里出楼台。

竹韵茶烟小槛幽,潇湘惹梦且勾留。
森森凤尾期他日,绿满回廊绕碧流。

人间真假说繁华,画栋茜窗贵戚家。
怡红院落深深见,一脉秋光照晚花。

玉垒红楼唱竹枝

为《红楼梦》电视剧事,去四川月余。历灌县、青城山、崇庆、成都等数处。游踪所至,得竹枝词十五首。

> 驿前灯火静迷矇,谁识当年起卧龙?
> 异代情怀难想象,秋星遥夜入长空。

沪成直快车晚九时余到南阳站,旅客甚少,在站台小立,望候车室灯火通明,十分安静。殊难想象这便是诸葛孔明之故乡。

> 山家风景美难收,小小荷塘点缀秋。
> 鸥鹭低飞茅屋外,莳田如镜胜平畴。

车行汉中万山中,小村风景极美。家家梯田中有小荷塘,秋荷残叶摇曳晨光中。稻谷已收,田中水平如镜,白鹭低飞恍如仙境。

> 郫筒骑驴今已无,通途电驰走华车。
> 田家处处皆诗画,瓦舍深幽水竹居。

由成都去灌县,公路甚便,大小新车极多。经过郫县农村,田家新屋,均在竹林中,流水环绕,十分幽深。范成大《吴船录》

中记载,大略相同。惟竹制郫筒装酒,今已不得见矣。

秋山玉垒拥浮云,江自秦时两派分。
雪浪东流连日夜,涛声我亦枕边闻。

住灌县两周,日过秦太守李冰所修都江堰,即少陵诗"锦江春色来天地,玉垒浮云变古今"处也。雪浪涛声,午夜枕上听之犹为真切。

风月南桥气势雄,高楼茗话夕阳红。
离堆雪浪如潮涌,人道当年锁孽龙。

灌县南门外南桥,清光绪时所修,近年重建,距离堆宝瓶口一箭之地,激浪奔腾出桥下,气势极雄。离堆下人传为李冰锁孽龙处。桥旁酒楼,楼上卖茶。高爽宜人,视野极阔。

青城半日坐相看,未问清虚九转丹。
绿树白云成幽境,碧潭船稳似骖鸾。

青城天下幽,为道教"宝仙九室洞天"。灌县任务完成后,剧组全体往游,只半日,时间短促,余未及登山,只坐半山石上看山耳。新作人工小水潭,清碧如染,可坐小船。

山水缘兼翰墨缘,留题惭愧在西川。
蜀州想象陆通判,罨画依稀是沈园。

随剧组在四川拍戏,为剧组书写感谢字幅甚多。由灌县至崇庆,一到旅舍,即有人持纸索书。崇庆古蜀州,陆放翁在此曾任通判。罨画池园林建于唐代,极水竹亭馆之胜。

> 西蜀名州小挂单,池如罨画漫留连。
> 作书换酒笑多事,一树芙蓉大可看。

崇庆所住旅馆,底层为酒类专业公司门市部。当事者馈名酒多瓶,嘱写字,惟余滴酒不饮。所赠均为嗜酒之青年朋友携去。思之殊可笑,惟罨画池公园芙蓉正开,极可赏玩。

> 绮罗旧梦飘零久,孰料管弦在小城。
> 一曲新声舞兴好,华灯长袖看轻盈。

崇庆虽是一县,但极繁华,有酒厂三百余家,商业发达。所住旅馆七楼为舞厅。

> 芳草天涯处处然,汤元何必赖家传。
> 桥头灯火伶仃肆,香糯十枚只数钱。

成都盐市口赖汤元天下闻名。其实四川到处有卖汤元之小肆。晚间街头灯火荧荧,十枚两角,均香糯可口。

> 中原逐鹿日纷纭,但得安民天下分。
> 自古川西锦绣地,秋风人吊蜀王坟。

重阳因感冒回成都,住抚琴台路民族饭店,对门即五代时前蜀帝王建墓,为全国文物重点保护单位,游人甚夥。

> 重九草堂大是奇,未簪黄菊对胭脂。
> 海棠溪上如霞簇,工部何因不赋诗。

成都气候温暖,深秋大似春分前后。重阳第二日游杜甫草堂。花径西水边海棠林着花甚盛。杜甫诗中无赋海棠者,而锦城花事,历代以海棠著称,亦文学史中有趣而无法解答者。

> 新制蛮笺价不资,阮囊羞涩每迟疑。
> 清晨小巷秋容艳,且费青钱买菊枝。

"十样蛮笺出益州。"成都笺纸最出名。余旧藏"诗婢家"大千居士折枝花卉笺纸全套,多年自珍。惜乱中失去,良可叹也。在成都见新制笺,粗劣而价昂,非穷书生所可问津。晨间闲步巷口,见卖折枝菊花者,二、三角一把,殊觉可喜。

> 高汤一钵号三鲜,名馔锦城天下传。
> 玉版飘香浮翠叶,山家清供说坡仙。

四川菜天下闻名。在成都一人偶至名餐厅"努力餐"吃中饭,只买一"三鲜汤",肚片、腰片、玉兰片、香菇、豆苗、胡萝卜片,汤极鲜,色极美。且一大海碗,吃了一碗饭,汤也未吃完,如东坡居士参"玉版禅"矣。

婉转歌喉苦未休，清商一曲梦红楼。

凭栏几度凝眉处，唱到多情也泪流。

《红楼梦》电视剧主题歌为"红楼十二曲"之《枉凝眉》，演唱者为陈丽女士，以纸嘱书，为题小诗一首。

红楼催妆词

渔歌子　妙玉禅妆

琴韵茶经岁月过,朝朝槛外念弥陀,簪翠竹,罢绮罗,青丝绾结奈愁何?

南歌子　元春宫妆

翠凤东珠映,明珰玟瑁红。万千仪态出深宫,应记御沟流水惜花容。

如梦令　二姐媚妆

一抹秀云眉上,妩媚更添娇样。记得嫁衣裳,笑语花枝深巷。惆怅!惆怅!飞入断肠罗网。

双红豆　可卿艳妆

金步摇,银步摇,秀鬓如云簪凤翘,小山眉细描。千分娇,万分娇,莫惹情丝掠鬓梢,情天意怎抛?

浣溪沙　李纨淡妆

画荻情深别梦残,内家高髻旧花钿,已撷腊粉记年年。　憔悴容华伤古镜,徘徊心事炷寒烟,宫裁妆后更谁怜。

红楼绮园杂诗

滴翠名亭沾绿鬓，绮园有梦入红楼。
多情老树知人事，记得沧桑几度秋。

海盐绮园老树参天，山石畔小亭清韵殊佳，妆点作滴翠亭，以之拍红楼电视。

梓翁笔墨有清致，"照镜美人"对夕曛。
我榜小亭名"滴翠"，风流还让蘅芜君。

绮园有太湖石，陈从周教授榜曰"美人照镜"，而今于其旁拍宝钗戏，风流则让红楼宝姑娘矣。"梓翁"乃从周教授别号。

玉貌绮年尔独古，人间彭寿应如君。
偶然也入红楼梦，便布清阴拟绿云。

绮园中有八百年古藤，南北罕见，真奇观也。

藤花故事总销魂，谁记红楼旧梦痕，
吏部槐街凋零尽，海隅又见老云根。

北京历史上有著名的吏部藤花、槐树斜街藤花，均数百年旧

242

物。今皆不存。

清潭沉碧乔木高，掩映名园第几桥？
影入红楼成梦境，疑真疑幻十分娇。

绮园假山层次甚佳，石桥掩映，池水清碧，石桥造型亦好。

"红楼"电视小诗话

一

甲子江村展画卷,今年丁卯喜迎春。

新人尽入红楼梦,时代芳华假亦真。

《红楼梦》电视连续剧,于一九八四年甲子春节后,在江南古镇苏州开机。至今年春节试播,前后历时足足三年。《红楼梦》中人物,如宝、黛、钗、袭人、鸳鸯等,原皆为十六、七、八岁之青少年,而历来《红楼梦》电影、戏剧等,演员均嫌过大。《红楼梦》电视皆用新人,都是小青年,芳华正茂、表演较为真切。

二

万里江山万卷书,还将万字记当初。

艰辛艺海红楼梦,映入荧屏乐有余。

人说,《红楼梦》是百科全书,此语虽有夸张,亦不无道理。一个地方,两个地方,很难拍好内容极为丰富的"红楼梦"理想境界。为"红楼梦"采景必然要去很多地方。辛勤三载。共拍九千六百多个镜头。至于耗资数百万,那就更不用说了。更有拍摄过程中,日日夜夜,争分夺秒,一连几个夜景,演员梳好头,化好妆,一上戏十三四个小时不能歪一歪,休息一下,此中甘苦就更不是某些专写文章说风凉话的人所能想象的了。

三

二百年前说岁时,红楼风物更谁知,

葫芦依样凭君看,十二金钗绝代姿。

我国最早谈风俗之文献,有《礼记》之《月令篇》,六朝时宗懔《荆楚岁时记》等等。《红楼梦》故事距今不过二百多年,但因为本世纪我国社会生活变化过大过快,所以《红楼梦》时代的生活状况,对今天读者和观众来说,已经很为陌生而难于理解了。《红楼梦》电视剧,各方面力求符合历史真实,反映二百多年前的风俗面貌,但限于各种条件,不少旧东西找不到,新东西做不来,也只能尽力而为,不能完全合乎理想。

四

宝黛多情万口传,卿卿我我太缠绵。

曹侯别有沧桑感,忝世炎凉满大千。

旧时红楼影剧等演出,往往只局限于宝、黛、钗之爱情婚姻,不能充分展现《红楼梦》之社会意义。《红楼梦》电视连续剧,共四十集,比较全面地展现了《红楼梦》社会历史画卷,使观众更能深刻地理解其意义。

红楼迎春诗

《红楼梦》电视剧春节试播六集。回忆一九八四年春节后开拍,迄今已三年矣。艰辛过程,情景历历,感赋四律志贺!

> 大似洪炉九转丹,红楼说梦亦艰难。
> 欲作多情岂有待,及闻消息已阑珊。
> 曹侯遗恨诚千古,兰墅风流本一官。
> 穷愁剩有文章在,收入荧屏作画看。

曹雪芹潦倒名士,高兰墅翰苑贵官,二人思想境界迥异。电视剧八十回后情节未按通行本改编。

> 欲从断烂辨迷离,缘木求鱼未是痴。
> 今古几如千载后,风华总爱少年时。
> 人言婚嫁皆情种,谁识沧桑惹梦思。
> 世路炎凉经过后,山村酸泪写新辞。

本世纪我国社会变化神速,《红楼梦》残书虽只二百余年,几同上古,理解距离较大,学术争议亦多。

> 乾嘉华胥犹余梦,众口纷纭说到今。
> 假语偏能惊世俗,残编何处问知音。

书成蕉叶情方浅，悟到梨香感已深。

此意近时新会得，寒窗摊卷自沉吟。

《红楼梦》写情处至为深刻，更有其重要社会意义，电视力图展现此点，加"情悟梨香院"、"鸳鸯抗婚"等戏。

丽质从容假亦真，金钗十二看新人。

影中贵戚闺门态，原是芳华时世身。

竹剪簪花拟古韵，金篦对镜意传神。

妆成莫笑女优孟，高髻云鬟解效颦。

现代少女扮演《红楼梦》中人，时代差距甚大，如何神似，困难殊多。且服饰化装，均有一定限制，只能尽力为之耳。

寄语湖山小诗

甲子繁华又一时，红楼梦好见花枝。

武林风物可追忆，两度春花绣作闱。

红楼电视两度去杭州拍戏，今年花时，可与杭州观众在荧屏上见面矣。

蝴蝶翩翩假亦真，药栏花圃费精神。

春风吹拂年华梦，扮出蘅芜院里人。

宝钗拍蝶一镜头，在西山公园芍药花圃拍摄，"蝴蝶"乃人工者。

居然仕女簪花图，西子湖畔聚"小姑"。

一柱一弦成好梦，颦儿绿绮见工夫。

在小孤山西泠印社下一厅中拍红香圃开宴，居然一幅仕女簪花行乐图，"黛玉"新学弹琴，亦收入镜头。

波光欲泛晓霞红，朝雾微开湖面风。

岛上酒旗疑近古，相思梦入画楼中。

晨六时在阮公墩拍戏,湖上晓雾初开,波平如镜。岛上均古代妆饰,有"酒旗在望"。

> 绿杨风里待花期,柳絮飞飞惹梦思。
> 一夜"群葩"皆怒放,姚黄魏紫看迷离。

拍湘云醉眠芍药圃,而花期迟迟,均未大放,不得不以假花插在真花<u>丛</u>中,荧屏上扑朔迷离,真假难分矣。

> 湘云伴卧似酣眠,梦入荧屏花欲颠。
> 记得南山花港路,湖山四月丽人天。

于"花港观鱼"西山公园芍药圃拍湘云醉眠时,天气极好,游人参观者十分拥挤。

峨眉"红楼说梦"二律

一

记得锦城汗漫游，多情只是为红楼。

重来伏虎桥边路，又访峨眉天下幽。

金顶云迷成法相，万年寺古小勾留。

高风更爱清音好，坐听泉声欲枕流。

丁卯伏日，有幸到峨眉小住，忆乙丑秋间来成都附近各县拍摄外景，匆匆已两年矣。住峨眉半月余，未上金顶，足迹所到，只伏虎寺、万年寺、清音阁数处耳。

二

山居雅爱晚风凉，细语华年识鬓香。

坐听流泉惊岁月，何堪芳草对斜阳。

青山隐隐将军画，绿树森森锦绣乡。

难遣闲情感聚散，"红楼说梦"岂荒唐。

山居无事，每于晚风中闲坐为诸青年护士讲说"红楼"，匆匆又赋离歌，感人生聚散萍飘，正亦同红楼梦幻耳。"红楼说梦"岂荒唐乎？

250

红楼零简

"沁芳"晨思

——大观园小记

　　早上六点不到,我一个人来到新建的大观园中,几位负责照看的老阿姨,已在晨光中辛勤地打扫了。而游人还未来,园中极静,空气极为新鲜。

　　散步到沁芳亭上,在栏杆边坐下来。破晓时落了几点雨。西南角上在滴翠亭外绿树蓝天间,挂着一痕断虹。这个方向望断虹,是很少见到的,我凝神眺望,感到意境分外美好。

　　沁芳亭压水连桥,栏外便是池水,红莲、白莲、睡莲正在作花,昨晚离园时看见的那个大红莲花苞,一大早已经有两三个花瓣展开了。有透明感的娇红,似乎像露水,正要滴下来。边上两朵白莲,已经开始谢了,另外的花苞还小,只有这朵红莲,开得实在喜人。

　　左面望着潇湘馆门外,静静的,地上湿漉漉的。这不是破晓时微雨注湿的,而是昨晚拍红楼电视"风雨夕宝玉访黛"时用人工雨浇湿的。那热闹的场面仿佛还在眼前。今日,则要换场景拍怡红院了。我不由得又向右面金碧辉煌的怡红院门望去。一派粉墙,围着一座青砖大院落,游廊连接,迤逦而起。

　　人们喜爱《红楼梦》,人们便执著地憧憬着"大观园"。记得不知有多少人,认真地问起我:大观园在哪里?当年袁子才曾说他的随园就是大观园,近三十年前,报上又说什刹海恭王府是大观园。人们对此兴趣太浓了。曹雪芹笔下的大观园对人的魅力远远超过了皇家的颐和园，但那究竟是艺术家笔下的"乌托园"呀！

是的，京华今天真地盖起了大观园了。而且是按曹雪芹所叙述的方位格局盖的，按《红楼梦》所描绘的风景境界盖的。难道这就是真的大观园吗？我坐在沁芳亭上呆想着。

凡是看《红楼梦》的人，人人心中有个林黛玉，人人心中也有座大观园，有的朦胧些，有的清晰些。新建的这座大观园，是否就是人们心目中的大观园呢？我回忆我多年来的种种憧憬，与眼前的园子比较着。眼前新落成的部分：园门、"曲径通幽"大假山、沁芳亭、怡红、潇湘、秋爽斋、稻香村等处，在位置上，格局上，情调上，似乎也把我多年的憧憬和想象变为现实了。曲折游廊，石子甬路，"小小三间房舍"，"得泉一派"的潇湘馆，很有情趣。四周游廊，清凉院落的秋爽斋，"后廊檐下的梧桐"虽是泡桐，也颇能体现三姑娘房中的意境。

忠实于《红楼梦》原著所修建的大观园，其气氛基本上是符合红楼意境的。二十多天，因拍红楼电视，我朝夕徘徊于沁芳亭畔，留连风景，寄情梦幻。想起老问题，我可以肯定地回答了：大观园在京华南菜园。说起京华掌故，地通南西门，那里历史上都是著名的游览胜地呢。

稷园红楼夜宴偶感

坐在稷园来今雨轩的圆桌边，面前擦得雪亮的玻璃杯里，插着一方似乎折成马蹄莲形的白餐巾，美丽腼腆的姑娘们在等待着宴会的开始，我旁边坐的就是袭人姑娘——袁玫女士。

请原谅我，一上来就用了一个"稷园"的词语，不要说外地，可能北京不少青年朋友也不知这是哪里了。还得要作个说明：稷园者，古老的社稷坛所改建的中山公园也。因为想着这个"根"，便无意中用了这么个老掉牙的"词儿"，真是太抱歉了。

宴会尚未开始，我的目光和思绪浮动着：

对面一个大铁立柜，正在眯着眼嗖嗖地冒着冷气，还哼着"嗡嗡歌"，上面放着一盆绿得泛黄、黄绿刺眼的一大团带刺的类似天冬草而又完全不像的塑料制品的怪玩艺……

这正是农历七月中旬，中元节的前一两天，天刚擦黑。哎呀；这不正是北京旧时点莲花灯的节令吗？

"莲花灯，莲花灯，今儿个点了明儿个扔……"谁还记得那朦胧梦境般的儿歌，粉红小灯笼和美丽的童年呢？

在这金风送爽的如水之夜，如果推开密封的门窗，把餐桌摆在室外罩棚下，吹着那柏树林中宜人的夜风，从端门的雕梁凤阙间。望着那晶蓝的夜空，淡淡的银汉双星，闪耀在浮云间。柏树的馨香随时飘拂着，石栏边不妨再摆上几盆大叶玉簪、楚楚的晚香玉……让稷园的秋爽、夜凉、花气、柏香沾染在席边红楼少女的衣袖间，吹拂起那缕缕柔发，那该多么好呢……

在"银汉无声转玉盘"、"轻罗小扇拍流萤"的中元夜，在古柏森森的稷园中，却关紧门窗吹铁箱子的冷风；在以花事名闻世界、享誉半个多世纪的稷园，在培育奇花异卉著称京华的唐花坞近旁，却对着丑绿刺目的粗俗塑料玩艺儿……再好的盛宴，也感到不是味儿了！

奇怪、不安，如芒在背，如针刺股……我沉重地思索着，这究竟是怎么一回事呢！似乎感到就少一样最最……重要的东西——文化！文化气氛！文化修养！

熟悉京华掌故的人，大概都知道，中山公园的来今雨轩，早从"五四"以前，半个世纪中，就是北京的文化中心。其文化气氛之浓，当年不但足以称作北京的文化沙龙，几乎可以够得上称为中国一个时代的文化沙龙。如果把当年文化人在来今雨轩的形影言谈——加以勾勒，足可写成一部洋洋大观的《来今雨轩志》或《来今雨轩文化史》。鲁迅先生当年经常和朋友们在来今雨轩茶桌上快谈终日。文学研究会开创之时还曾在这里聚会留影。这些韵事，不是人们今天还常常讲说吗？多多少少远在世界各处、天涯海角的来今雨轩的"旧雨"，几十年中，都在思念着来今雨轩的意境，那浓郁的京华风味的文化气氛……

这一点，难道不能恢复吗？

俞平伯先生与"红楼"电视

红楼电视播出了，看着黛玉在船舱中穿着素雅装束，坐着垂泪的镜头，我忽然想起俞平伯老师明信片中的几句话：

> 只闻潇湘俭妆上船，未免被作者瞒过。盐务是最阔之差，屡见记载，兄必知之。比北京之破落侯门为远胜矣。如此用笔，一洗俗套。以豪富骄人，尚得为潇湘女耶！偶发狂言，聊博一笑。

这是我在无锡寄畅园拍完妙玉品茗拢翠庵的戏之后，写信给平伯老师所奉到回信中的话。当时我信中先谈了在寄畅园拍戏，于晚间五时左右，游人去后，园中极静，而幽禽突然飞来，鸣叫不已。我想起了欧阳修《醉翁亭记》的话，觉得十分有趣。说完这些，我又谈到在安徽太平湖拍"黛玉北上"的情况，并把刊有太平湖杂诗的刊物寄给先生，先生回信，很感兴趣。信中还写道：

> 于客散静境闻鸟啼，可谓佳趣。我亦有一次。五六年返里，宿德清县署，邻城墙晨兴百鸟争喧，如聆仙乐，始知吾乡之趣，胜软红尘多矣。又知各地风光，并入"红楼"镜头，可谓大观。太平湖风景致佳，又得雅吟，信美。

平伯夫子此信，前后两段，都与红楼电视有关，写得极有情趣，文章虽短，读来却十分有味。我因偶然想到，行文随意，引用夫子原信时，把谈黛玉俭妆上船的一段抄在前面，把前面的一段反而抄在后面。至此特作说明，使爱读先生散文的读者可以了解顺序。

我是平伯夫子四十年前的老学生，先生桃李满天下，而我却是最不中用的。三中全会之后，我多少写了一些东西，勉强不再是交白卷了。这样虽然远落江乡，而京华却时有信来，夫子不弃朽木，时赐教诲。自从一九八四年春间，参加《红楼梦》电视连续剧拍摄工作以来，与先生来往信中，也偶然谈到这件事，我深知夫子对此也是很感兴趣的。前面所引一些风趣的话，便是明证。

先生信中说的非常对，林黛玉父亲林如海，是扬州"盐政"，正名应该是"两淮盐运使"，或叫"都转两淮盐运使"。这在清代同河道总督、粤海关等一样，是最阔气的衙门、最阔气的官。林黛玉是盐政千金，自应十分豪华。而《红楼梦》中的林黛玉，在曹雪芹笔下，除伶仃孤苦之外，又有寒素之感。电视剧演员造型，自然也比较寒俭，所以先生信中说："被作者瞒过。"而又赞赏"一洗俗套"。这样现在电视播出，先生看了，或者亦可首肯了。

平伯夫子信中有两次还谈及北静王的装束。因曹雪芹在《红楼梦》中把北静王写成"净白簪缨银翅王帽……"等戏装，我曾记得在先生某文中谈到这是梨园装束。一时记忆不清，去信向夫子请教。便前后有两封回信论及此事。第一封云：

前询一节在笔记中所习见，惜未记书名。阮胡誓师江上，白蟒袍、碧玉带，梨园装束，却未点出戏名，宜兄之想不出。又柳如是冠插雉尾招摇过市，言本兵大礼之可笑。"红楼"中北静王装束固与阮有关,如上电影镜头。当有可观,一笑。

第二封云:

　　……又前谈阮大铖装束,顷在中华新本王应奎《柳南续笔》见之。卷一,一五三页,服御类优条。惟不点钱牧斋、柳如是之名耳。此条我前曾见,却非此书,已记不得了,盖传流颇广也。或可以之装扮北静王,仿佛有据,一笑。

　　我不避文抄公之嫌,摘引了平伯夫子信中几则关于谈及"红楼"电视的几段话,亦足见先生对此事的关心。但是先生因为年事已高,行动不便,我在京时,几次想请老人家来剧组所在地看看,都未能如愿。一九八四年四五月间,剧组在圆明园旧址一招待所办演员训练班,天气很好,地点也好,先生本来答应想来看看,但临时又打消了来的念头。先生心情我是理解的,正像先生抄给我的陈子遴词《江城子》后三句所说:"不是甘抛年少乐,才发兴,已萧然!"真是无可如何的了。那次我回沪后,先生有一次来信,还提到这家招待所食物中毒的新闻。可见先生记着这个地方十分注意了。

　　这年八月我和周雷同志带了演员的照相簿去看望先生,先生对相册很感兴趣,一张张地翻阅了,还详细询问了都演什么角色。周雷兄拍了一张先生翻阅演员相册的照片,曾挂在南菜园大观园展出过。

　　一九八五年夏,我在京,剧组在南菜园大观园拍戏,我本想要部车接先生来看看新建的大观园,也因健康情况,寄来明信片

259

说"患病久未能出……虽有嘉招,迄未能应,非常抱歉"等等,也是非常遗憾了。

去年一月,中国社科院为先生召开了"从事学术活动六十五周年纪念会",先生非常欣慰。十一月间,又飞香港讲学。这都是安定团结的局面下祖国学术界的大喜事。海内外报刊上介绍很多,我不必多说了。先生关心"红楼"电视的情况,社会知者甚少,我略作些介绍。现在《红楼梦》电视连续剧已经试播,想先生也都已看到了。我还是元旦奉寄的贺年片上的那句老话:遥祝电视机旁观看红楼电视的平伯夫子期颐康乐吧!

"红楼"电视的爱情突破

　　《红楼梦》电视连续剧快要播出了。在此之前,《红楼梦》被现代化艺术手段改编的有电影《红楼梦》和越剧电影《红楼梦》。不过,以上两种改编的《红楼梦》,都因为时间、艺术手段的限制,无法将这洋洋大观的一百二十回小说的主要人物和情节,全部包容进去,只能以宝、黛、钗的爱情悲剧作为故事梗概,这实际上是对《红楼梦》一书的无法避免的篡改。而且就以《红楼梦》所谈的爱情关系来说吧,也不只是宝、黛、钗的爱情关系。再扩大一点说,也不单纯是以宝玉为中心的男女爱慕关系。《红楼梦》所写的爱情关系,还有尤三姐和柳湘莲、司棋和潘又安、小红和贾芸、龄官和贾蔷、智能儿和秦钟,甚至茗烟和万儿……尽管故事有长短,着墨有多少,而人物的形象都是鲜明的,故事也是动人的。从这些少男、少女的纯真感情讲,与宝玉、黛玉等人,并没有多少差异。

　　《红楼梦》不是庸俗的源于《西厢记》的才子佳人小说,也不是《十美图》式的以一个文武全才的美男子为核心,吸引许多女性围着它转的"多妻主义"的小说。社会上看《红楼梦》,谈《红楼梦》,以及用戏剧、电影等等艺术手段表现《红楼梦》,总是局限于宝玉、黛玉、宝钗的爱情、婚姻悲剧,是"掉包计"呢? 还是其他呢? 这似乎始终没有突破长期来世俗观念的藩篱,难道曹雪芹只局限于这点吗?

　　把《红楼梦》改编为电视连续剧,不再受舞台剧、电影本数等时间限制,它的容量大些,尽可能包容曹雪芹所写到的爱情情节,表现那些不同于宝玉、黛玉、宝钗等形象的少男、少女们的纯真的爱,从而使观众看到,在《红楼梦》中,除贾宝玉被人爱而外,还有别的女孩子,她们纯真的爱情之火,初恋的萌芽,各有她们的钟情者,并不都是围着贾宝玉转的。曹雪芹也曾大声疾呼,借了尤三姐的口道:"难道除了你家,天下就没有好男人不成?"这是对贾琏说的,也是对读者、观众说的。如果把《红楼梦》这部书,作为一部完整的文学巨著来处理,任何移植、改编,都不能仅限于宝、黛。《红楼梦》电视连续剧初步突破了这一点。这自然也还不够,还没有能把曹雪芹用少量文字所显现的耀眼的爱情火花充分表现出来。限于容量,有的还不能不割爱。可是,我们毕竟看到一部比较接近原著的形象化的《红楼梦》了。

红楼春意

——电视剧《红楼梦》拍摄侧记

题目本来是《红楼春讯》，后来一想，不好，便改作《红楼春意》了。因为《红楼梦》电视连续剧，在我写文章时，只放了"简介"，似乎只是给大家报告一个消息，因而先想到了"讯"。当然，用个"信息"二字可能更摩登些。——这且不谈，且说为什么要改为"意"字。因为考虑，这篇短文刊出时，这部电视剧的前六集，已经播放，和大家见面了。值此新春佳节，《红楼梦》电视剧剧组向广大观众献上一分心意，因此把题目改为——"红楼春意"！

历程艰辛，谈何容易

把《红楼梦》拍摄成电视连续剧，在四五年前，是想也没有敢想的事；现在居然拍摄成功，而且播放了，自己又参加了这一工作，是感到非常欣慰的。可是在以前几年，那又该多么艰难，也可说是一个艰辛的历程吧。

由头到尾五年时间，一百二十回的大书改编成文学剧本，再改编成分镜头剧本，服装、道具，找演员、找景点，时代的差距、条件的限制，要表现曹雪芹二百多年前所写成的巨著、所叙述的故事、所创造的形象、所显现的艺术气氛，谈何容易？林黛玉到哪里去找？贾宝玉到哪里去找？薛宝钗到哪里去找……在当初这都是难题。

"贾宝玉"究竟是男是女？

就说贾宝玉吧，过去不少以《红楼梦》改编的戏剧、电影等等，除去梅兰芳先生演黛玉、姜妙香先生配宝玉，他们二老是男性外，其他宝玉都是女性扮演。贾宝玉究竟是男是女呢？自然是男的，这似乎不成问题。《红楼梦》电视连续剧筹建拍摄之初，就决定要突破戏剧化的程式，力求生活化。宝玉就一定要找男性来扮演。要男宝玉，不要女宝玉。

不过说来容易，找来却很困难。现在一般青年男演员，从体型上、从性格上、从戏路上找个宝玉型的的确不多，况且还要在一群小姑娘——那些女孩子，正是混沌世界、天真烂漫之时，坐卧不避，嬉笑无心——中做戏，如何表演得正是"火候"，这个人选是不容易的。但是，得来全不费工夫，找到了四川峨嵋电影制片厂的欧阳奋强，是七百多应征者遴选到最后二十名，他又是在二十名中夺魁的。试装小品，十分神似（自然谁也没有见过真贾宝玉），这的确是"男宝玉"。但上了装，在镜头前，却有几分"女相"。在拍摄现场，围观的群众，却常把他当成"姑娘"。但也有例外，他因为上装时戴头套方便，化装师要求他平时剃光头，所以他两三年来，一直是"光葫芦"。有一次在现场，老乡们看到便装的他，不认识，指指点点说："这是那个演小和尚的演员……"他学习很勤奋，拍戏空隙还写文章，所写《"宝玉"日记》，已编入《宝黛话红楼》一书中，由花山文艺社出版。

"林妹妹"善吟,"凤辣子"吃辣

"金陵十二钗"在《红楼梦》中是金陵人,在《红楼梦》电视连续剧中却是来自五湖四海。"凤辣子"邓婕是四川人,的确能吃辣的。宝钗姑娘张莉则也是四川人,自然也能吃辣的。荧屏上的"金陵十二钗",是不是真有金陵人呢?当然要有,那高贵的元春妃子——成梅是南京人,那苦命的香菱姑娘——陈剑月也是南京人。有"榴花开处照宫闱"和"根并荷花一茎香",不足以代表"太虚幻境"的"册子"了吗?

人们最感兴趣的是林妹妹,电视剧里的"林黛玉"陈晓旭。自从她参加拍摄以来,各种影视刊物对她的报导很多,照片也登了不少,有个时期,有七八家刊物用她的照片作封面,社会上对她很熟悉了。现在她在屏幕上,以林黛玉的形象出现,是不是就是各位心目中的"林妹妹"呢?——这且不说,不过可以告诉读者一点新的信息,就是这位家住鞍山的"林妹妹"的确也是一位女诗人。据说她的抒情长诗《梦里三年》,在诗中倾诉了她的理想、追求、友谊与爱情,真挚、感伤之处,有似台湾女作家三毛,剧组中不少人叫这位"林妹妹"为"大陆上的三毛"。

妙添一场戏——"淫丧天香楼"

《红楼梦》电视剧的改编,前八十回均按原作,但是在秦可卿情节上,按照"脂批"所能考证的材料,加了"淫丧天香楼"一场戏,使剧情发展,更为合理和富于戏剧性。八十回后的情节则未按高鹗续书,而是根据现有文献,以"脂批"及历来红学家研究成果为依据,加改编者想象而成,不是"再创作",而等于新创作。这部分内容显示了编剧周岭的艺术才华。将来全部播完之后,可能会引起文艺界的争议,但这是好事:"百家争鸣,百花齐放"么!

一百五十多个演员和九千六百多个镜头

《红楼梦》电视连续剧,不算筹备阶段、演员训练班等所用时间,单说拍摄,共两年零一个月,拿下了九千六百多个镜头。基本演员及工作部门人员一百五十多人;大场面戏,临时演员最多用到上千人。为拍摄在北京盖了大观园,在正定盖了宁、荣府,宁荣街。剧组对这些建筑都有部分投资。《红楼梦》电视剧拍完了,这些建筑物作为旅游点,都取得了经济效益。拍摄这样一部大戏是要花不少钱的,当然不能说没有一点浪费。但从要求上讲,那不少地方还是因为受到经济限制,不得不勉强些。

《红楼梦》电视剧,对于祖国这部伟大巨著的普及,将起到很大的作用。全部编完,共四十集。突破了过去《红楼梦》电影、戏剧的限制,把洋洋大观的一百二十回书,像一幅漫长的仕女图卷、二百多年前豪门生活图卷、十八世纪社会生活图卷展现在观众面前了。它不只是"爱情悲剧",它反映的是一个历史时代的社会横切面,它把《红楼梦》原有的社会意义展现给观众了。

古城秋情

在朦胧的梦境中,突然被一阵马嘶声惊醒了——说醒,也还是似醒非醒——睁眼望望,房间中黑呼呼地,只有窗帘缝隙中,有一丝蓝黑色的光痕……

忽然想起,这是睡在正定古城招待所中。

苍凉的马嘶声,在夜空中回荡着,似乎并不太远,我在枕上静静地听着。

黑夜中听远处的声音,是很有情趣的,尤其是听马嘶声。这苍凉的似乎是呼唤远方伴侣的嘶叫,似乎也在呼唤着我童年的家乡梦……在嘈杂的江南大都市中,困顿了几十年,各种无情的嘶叫撞击着耳鼓,耳膜也似乎早已麻木了。忽然听到这马嘶声,好像用清泉洗过耳鼓一样,不禁神往起来……

心想——这是谁家槽头的马呢?

不过,我没有失眠的毛病,听着……听着……便又呼呼睡着了。

说到这点,不禁想起一件可笑的事——十年内乱初期,一个扯大旗作虎皮的家伙,斥责我这个牛鬼,让我睡不着觉时多想想问题。而我没有吭声,心想我夜里又没有琢磨着去害人,干吗睡不着觉呢?直到今天,我还感到有些歉意——因为我晚上睡的还很香。

多么甜美,在古城客舍中听着马嘶又迷迷糊糊地进入梦乡。一觉醒来,天已经大亮了。

起来,漱洗完,站在窗前一望:燕冀秋高,古城气爽。高及三四层楼窗的泡桐叶子碧绿,天空蓝的那样远、那样高、那样透……我想在我的视线中,找到昨夜马嘶的地方,但是看出去,有新盖的楼房,也有灰黄的砖房和土坯泥墙……却不知马嘶的地方在何处?

正沉思间,忽听到敲门声。忙请进来,原来是住在对面房间的青年演员 A 女士,昨天说好,一早带我去买豆腐浆,据她介绍说,有一个卖豆浆的摊子,特别好。我十分感激她的热情,便拿了一个大搪瓷杯,随她去了。

出了招待所,一转弯,进了一条巷子,却是泥土路,走惯江南水乡小城石板小巷的人,走进这种黄土路、黄泥墙的北方城镇巷子,是会有特殊感觉的。我也几十年没有走这种巷子了。还好,前两天下了一场雨,地上湿润而不泥泞,不起灰,走起来,很好走。

两旁有一些新盖的红砖小院,只有一两家是楼房,其他都是平房。院门大多都掩着。偶然经过一家,门正敞开着,看见院中的风光:三间红砖北房,窗户、窗纱都绿的,挂着竹帘子,十分安静。窗下的杂色草花,似乎是草茉莉、指甲草之类的,在朝阳中,闪着露珠,开的正好。这古城陋巷、初阳小院的秋情,不禁使我神思起来……巷中没有行人,院中也没有人声,在这静谧的生活气氛中,我立定脚,注视赞赏了短暂的片刻——美好的、宁静的一瞬间;而不是丑恶的、残酷的一瞬间——多么值得珍惜的生活的海洋中,历史的长河中的一滴啊……

我怀着虔诚的心向主人祝愿……A 女士在旁边似乎也理解这生活的刹那感受,也随着定了一下脚步……

在一条柏油马路便道上,有一个卖豆浆的老人,和一个卖油炸果子的朴实汉子及一个胖胖的女人,大概是他的妻子吧。时间很早,人不多,摊子及周围都很干净。我们坐在小板凳上吃了一顿简单而可口的早点,黄豆磨的比较浓的豆浆,新出锅:烫手。焦黄、喷香的热果子——最可贵的是不要排队。

闲谈中,朴实汉子说他一早要卖六十斤面,收入自然很可观了。

吃完豆浆,我们饱览这古城初秋之晨的景色,慢慢地兜了一个圈子,从另外一条路回到招待所。

招待所在古城的西头,门前一条笔直的马路,走不远就是田野了。路两边都是笔直的高大的钻天杨,一有风,叶子哗哗乱响。树外面,都是玉米地,墨绿的密密的玉米,十分葱茂,秋收在望了。

我们又走过招待所门前,慢慢踱到地边。在玉米地的一侧,有短围墙圈着的,似乎是场院吧!棚子下面,一排马槽,槽上拴着几匹牲口,有马,也有骡子……

啊!原来是你们,昨夜的嘶叫声——原来就在招待所斜对门。

天色还早,这些牲口还没有出工。有一头枣红骡子,毛色很亮,仰着头,两只大眼睛,炯炯有神地也在望着我们……

后来几天,我夜间再没有听到马嘶声,是它们没有叫呢?还是我睡的太熟?我不知道了。

凤姐为何叫"奶奶"?

春节期间,看试播的《红楼梦》电视剧,荧屏上的凤姐,婆子、丫头都叫"二奶奶"。家中读小学六年级的外孙天真地问我道:"这么年青,怎么叫'奶奶'呢?"

他一问,把我给问乐了。深感到,《红楼梦》中的种种称谓,是要加注解的,不然不要说小学生不明白,恐怕大学生也不见得明白。

人际之间的种种称谓,往往因时代而异,因地区而异。《红楼梦》中所写的种种称谓,是清代康熙、乾隆以后,北京官场中仕宦人家的称谓,时代年限,是十八、九世纪,社会阶层是王公、贝勒以下的官吏宗族;地区限制,以北京为中心,江南一带,稍有不同,岭南广东一带如何,则不知道。

先取个"中心点",即"老爷",一家之主,本人为官,上有父母,下有子女,旁有兄弟姐妹。女的随男的,男的称"老爷",其妻即称"太太"。兄弟排行:大老爷、大太太,二老爷、二太太,三老爷、三太太……

这"大老爷"的概念是"行大",不同于泛称知县的大老爷。二太太、三太太等,也因其夫排行为二、为三,不同于本世纪前期官场中称姨太太为"二太太"、"三太太"等等。

这一基层延展到他们的亲戚,便有"姑老爷"、"舅老爷"、"姨老爷"、"姑太太"、"舅太太"、"姨太太"等称谓。此"姨太太"又不同于称妾之为"姨太太"。

"老爷"的官品不严格讲究,但一般也至七品之上。到三品、二品也可泛称"老爷"。但官再大,也有特殊称呼。如贾珍称太监戴权为"内相"。戴权所说户部"堂官",一般尊称便是"中堂"了。

女的随男的官品请了"诰命",才能称一品、二品夫人,三品淑人,四品恭人,五品宜人,六品安人,七品孺人。但"夫人",又能泛称,所以叫"王夫人"、"邢夫人",但家人对话只叫"大太太"、"二太太"。

"老爷"的父母,称"老太爷"、"老太太",老爷的儿子、媳妇,称"爷"、"奶奶";按兄弟排行,称"大爷"、"大奶奶","二爷"、"二奶奶","三爷"、"三奶奶"……这是称凤姐为"二奶奶"或"琏二奶奶"的习惯。这同称祖母为"奶奶",是两个概念。

"老爷"的孙子辈,再如"小"字,如"小蓉大爷"、"小蓉大奶奶"等。

旁及"姑"、"舅"、"姨"等表亲,亦以此类推。《红楼梦》时北京似乎不太习惯用"少爷"的称呼。"少爷"、"大少"等叫法,是江南一带兴起的。

"红楼"风俗琐话

二百年差距

《红楼梦》是二百多年前的小说,书中作者故意不写明时代,所谓"无朝代年纪可考",这就是既不明写是清代的故事,也不说是明朝的故事。曹雪芹是清代雍正、乾隆之际的人,他为什么不把故事的年代写明呢? 我们从历史的角度去分析,大概不外两点:一是他写书时,他们曹家是犯了罪,抄了家的,他从种种方面都避免把故事写得太实,使人一看就明白,招来种种麻烦,所以"甄士隐"(真事隐),"贾雨村言"(假语村言),把故事写得十分虚幻。二是当他写《红楼梦》时,正是清代文字狱十分严重的时候,当时社会上,知识阶层不把通俗小说当书,清代文字狱大多以诗文集或其他文史书获罪,不少人因此被杀害。但是没有因小说被构成文字狱的,他写小说比较安全些。写没有朝代年代的小说更安全些。但他毕竟是雍正、乾隆年间的人,他书中所写的生活风俗习惯,也都是二百多年以前的时尚。

在这二百多年间,尤其是近半个世纪中,变化太大了。人们对读《红楼梦》的理解,距离越来越远了。《红楼梦》改编为电视连续剧,把二百多年前的贵族生活图卷,展现在观众面前,缩短了这种历史的距离,使大家能理解它。

一灯之微

《红楼梦》里的人用什么灯呢？一是油灯盏，二是蜡，三是灯笼，四是玻璃绣球灯……

油灯盏的形状、点法、亮度等，现代人是很难想象了。"一灯如豆"、"青灯有味是儿时"，这便是点油灯盏的趣味。灯盏用菜油、胡麻油、棉籽油等等，小的叫"盏"，大的叫"海"，第二十五回马道婆说的什么"一天是四十八斤油，一斤灯草，那海灯也只比缸略小些"等，就是指"油灯"。

家用油灯，下面灯台，铜或锡作。圆底座，一铜盘，上圆柱，又一小铜盘，上一浅碟，如酱油碟，即灯盏。注入清油，放一根灯草作灯蕊，灯草中空，有虹吸作用，大部浸入油中，只留一小端在外面，点燃，就是油灯盏了。

第二是蜡。第二十五回贾环在王夫人房中抄《金刚经咒》，"命人点了蜡烛，拿腔做势的抄写"。蜡烛光度比油灯盏要强，有白色的，叫"银烛"。红色的，叫"红烛"、"绛烛"。"高烧银烛照红妆"就是被视为很有诗意的事。

蜡烛要使用时，要把它插到"蜡杆"上，也叫蜡台、烛台。最上端是尖的，蜡的下端有洞，插进去正好。不过这种蜡烛是老式土蜡。做蜡的油很多，熬成糊状，用麦杆等细管物去蘸，蘸一遍，冷却再蘸，越蘸越粗，便成各种大大小小的蜡了。

蜡点一段时间，顶端燃烧部分，胶着成炭，吸不上油，光度便暗了，要随时剪去。第二十五回"一时又叫玉钏剪蜡花"，第二十九回清虚观可巧有个十二三岁的小道士儿，拿着个剪筒，照管各处剪蜡花儿，撞在凤姐怀里，挨了凤姐一嘴巴。电视中有这一镜头,演凤姐的邓婕舍不得打小演员,几次才拍成功。小演员反而多挨了好几次打。

蜡烛要结"蜡花",油灯盏要结"灯花",过去人说这是喜讯,叫作"喜结灯花"。第四十九回宝琴、岫烟等来到荣国府,贾母笑道:"怪道昨日晚上灯花爆了又爆,结了又结,原来应到今日。"就是这个意思。而且知道,贾母房中平日是点的油灯盏,不是点蜡,不然应叫烛花了。

灯笼的种类太多了,限于篇幅不多说了。灯笼不管是纸的、纱的、羊角的、玻璃的……一般都是点蜡的。

一灯之微,《红楼梦》时代与今天差异已经很大。

贾雨村做官

落魄的贾雨村在荧屏上,于濛濛细雨中,沿着一条小巷越走越远,消失了……

贾雨村坐在轿中,穿着红袍,回来了,前呼后拥,鸣锣开道,好不神气……

书中写道:贾雨村大比之年,中了进士,选入外班,就任知县,因贪污丢官之后,又走贾政门路。不但起复,而且升了应天府。从此步步高升,直到协理"军机"。

县太爷即知县,应天府是知府,这两种官,明、清两代,名称一样。而第五十三回写"贾雨村补授了大司马,协理军机,参赞朝政"等等,这就是"脂砚斋"评语中说的官名"亦今亦古"。这"军机"二字,便是清代官名。而"大司马"又是古名,清代"军机大臣"领的则是"大学士"衔。

明、清两代各省举子,不管穷富,到京城参加国家最高考试,只要考中"进士",便可做官,在京中的大多到各部任"主事",叫"内班"。到各省做县丞(即知县的副职)、知县,叫"外班"。京官只赚薪俸,很少,比较穷;外官除薪俸外,还有"养廉银",而且可以贪污,容易捞钱,所以贾雨村选了"外班"。当时选内班、选外班,一般自己可以要求。"内班"虽然钱少,但接近的都是大官,容易升转。如做了几年内班,即京官,再放外官,那就是知府、道员,比知县又高得多了。

官声不好,不称职,有贪污情节但还够不上犯罪,或者得罪了上级……便被免职。但是只要不是免职到底,或永不录用,免职之后,过几年由大官推荐保证,或者再交一笔费用,便可复职,叫"起复"。贾雨村作应天府,便是这样上来的。

做官要穿官衣,戴官帽;明代是圆领红袍、乌纱帽;清代是袍、褂,马蹄袖袍子、红青开褉褂,顶戴花翎。明、清两代官吏等级按"品"分,由一品到九品。又分文职、武职,这样便有十八种不同的品级标志。这标志本来是绣在二块方形黑缎子上,胸前后各缝一块,像打补点一样,所以叫"补子",或叫"补服"。文官绣飞禽花纹,由一品至九品是:文鹤、锦鸡、孔雀、文雁、白鹇、鹭鸶、鸂鶒、鹌鹑、练雀。武官绣走兽花纹,由一品至九品是:麒麟、狮、豹、虎、熊、彪、犀牛、犀牛(武官七品、八品补子相同)、海马。

另外御史、按察使、提法使的补服,较特殊,不论品位,都是"獬豸"。

男人做官,女人有跟随男人享受同样品位服饰的资格。《红楼梦》中写贾母等人进官时都说:"按品大装",就是穿品位标志的衣服。

何谓"门子"

　　火烧葫芦庙,小沙弥——也就是小和尚,无处安身,留长头发还俗,投身到应天府衙门中作"门子",巧遇贾雨村问薛蟠一案,便又引出"护官符"。

　　"门子"是什么,用现代的话说,就是"门房间"或"传达室"的工作人员。他的职责是谁来见官,他给通报,再带领客人来见;有什么送礼的、托情的,他来通报;其他有什么事情,他来传话;俗话说:"宰相门前七品官。"就是说在宰相家当门子,相当于一个"七品官"的权势。而且大官门前"门子"非只一人,有"头目"、有"小拨拉子",一个个也都是挺胸突肚,横眉竖目,仗势欺人。刘姥姥一进荣国府,在大门前就遇到许多这样的人,书中写得很生动。电视剧中也有所表现。

　　"门子"收入很多,第一官场送礼极多,可以说几乎每天都有,给官送一份,也就得给门子等下人一份。第六十回写柳五儿故事时,不是说"你哥哥昨日在门上该班儿,广东官来拜,送上面两小篓茯苓霜,余外给了门上人一篓作门礼"吗? 第二笔收入是收门包(名为赏钱,这钱可用红纸预先包好,但也可不包),名曰"门敬",俗名"门包"。一般多少不论,但是非给不可的。以上两种,是工钱之外的正当收入。是公开的,主人即使知道,也允许。但如有人偷府中东西出来,给门子些钱,门子放他出来。这叫"买放",这自然是"犯法"了。即使不送衙门法办,也要卷铺盖滚蛋。

　　"门子"是奴才,但当年有不少人钻营门路,当这个差使。因为它既省力气、又有势,还能赚很多的钱。但做"门子"要有条件:即熟悉官场中表面上的规矩、暗地里的弊端;熟悉官场中的人际关系,谁是谁的亲戚,谁是谁的对头,谁是谁的相好;表面上忠实于主人,善于揣摸主人心理,了解主人的生活情况;随机应变,反应灵敏,能帮主人解决困难……总之,门子也并不是好干的。有一点弄不好,尤其是不会看"人头",便要吃苦头。庚子时,李鸿章到北京和八国联军议和,住在贤良祠,一时门庭若市,门口门子每天"门包"白银、银元不计其数。一天这位中堂约一个门生见面,门子不认识这位门生,要门包,起码五两,才肯通报。这位门生有意治治这个"有眼不识泰山"的门子,站在大门对面墙根下不走,一会中堂送外国人出来,一眼看到这位门生,便问他为什么不进来。门生笑嘻嘻地如实回报。李鸿章听了,大发雷霆,立刻把这个门子开革,这个有眼无珠的门子,马上灰溜溜卷铺盖滚了。可见"门子"要有"学问"(特殊的)认人,遇到主人的红人,那就拍马屁还来不及,哪里能再讨"门包"呢?

"靴掖"与"护官符"

门子在贾雨村面前,取出"护官符"。从哪里取出来的呢?一弯腰,从靴筒中取出一个长形的、类似现在人们用的皮夹子一类的东西,这名叫"靴掖子"。是用缎子加衬,或皮子做的一种狭长的"皮夹子",放单据、银票等物,习惯插在靴筒中,所以叫"靴掖子"。第十七回在大观园中,贾琏回贾政的话,也是"向靴筒内取出靴掖里装的一个纸折节略来"。

过去人衣服上,不像现在西式服装,有那么多口袋。但衣服外面,如腰袋上挂的东西多,什么荷包、扇套、眼镜盒等等,讲究的有九件之多,京式的叫作"京九件"。重要钱物等,不是放在荷包里,就放在靴筒内靴掖中了。就是这一弯腰从靴筒中取出"护官符"的镜头,就较为形象地表现了历史生活面。

"护官符"贯穿了《红楼梦》全书,这不是曹雪芹挖空心思想出来的,而正是深刻、真实地反映了历史、封建社会的另一面,在正式历史书上不记载的东西,却又是非常重要的。做官的必须有"护官符",没有这样的"护官符",就要有那样的"护官符"。

明、清两代,京中的大部分官吏、各省的大部分官吏,除去他本人以及妻子等少数家眷在他做官的那个地方外,他家中的亲属长辈父兄、晚辈子侄等都在他家乡,即原籍。有的官吏,年老致仕(即退休、离休),一般都回到家乡生活。或者祖上做官,他个人不做官,在乡间生活,如《红楼梦》一开头写的甄士隐便是,(或是做了几个官,不再做,回家生活;或是祖上做官)。这些人家,都如《红楼梦》第一回所说,可以叫作"乡宦",又叫作"乡绅"。尤其是文化发达的各省,如江、浙、福建、两湖、两广、四川各地的大县中,几乎县县都有,乡乡都有。这些人家,不是只有钱而无势的"土财主",而是有政治势力的人家。到这些地方做官的人,必须了解这些人家的情况,搞好关系,官才能做得稳,才可能升迁,不然便有丢官的可能。这就叫"护官符",也就是所谓的"官官相护"。

当然也有少数做过大官、回乡居住的人,是正人君子,这对来做地方官的人,也起一种约束的作用,使他不能做更大的坏事。不过这种情况是较为少的。更多的则是如贾雨村那样的,官绅勾结,为虎作伥,鱼肉善良百姓而已。这是《红楼梦》时代的社会本质。

红楼说梦

——谈电视剧《红楼梦》改编拍摄

一、"爱情"的《红楼梦》

鉴往事而知来者。要说改编《红楼梦》,那电视连续剧《红楼梦》并不是破题儿第一回了。戏剧不说,单说带"电"字的,我就看过两部《红楼梦》的电影了。一是四十年代,沦陷时期的《红楼梦》电影,由袁美云女扮男装演宝玉;二是二十年前越剧《红楼梦》电影。

这两部电影都是以宝、黛、钗的爱情、婚姻为主要故事情节的。因为时间、艺术手段种种限制,都无法将洋洋大观的百二十回《红楼梦》情节全部包容进去。仅以"爱情"而论,《红楼梦》所表现的,也不单纯是以宝玉为中心的爱情关系。有尤三姐和柳湘莲、司棋和潘又安、小红和贾芸、龄官和贾蔷、智能儿和秦钟、甚至茗烟和万儿等多种多样的爱情关系。这些在曹雪芹笔下都各具光彩。

《红楼梦》不是庸俗的才子佳人小说,也不是《十美图》式的以一个文武全才的美男子为核心,吸引许多女性围着他转的"多妻主义"小说。但世人看《红楼梦》、谈《红楼梦》,包括改编的电影、戏剧等,总是局限于宝、黛、钗的婚姻,还没有突破长期以来世俗的樊篱,还没有真正理解曹雪芹所写的"爱情"的真谛。

把《红楼梦》改编为电视连续剧,不再受舞台剧、电影等时间限制,它的容量可以大得多。所以电视剧写了贾芸与小红、贾蔷与龄官、尤三姐和柳湘莲、司棋与潘又安等人的戏。使观众看到,在《红楼梦》中,除贾宝玉被人爱外,也还有别的女孩子,她们纯真的爱情之火、初恋的萌芽,并不都是围着贾宝玉转的。如果把《红楼梦》作为一部完整的文学名著来改编,就不能局限于宝、黛、钗的"木石前盟"、"金玉良缘"等狭隘的爱情悲剧的小圈子中。《红楼梦》电视连续剧初步突破了这个小圈子。

二、"社会"的《红楼梦》

《红楼梦》不单是写了各种爱情关系,它更反映了封建社会的各种社会关系。无声电影时代,上海曾拍过一部《红楼梦》,情节大体是这样的:

从乡间刘姥姥要去荣国府开始,先是晚间与女婿狗儿商量,接着做好进城去荣府的准备,便安歇睡觉。睡觉之后,刘姥姥便进入梦境,恍恍惚惚,已到了荣国府大观园中,说不尽的繁华锦绣。正在游赏宴乐的时候,忽然一声喔喔鸡啼,醒了过来,原来是南柯一梦。想到梦境中的繁华,便急忙起来,梳洗打扮,带上板儿,匆匆赶进城去。来到荣国府门前,只见大门紧闭,冷落无人,门上贴着十字大封条,原来已经被查抄了。

也许这部改编的《红楼梦》从某种意义来说更能概括《红楼梦》所表现的社会意义。

曹雪芹自己并不把他的《红楼梦》局限在爱情故事中,而更重要的是在于显现他的哲学思想,寄托他的盛衰沧桑之感。

人事变幻,岁月沧桑,炎凉感慨,在《红楼梦》中反映的,在宝玉性格和忧虑中所表现的,似乎比爱情方面的更深刻。要充分表现完整的《红楼梦》,在剧本改编及摄制上,就必须注意到这点,因而电视连续剧在这方面作了一些努力。

在《红楼梦》原书中,好多情节,都似乎是"开头"。女娲炼石补天、一僧一道对"石头"说话、甄士隐失英莲、冷子兴演说荣国府、黛玉进府、太虚幻境、刘姥姥一进荣国府等等,都可以作为《红楼梦》的开头,各种以《红楼梦》命名的戏剧、电影等等,各自所选择的开头,也是不一致的。《红楼梦》电视剧选择了一僧一道、甄士隐失英莲、葫芦庙起火、贾雨村入京、上任、黛玉北上等等情节,穿插在一起作为开头,就是把甄府"小荣枯"和贾府"大荣枯"结合起来,使在表现《红楼梦》的社会意义上,更丰满些。开头这样,结尾是否也能充分地体现这点,是否能站得住,这关系如何对待八十回以后的情节。

三、八十回后改了哪些情节

《红楼梦》电视连续剧,对高鹗所续的后四十回的情节,作了大胆的改动。

早在一九二四年前,俞平伯先生就写过《论续书底不可能》。文中说:"虽明知八十回是未完的书,高氏所续有些是错了的。但决不希望取高鹗而代之,因为我如有'与君代兴'的野心,就不免自蹈前人底覆辙,我宁可刊行一部《红楼梦辨》,决不敢草一页《续红楼梦》。"俞先生的话是从学术和文学艺术的角度说的。

时至今日,大家都知道后四十回是高鹗所续,续文不但文学艺术水平较前八十回相差甚远,并且有些是错了的。再有"脂砚斋评语"中所提供的各条有关后几十回故事情节发展的线索,想给《红楼梦》写续书的大有人在。在红学领域中发展成为"探逸学",力图通过考证、推理来研究八十回后故事情节有哪些发展,有哪些更符合于曹雪芹原意的情节。自然,学术的讨论只能凭论据来分析,还不能形成故事。

《红楼梦》改编为电视连续剧,自然不可避免要遇到这难题。对于八十回以后情节的改编,是完全按照"有些是错了的"老路子改编呢? 还是根据现有材料及前八十回的种种伏笔,尽量符合曹雪芹的原意呢? 前者方便,而且容易适应社会心理,不担风险;后者困难,改编后是否为广大观众所接受没有把握。

在这一难、一易,风险和保险之间,《红楼梦》电视剧的改编,选择了前者。八十回以后的编剧周岭同志,按照红学研究中所取得的成果,运用"脂评"——《红楼梦》后部分唯一的直接的可靠资料,周密地分析了前八十回的情节发展、种种暗示、人物性格,几易其稿,写成了八十回以后的几集文学剧本。对照高鹗的后四十回,《红楼梦》电视剧改动较大的有以下各处:

探春远嫁;

宝玉出远门;

黛玉先死;

宝玉奉元妃懿旨与宝钗完婚;

元妃薨;

贾母逝世;

查抄贾府;

贾家人等入狱;

刘姥姥找巧姐;

狱神庙贾芸、小红探监;

凤姐在羁留所大雪中死去;

宝玉被释放,流落街头;

流落中的宝玉遇到坠入风尘的湘云;

宝玉流浪乞讨，巧入蒋玉菡家，又遇袭人；

蒋玉菡接来被卖又赎回的宝钗；

宝玉路遇坐在囚车中的贾雨村、坐在大轿中穿猩袍的门子。

宝玉向天边走去，剩下白茫茫的大地……

以上这些情节，都是《红楼梦》电视剧在原著八十回后情节的发展。这样改编是不是好，是不是能为广大观众所接受、所赞赏，这有待于全剧播出之后，再听回音。自然会引起争论。至于为什么这样改编，后面我再分几个方面，谈谈我个人的看法。

四、为什么要改宝玉婚姻

不按照高鹗所续后四十回改编《红楼梦》，首先遇到的一个难题，就是如何处理宝玉、黛玉的爱情和宝玉、宝钗的婚姻。先不要说如何超过高鹗了，就说如何写下去，使故事情节得到合理的发展，能得到观众的承认，而且不能说是所有的观众，只能说是大部分观众的承认，这就不容易。

大观园出现了萧杀、衰败之气，高鹗让宝玉两番入家塾，让宝玉给巧姐讲《列女传》，让宝玉神秘地再失玉、再生病、在神志不清的状态下完婚，最后又大彻大悟，考举人谢养育之恩，又去当和尚……如不按高鹗写法写这些，如何处理宝玉呢？而且宝玉年纪越来越大，总不能让他不考虑其他，不谈到婚姻，只在大观园中游荡。因而安排了宝玉、黛玉花下定情的一场戏，使宝黛爱情上明朗化，但又不能太露。

黛玉的病，早在前八十回就有许多地方暗示。但是否就死，又如何死？而且黛玉死时，宝玉是否在身边，如何安排他。改编者让他在此时离开荣国府、大观园，去跟着北静王外出。作为当时一个没有功名的世家子弟,年纪大了,总也要奔个出路,正如第四十八回《滥情人情误思游艺》中薛蟠说的"成人立事",也是合情合理的。宝玉一走,黛玉当然有一块心病:就是和宝玉的婚姻合法化。私下里虽然和宝玉"敲定"了,但在当时的封建社会,诗礼之家是只有凭父母之命、媒妁之言才能定终身的,不然便是"私情"。有的父母,理解、爱怜小儿女青梅竹马的爱情,便水到渠成,作成好事。有的则不然,便酿成悲剧。

改编者先安排黛玉听到宝玉提亲不是她,而病情加重;接着又听到是自己而暗自欣慰,病一天天好起来。所谓心病还须心药医。这在前八十回已有暗示的。贾母对黛玉怜爱,曾经提过不是冤家不聚头等等。如第二十八回云儿唱的曲儿"两个冤家……三曹对案我也无回话"暗示宝、黛、钗。第五十七回薛姨妈又明显地说过此事……所以安排宝玉提亲,贾母中意黛玉,黛玉无意中听到此事,非常欣慰,一切都放了心,病渐渐好起来,这应该说是在情理之中的。

但是天有不测风云,人有旦夕祸福,消息突然传来,宝玉在外出了意外。这对黛玉是个致命的打击,久病之身,稍有起色,经此意外,遂至缠绵不起了。

等到宝玉意外地脱险归来,黛玉已经死了。黛玉死后,写宝玉奉元妃懿旨完婚。这样处理,有几点根据。一是宝钗上京,是为了什么?第四回写道:

> 近因今上崇尚诗礼,征采才能,降不世之隆恩。除聘妃嫔外,在世宦名家之女,皆得亲名达部,以备选择,为宫主、郡主入学陪侍,充为才人、赞善之职……薛蟠一来送妹待选……

宝钗入京，目的明确，是待选入宫。皇宫中除去皇帝是男性，其他"后、妃、昭仪、才人、赞善"等都是女性，实际都等于皇帝的妾。这样身分的候选人，在年纪尚小、未选进宫之前，纵使朝廷没有明文规定不能在一般仕宦之家找婆家，那本来抱着这种希望的父兄、母亲，也未必就能在未经宫中选择之前，便主动放弃另找婆家。曹雪芹把这一笔写得很重，如果曹雪芹自己写宝钗的结果，可能会有所交待。而高鹗续书，却忘掉了这点。现在改为宝钗是奉旨与宝玉成婚，这点落实了。

二是第二十八回写端午节元妃赏的端午礼物，宝玉、宝钗的礼物一样，都是"上等宫扇两柄、红麝香珠二串、凤尾罗二端、芙蓉簟一领"。接着便写"薛宝钗羞笼红麝串"，宝玉看到宝钗雪白的胳膊，不觉动了心，想到"金玉"，不觉呆了等等。也似乎暗示这"金玉良缘"，是因元春赐"红麝香珠串"作为婚姻的媒介。这样后来元妃赐婚也顺理成章。

简单地说：宝玉、宝钗成婚，是像高鹗所写，把王熙凤加进去，不管前面种种暗示，使之和黛玉之死成为对照好呢？还是像以上所改好呢？应该说现在所改更合理些。但是高鹗续书，已经通行了二百多年，已经定型了。虽然它也是文学创作，不是历史，但已深入人心，几乎如同历史事实了。现在这样改，虽然情节更合理些，但肯定会引起争论的。但这种争论，也只能是各抒己见，议论纷纷了。这也是符合"百家争鸣、百花齐放"的精神。

五、宝玉的结局

第二十二回《制灯谜贾政悲谶语》中，宝钗的谜语是：

有眼无珠腹内空,荷花出水喜相逢。梧桐叶落分离别,恩爱夫妻不到冬。

这个谜语暗示了宝玉、宝钗的婚姻结局。在高鹗续书和改编的电视剧中,宝玉的结局和贾府的命运都是联系在一起的。高鹗写了抄家,但宝玉在变故中未受任何委屈。这就使读者和观众对宝玉的结局形成了历史的固定看法。但根据前八十回故事情节发展的逻辑,抄家之后,宝玉不可能没有困苦贫穷等必然遭遇。

在俞平伯先生考证发现的曹雪芹未完成的《红楼梦》八十回以后的残稿中,宝玉也确是贫穷之后再出家的。因此,电视连续剧中贾府及宝玉最后的结局大概如此——

宝玉、宝钗成婚的时候,忽报元春薨了。噩耗传来,贾府上下惊慌失措,贾母也昏过去,接着死了;接着抄家,入狱……似秋风扫落叶一样,厄运接踵而来,宝玉就这样,急遽地走上他的无限沧桑、不堪回首的结局——消失在"白茫茫大地"中了……

电视连续剧《红楼梦》,宝玉的结局处理得好不好,有待于观众的评议争论。我感到这样处理是合乎情理的。结局悲惨中沿门托钵,正写透了封建社会的炎凉世态。

《红楼梦》是一部博大精深的不朽文学巨著,而且又很遗憾地是一部残书。前八十回的艺术境界,探之不尽;八十回后的佚文迷茫,遗恨无穷。改编为电视连续剧,如从美学、艺术的高水准来对照原作,自然还有很多差距,只是从全面展开《红楼梦》故事上,从表现《红楼梦》的历史社会意义上,从普及《红楼梦》这一民族文学遗产上,电视剧较之以前各种形式的改编推进了一步,作了一件对继承民族历史文化、丰富人民文化生活有建设意义的工作。

悲金悼玉的《红楼梦》

——谈电视剧《红楼梦》后四十回的改编

火似洪炉九转丹,红楼梦寐亦艰难。

未必多情岂有待,偶闻消息已阑珊。

曹侯遗恨成千古,兰墅风流本贵官。

穷愁剩有文章在,收入荧屏作画看。

几年惨淡经营,电视连续剧《红楼梦》摄制完,开始播放,与观众见面,要接受社会的考验与评价了。消息传来,作为一个参加这一工作的人,感到莫大的欣慰,也有不少感想。三年来,辛勤拍摄的情景,历历如在眼前,正所谓:如人饮水,冷暖自知。试问读者,这能不情动于衷吗? 如此,不免有点诗意,这样就写了几首诗,上面抄的就是其中的一首。这篇短文就想从这首诗说开去。

一百二十回的《红楼梦》,现在社会上一般都知道,前八十回是曹雪芹原著,后四十回是高鹗所续。高鹗续书一般说来是成功的,但较之前八十回终究差着一大截。再有在近几十年的红学研究中,从几种珍本残存的"脂砚斋"、"畸笏叟"评语中,了解到一些曹雪芹生前对八十回后故事的安排,甚至还有写出来的稿子,如"狱神庙"回,但在当时就迷失了。这些红学研究的成果,便为电视连续剧《红楼梦》的改编提供了另一种可能,就是八十回后的故事,不按高鹗续书改编,而按照红学研究中探索到的情况改编,这样或者更符合曹雪芹原来的写作意图。这是一个大胆的设想,艰巨的工程,也是一个冒险的尝试。

为什么这样说呢?因为一百二十回《红楼梦》,作为一部完整的书,已经流传了二百多年了。发现后四十回书为高鹗所续,这也是六十多年前开始的新红学家所研究的结果。《红楼梦》后四十回的故事,对社会上来说,虽然不是历史,但也好像历史事实一样,早已深入人心,被人认定了。现在改编为电视连续剧,按照老路子走,把高鹗的后四十回按顺序加以改编,自然方便。但一是炒冷饭,难以出新;二是更重要的明知不是曹雪芹原文、原意,为什么还要照搬,为什么不能运用红学研究的成果加以改编呢?

不按照高鹗续书改编,难题首先在宝玉、黛玉爱情,宝玉、宝钗婚姻上。争论的焦点首先也在此。

高鹗续书,是让宝玉再失玉、生病痴呆,黛玉也生病、病中听到宝玉提亲的消息,王熙凤定计娶宝钗时,让雪雁来送亲,骗宝玉,说是黛玉。这样宝玉、宝钗花烛之夜,潇湘馆黛玉绝命之时,形成对照,造成悲剧结果。高鹗写这几回书,也费尽了苦心,也有它较强烈的艺术效果。但是仔细分析,就感到勉强了些。人物性格和前八十回所表现,并不十分统一。宝玉再度失玉、神智不清,是重复模仿前八十回所写、即二十五回"通灵玉蒙蔽遇双真"、五十七回"慧紫鹃情辞试莽玉"等情节。还有他忽略了很重要的一点:第四回宝钗上京时,曹雪芹明写其目的是"世宦名家之女,皆得亲名达部,以备选择"。薛蟠来京第一件要事就是"送妹待选"。宝钗本来是要皇帝选进宫中去的,而且要把名字报到"部"中。这一点后面并无任何交待,就和宝玉在王熙凤的"奇谋"下成婚了。再有高鹗续书中,宝玉成婚,紧接元妃薨后,正在"国孝"期中,似乎也未注意到。凡此等等,高鹗续书的这些情节是经不起推敲的。

电视剧《红楼梦》把这些情节改为宝玉、黛玉定情,宝玉离家外出。黛玉病中听到宝玉提婚消息先是自己病有起色,不久又无意中听到宝玉在外面遭到意外不幸身亡的消息而绝望,病情加重而死去。宝玉意外脱险归来,黛玉已死,悲痛万分。奉元妃旨,宝玉、宝钗完婚。在宝玉、宝钗吉期洞房花烛时,忽报元妃薨去。紧接着贾母也昏了过去,不久也去世了……

电视剧宝玉、黛玉、宝钗三者的关系,黛玉之死,宝玉、宝钗成婚,按照上述情节发展,还是比较合理的。贾母去世之后,接着便是抄家、宝玉入狱等情节,宁、荣二府一败涂地,老爷哥儿们都锒铛入狱,最后宝玉沿门乞讨,巧遇袭人,又独自出走,消失在白茫茫大地真干净中……完成一个彻底大悲剧的结局。

《红楼梦》是流传了二百多年、家喻户晓的文学巨著,电视连续剧如此改编,在社会上肯定会引起热烈的争论,我感到这是非常好的事,我衷心地期待着。

耦园思绪

在僻处苏州古城东隅的耦园中,幽静的听橹楼畔,两大株烂漫于早春风雨中的山茶花已经开谢了,嫩红的落花铺了一地。这是一年花事中最早飘零的残红,虽然坠地无声,似乎也震撼着某种多愁善感的少女的心……看,一位身穿绯色古装衫裙的少女,正把落花轻轻地、一朵朵地拾起,放在花囊中……远处,穿着牛仔裤的八十年代健美女郎好奇地望着……这一切似乎都非常和谐。原来,这是电视连续剧《红楼梦》剧组正在拍摄黛玉拾落花的镜头。

我滥竽为剧组的顾问之一,因在江南拍外景,离我工作地上海较近,便也被邀来凑热闹,跟现场。在现场上,偶然跟在导演王扶林同志处看看监视器荧光屏上的画面,而大部分时间,却在现场上闲看着。人在闲着的时候,大脑往往闲不了,说句漂亮的雅言,叫做浮想联翩;说句日常的俗语,就叫七想八想吧。总之脑子不会停留在一个点上,而是现代的摩登镜头——意识流。人,就是这样的奇怪,常常会想着这个,忽然又跳到那个……那个,也许又回到这个。

闲看着"林黛玉"拾落花,自然想到花,忽而又想到园,又想到数年前第一次来耦园吃茶的情景,杂七杂八……忽然想到我到过多少次苏州了,自然有个数字,但一时算不清了。而鲜明的记忆,是永远不会忘记的:一九八四年二月初,正是癸亥年腊月廿七日,下着大雪,我赶到苏州,住在姑苏饭店,把好多友人从烧年菜的厨房中、热灶畔,硬请了来开会,请他们支持,做在甪直拍《红楼梦》序集的准备工作……一九五三年秋,我来到苏州,在桂花甜香的飘拂中,慢慢走过狭窄而深长的平江路(说是"路",实际只是一条石子深巷),去到一位长辈家中,吃从陆稿荐买来的包在新鲜荷叶里的粉蒸肉,喝从元大昌买来的善酿酒……悠悠岁月,花开叶落,前后已三十多个寒暑了,剩下了些什么呢?我在想着:是缘分?是情意?是友谊?

作为一个异乡人,不但现在,即使在三十多年前,我第一次来到这有"天堂"之称的名城,也丝毫没有作客之感,而是像回到久已憧憬的故乡一样。十来岁时,在古老的北京作小学生,同座的就是苏州大儒巷名门潘家的子弟,儿童的心理是天真的,情谊是无邪的。那时他初到北京只几个月,说话带着浓厚的吴音,总是深情娓娓地向我讲述他的故乡。放学时,同路回家,先到他北京的家,后到我家。大家在当时的文化古城都是客居,他说着家乡的话,我听着也似乎分外亲切,对这闻名已久的"天堂",也充满朦胧的憧憬和爱了。而当时谁又想到,若干年后,我真的会到他的家乡,多少年来,始终是他家乡的常客;而这个真正的苏州人,却再未回到他的家乡。这又是谁注定的缘分呢?

有缘分就有友谊,有友谊就有情意。我与苏州、苏州与我,有多少旧事可思,有多少情意可说呢?缘分深,友谊多,情意厚……

苏东坡把人生比作"雪鸿",说什么"泥上偶然留指爪,鸿飞那复计东西",这似乎是慨然言之。我一直对这种虚无缥缈的"偶然论"未敢苟同,总想着人生有它的偶然性,似乎也有它的必然性,这是相对的,也是辩证的。因之我更喜欢"路忆曾经处,桥怜再渡时"的意境。这不是人生的短促道路上,随时足以引起安慰的意境吗?我走在太监弄,会忽然想起在"吴苑"吃茶的情景,那嘈杂的人声,提着大铜壶穿梭般地跑来跑去泡茶的堂倌的影子,那卖眼镜、卖香烟、卖瓜子、卖粽子糖、卖牙签、卖挖耳勺、卖木梳、卖话梅、卖……这些情景,也一一浮现在我眼前。这些都没有了,取代的是王四酒家、得月楼、松鹤楼后门的雪亮的小轿车……变了,大变了!我站在虎丘门口,看着那么许多人,那么许多车,那么许多店,卖点心的、卖水果的、卖甘蔗的、卖眼镜手杖的、冲印彩色照片的、卖酒饭的、卖土产的、卖衣服的……我不由自主地想起三十多年前步行逛虎丘时那种冷落的情景,眼前……变了,大变了……

昨天、今天、明天,苏州和我,我和苏州……我断断续续乱想着,时间太久,事情太多,话旧的内容太丰富了,眼前的春色太醉人了,未来的期望太美好了。一团思绪,一时闲谈,一分友谊,一种情意,记下片断,一鳞半爪,也算文章吗?未免让您见笑了……

一九八五年四月十八日于水流云在轩南窗下

292

"红楼"电视与苏州

电视连续剧《红楼梦》春节试播六集后,经综合各方面意见,适当修改,于五月二日正式播映,而且是北京、香港同时播放,必将引起海内外更强烈的反响,盛况可谓空前矣。

这个题目出的很好,倒不是因为林黛玉姑娘原籍苏州,或者甄士隐家住阊门外十里街仁清巷,而是另有缘故。这个缘故不单是《红楼梦》的,而是"红楼梦电视剧"的。说的再明确一些:电视连续剧《红楼梦》的拍摄成功,有不少地方都是在苏州有关单位和友人们的支持下完成的。

一九八四年春节前数日,因受剧组之托,匆匆赶到苏州,要布置一条二百多年前的小街——《红楼梦》中写的"这阊门外有个十里街"。小街大概是象征"七里山塘"的山塘街吧。街上都应该有些什么店铺、什么摊贩呢?

老友王西野兄帮助我,在姑苏饭店灯下开了个单子:什么卖桃花坞年画的呀,卖虎丘泥人的呀,支着绣床卖绣品的呀,卖糖粥的骆驼担呀……以及卖花、卖鸟、测字、算命等等,一下子罗列了几十种。这些二百多年前的摊贩,哪里去找呢?决定第二天邀请几个朋友开个会。

第二天正是腊月二十七,天又下着雪,包了个车冒雪把不少同志从正在烧年菜的厨房中请了来。大家一听说拍《红楼梦》电视剧,都感到很兴奋,愿意主动帮忙。

苏州市广播电视局、园林局、苏州刺绣研究所、苏州博物馆……等单位的领导，都来参加，都给予支持。刺绣研究所主任、刺绣专家徐绍青兄把所中珍藏的乾隆年间桃花坞木版年画，康熙、乾隆年间的绣品，帐沿、衣裙、荷包等都拿了出来，并由研究所中年轻的女刺绣家担任临时演员，摆摊表演。苏州博物馆领导也拿出了馆藏清代虎丘泥人摆摊，并由馆中一位会捏泥人的老先生临时表演……现在在荧屏上，看到"十里街"、"甄士隐"门前的摊贩，不禁想起前景，历历如在眼前，好像是昨天的事。

这年二月下旬，在甪直开机；细雨濛濛中，小沙弥打着灯笼，送贾雨村上京赶考，撑着伞的贾雨村，顺着一条深巷，越走越远……那是哪里呢？甪直保圣寺前小弄，也被映入红楼荧屏了。

一九八五年春天，电视剧《红楼梦》剧组又一次来苏州，在香雪海、艺圃、耦园、虎丘等处拍戏，苏州各方面的朋友，又给予了热情的支持。

"花落水流红"，观众在屏幕上注意到水中的落花吗？那漂在流水上的片片残红，大都是一九八五年春天香雪海梅林中的落花。时间逝去了，流水东去了，残红也无处寻觅了。但在荧屏上却留下了那样真切的形象，这似乎也真要感谢现代电视的科学艺术魅力呢。

黛玉拾落花，把一朵残红，托在掌中注视着……那样珍惜，那样多情，这是什么地方的落花呢？——告诉观众，这也是珍贵的苏州友谊呀！那是僻处城东的耦园听橹楼前的一朵山茶花，被林姑娘轻轻拾起来了……

拉杂写来，几不成文，但就我个人所知，电视连续剧《红楼梦》与苏州的友谊、感情可说的太多了。

"红楼"电视与东北姑娘

《电视与戏剧》霍雅君同志来约稿,我一问她,知道是中国电视艺术家协会辽宁分会办的刊物,地址在沈阳——也就是曹雪芹时代的盛京,所谓"清代的发祥之地",我忽然想起了一个好题目,那就是:

"东北姑娘与《红楼梦》",或者是"《红楼梦》与东北姑娘"。哪一个放在前面都可以。这一点不必请目前流行的名单学专家召开专门会议研究先后。闲话少说,书归正传:

当然,我还要先作个说明,就是我所说的东北人,是指当代的东北人,而不是指曹雪芹的祖宗——从龙入关的旗鼓牛录章京曹振彦,以及《清史稿》记载的"曹寅字楝亭、汉军正白旗人,世居沈阳,工部尚书玺子"等等。再有我在此文说的《红楼梦》,也限制在《红楼梦》电视剧的范围中,不及其他。说的更明确一些,就是现在的东北姑娘与电视剧《红楼梦》。

一句话:现在的东北人——具体说,是东北姑娘对电视剧《红楼梦》是作了很大贡献的。

二百多年中,倾倒了多少少男少女的林黛玉、林姑娘、林妹妹——也就是那多愁善感的潇湘妃子,出现在红楼电视屏幕上的就是东北姑娘,知道的人已经不少了。这里不妨再说一句,就是鞍山话剧团的青年演员陈晓旭同志,初上荧屏时,是位十九岁的姑娘。

我认识晓旭,是在一九八四年四月末。当时剧组集中四面八方应召来的青年演员办训练班,讲《红楼梦》和表演艺术,地点在北京古老的圆明园旧址,大水法后面一个招待所里。这不知是什么单位办的招待所,在这么好的环境里本来可以办成一个十分完善的招待所。可是管理不善,后来闹了住客食物中毒的大新闻,也使大观园中的待选姐姐妹妹们大吃苦头,不少人被救护车送入了医院。"吃苦头"的自然也包括"林妹妹"晓旭在内,但她是否入医院,后来我忘了问她了。写到这里,偶然想起,顺便插上一笔。

不过,我虽然也住在这里,却没有吃苦头,因为我只住了半个多月,就回上海了。这次险情是在我走了之后发生的。

我给她们讲了不少次课,课余时间或在室中闲谈,或去圆明园荒僻的小路上散步,看看亭台楼馆的遗址,镜子般的一区一区的水面,冷落的无人观赏的桃花……正足发思古之幽情,想红楼之意境,给她们安排的这个学习环境,的确是很理想的。

不过当时我和晓旭同志接触不多,只是讲课、吃饭时见面客气地打招呼,再说当时还未定角色。我有眼不识泰山:不知她就是——林妹妹呀!

我因上海有事,匆匆而来,匆匆而去。隔开两个来月,我重回北京来剧组,在八大处北空招待所,这时角色已定,陈晓旭就是林黛玉了。这是训练班的后期,演员们一边听课,一边准备小品,一边写角色自传。我似乎是"荣国府中清客"般地住在那里,也讲课,也帮导演观审小品,也帮她们看所写的角色自传,这样与各个演员接触频繁,更熟悉了。

晓旭同志在整个学习期间,都是十分认真的。社会上观众,一般爱说美不美、漂亮不漂亮。其实就演员本身说,更重要的是性格和气质,是否接近于所演角色。现在电视《红楼梦》已播出了,观众可以看看,晓旭同志是否就是各人心目中的林黛玉,是否就是你朝思暮想的林黛玉,请大家评论罢。如果问我,我不能说"等于",只能说"神似"。

八四年十月在黄山脚下太平湖,拍"黛玉北上",八五年春天在苏州香雪海、耦园拍"黛玉葬花",以及在北京大观园、淀山湖畔上海大观园、扬州瘦西湖……数不清的宝、黛所到之处,在一起拍摄两年多时间里,总地说一句话:荧屏上的林妹妹是《红楼梦》中的林黛玉。镜头外的陈晓旭是生活中的陈晓旭,是一位平易近人、做戏认真的女青年。如果不演林黛玉,做其他工作,那也和一般能干的青年一样。一九八六年九月在正定"宁荣街"拍秦可卿出殡等大场面时,有八百名群众演员,分若干队伍,都由各队领队负责带领,晓旭也被任命为一名带领临时演员的"小官",在大太阳底下,尘土飞扬,一遍又一遍地排练着……哪里又像"林妹妹"呢? 这是晓旭工作朴实、认真的可爱处。类似这种小事情,三年中,是很多的,无法细写,举此以见一斑吧。

如问花絮,那就更多。她是位聪明姑娘,如用江南话说:她是"冷面滑稽"的能手。有一次在苏州耦园现场上,她取笑一位穿蝙蝠衫的女士说:"像一个鸭子,呱、呱、呱……"一边说,一边还举起双臂做动作,极为传神,被嘲弄者还不知道呢。

顺便告诉读者一声,晓旭很爱写诗,也写了不少,但很保密,轻易不给人看。希望不久的将来,能读到她的诗集。

和晓旭同志握别已三个月了,岁暮天寒,在遥远的江南,致以珍重的问候吧。

东北籍的演员,第二位值得一提的是哈尔滨京剧团的刘继红同志,她在《红楼梦》电视剧中饰演"小红"。

小红,在大观园中,是一位性格特殊的姑娘。在怡红院中,人材济济,她虽然美貌灵利,生性要强,但难与袭人、晴雯等争一日之长,长期屈处在打杂丫头行列之中。偶然机会,给宝玉端茶,却又受到麝月等人奚落。宝玉有意接近她,却又顾忌袭人、晴雯等人,只能在走廊上隔着海棠花望她。曹雪芹的如椽巨笔把文学艺术境界在这种地方作了极为充分的表现,脂砚斋在其柔情迷惘、诗意荡漾处批云:"此非'隔花人远天涯近'乎?"

刘继红同志就演这个在诗境中引起宝玉可望而不可及的丫头小红。

照晴雯的话说,小红是爬上高枝了,因伶牙俐齿,传话清楚大得凤姐赏识,成了当家琏二奶奶的身边丫头的一员。再有因蜂腰桥眉目传情,罗帕投赠,小红与"后廊下的芸哥儿"贾芸种下爱的种子……这样一个玲珑妩媚的小人物,在现在的《红楼梦》中,却像彩幻般地只短暂地出现,没有得到应有发挥,只在"庚辰本"眉批中留下畸笏叟的批语:

狱神庙回有茜雪、红玉一大回文字,惜迷失无稿,叹叹。

《红楼梦》电视剧不满足于高鹗的续书,编剧据"脂砚斋"、"畸笏叟"等人的评语,对八十回以后的故事发展,作了适当的改编,尽可能表现曹雪芹的原意。因而电视剧中的小红,在后面有充分的发挥,大大丰富了人物的形象。刘继红同志演小红,戏是很重的,场次也是很多的。她基本上把这个有棱角、多面型又心地善良的少女形象演成功了。

我与继红认识,也是在一九八四年圆明园演员训练班上。一头有着俄罗斯血统的闪着金色的秀发,眯着小眼睛,一口东北腔的普通话,有说有笑,还只是个十八九岁、带几分稚气的孩子,又爽朗,又腼腆。在五一劳动节的晚会上,大家要她表演节目,却调皮地跑开了。却又暗暗拉我到隔壁讲课的屋子中,为我一个人唱《小放牛》,在老师面前她不感到拘束了。在大家和较为陌生的几位领导面前,她当时还真感到怕羞呢。

一九八五年春天,剧组南来拍戏,继红同来,八九个月没有见面,小姑娘老练多了。这时正在热恋中,苏州—哈尔滨,一个长途电话,能打半个钟头。

有一件趣事:在杭州住在一家招待所中,比较乱,她们隔壁房间,几位南方客人,夜间很晚了,不睡觉,又嗓又闹。演员拍戏,一天很累,第二天要赶早化装,被这批不文明的客人嗓得不能安眠,气坏了刘继红,站在走廊中和他们大声讲理,高叫要"切磋切磋——"这群人突然被这位美丽的东北姑娘镇住了,瞪着眼睛望着她,不明白"切磋切磋"是什么意思。自然产生了恐惧感,老老实实关上房门安静地睡觉了——剧组中传为笑谈,很佩服她有办法。

继红是个心灵手巧的姑娘,这年秋天在四川灌县拍戏,用一周多时间结了一件黄色粗绒线连衣裙,颜色、样子都十分好看,典型的今年国际流行色。继红总在追赶着世界新潮流。

今年八九月间,在正定,她拿了一份短篇小说的草稿珍重地让我看。我仔细地读了,写的是一个少女初恋的故事,情节和人物形象,都能站得住,虽不十分细腻,但亦有其感人处。这似乎是她的处女作,我希望她进一步加工写得细些。她思路清晰,有文艺天分,如从事文学创作,不断努力,是有前途的。有哪个刊物愿意发表她的处女作呢?

继红和晓旭相比,略少些林黛玉式的那种味儿的感觉,却多些东北姑娘的爽利感。因而一个能演口角灵利的小红,一个却能演多愁善感的林妹妹。

电视剧的《红楼梦》,不同于过去的几种局限于宝、黛、钗恋爱关系的电影、戏剧,而是还曹雪芹无比丰富内涵的社会意义。在《红楼梦》电视剧荧屏上展现的不只是宝、黛、钗的形象,也不只是"金陵十二钗",还有更多的展现社会面的众生相,如呆霸王薛蟠娶的那位新奶奶夏金桂便是一个特殊的人物。如果没有她,苦命"应怜"的香菱的戏,便得不到充分的发挥。香菱,是甄士隐的女儿,小名英莲。"英莲"者,"应怜"也。名字是谐音的,是贯串《红楼梦》整个故事、极为重要的人物。红花要绿叶相配,演好香菱,没有一位传神的夏金桂相配,又如何成功呢?哈尔滨歌舞剧团的杨晓玲同志,奋勇演成功了这个角色。

晓玲是一位更富于东北豪爽性格的姑娘,我认识她,也是在圆明园训练班上。她长着一头很长的秀发,因为是舞蹈演员出身,所以体型更为挺健。年纪不到二十岁,但是工龄很长。她笑嘻嘻地告诉我,她已有十年工龄了,我以为开玩笑;她告诉我是真的,我感到奇怪;她又加以解释,她八岁登台演出,就开始算工龄了。这样我才恍然大悟。

在圆明园的时候,放假日北京有家的演员都回家度假去了,爱热闹的都纷纷进城赶热闹买东西去了,晓玲却很少去。便一起在圆明园遗址上玩,在安静的当年宫娥、宫监跑过的幽径上,散步、歌唱,在大水法残石柱边,说故事、拍照片……留下了极富于诗意的记忆。

晓玲的戏集中在后期拍,训练班的第二学期她也没有参加,因此在圆明园分手之后,和她约有两年时间没有见面。一九八五年岁末,她从遥远的北国,寄来一张哈尔滨冰雕盛会的画片,飘落江南,在我小小的书桌前,看着这张画片,想象着五彩缤纷的冰城幻景,感到这一份友谊的可贵。

今年四月,在扬州瘦西湖何园,集中拍薛蟠房中的戏,娶夏金桂、薛蟠戏宝蟾、香菱挨打、香菱之死等等。美工师把薛蟠新房布置得花团锦绣,富丽堂皇。晓玲看了高兴得不得了,笑着说:

哎呦——这就是我的家嘛?

一口浓重的标准东北腔。"夏金桂"是东北姑娘吗?如用"原声"配台词,那就从正面回答以上问题了。自然不可以,晓玲的戏还得另外找配音演员来配(附带说一句,《红楼梦》电视剧的青年演员,是从全国各地选来的。不少是地方剧种,如川剧、黄梅戏、扬剧的演员。说话地方音较重,因而不少人都是配音演员配音的)。

晓玲同志放得开,很会做戏。而且夏金桂这个角色,很对她的路子。所以演得很成功,在现场就博得不少喝彩声。

不妨说个小插曲。有一个金桂撒泼的镜头,要摔碎一个很好看的釉下蓝花瓶,摔的时候而且要又哭又闹。当然这也不算难。难的是花瓶只有一个,已在镜头中出现多次了,道具组没有重样的,只能摔一次。也就是说一次通过镜头,这就难了。晓玲同志捧着花瓶,比划了好几次,她心里觉着、嘴里也说了好几次,这样好的一个花瓶,摔了真可惜……但是为了演戏,有什么办法呢?导演一再启发,晓玲同志进入角色——一咬牙、一跺脚,狠狠往下一扔,哗啦一声,花瓶粉碎了,夏金桂也披头散发,坐在地上,一把鼻涕一把泪,又哭又闹……晓玲同志把角色创造成功了。导演一声"过了",晓玲同志才松了一口气,回到现实生活中来,露出了欣慰的、成功的微笑。

化妆师在试装时,有一次把她化装成波斯装,画上细眼角,戴上鼻环,点上花钿,特别别致漂亮。因而在蓬莱拍探春远嫁时,她又演了蛮女的角色。可惜当时我在上海有事,未能赶到现场,没有看到她饰演蛮女的精彩镜头。

《红楼梦》电视剧拍摄完成,与观众见面了,这是值得庆贺的。东北姑娘全始全终,辛勤劳动,为此是做出贡献的。在此也应该感谢她们。

东北姑娘,参加《红楼梦》电视剧拍摄的还有几位,一样应该感谢她们,在此不能一一介绍了,都向她们致以遥远的问候和祝贺吧!

末了,还要拖一个小尾巴,有一位东北姑娘,也很有演戏才能,而且担任了很重要的角色。但因为自己不能自爱,剧组不得不中途换人,对她本人说,对剧组说都是损失。在此我以识途老马的身分,奉劝有才华的青年演员们,在你们事业的征途上,爱惜羽毛,奋勇前进,追求最大的成功吧!

一九八六年十二月二十二日于上海水流云在轩南窗下

"白雪红梅"解

阴历新正前后，正是梅花开放的时候，先是腊梅，继而春梅，次第开放。白梅、红梅、胭脂梅，都是春梅。所谓"早春魁百花头上"，梅花从古以来，就是正月里才开放的。杜甫诗："回檐共索梅花笑，冷蕊疏枝半不禁。"说的也并不比林和靖"疏影横斜水清浅，暗香浮动月黄昏"差，说不定孤山处士的诗还是从草堂诗人的诗蜕化出来的呢。总之，这些吟梅绝唱写的都是早春清冷光景，并非严冬气象，这是从诗的意境中可以体会出来的。

处士高风，千古景仰。孤山是看梅的圣地，梅花花期，杭州人比我知道的清楚。有十几年没有看孤山梅花了，四照阁前花影，放鹤亭畔幽香，时萦梦寐，时托相思。因思念湖上的梅花，不禁又想起《红楼梦》中的梅花来，而且是"着些颜色在枝头"，想的是红梅花，此即所谓"湖畔谭红"也。

《红楼梦》对于梅花有极美丽的描绘，第四十九回回目就是"琉璃世界白雪红梅"，且看它那诗情画意的文字吧：

> 出了院门，四顾一望，并无二色。远远的是青松翠竹，自己却似装在玻璃盆内一般。于是走至山坡之下，顺着山脚，刚转过去，已闻得一股寒香扑鼻，回头一看，却是妙玉那边拢翠庵中有十数枝红梅，如胭脂一般，映着雪色，分外显得精神，好不有趣。

风景实在好,写得也实在有精神,真不愧是才子之笔,千古名作,就这百数个字的文章,恐怕那一提笔就写几百万字的大作家,也未必能写得出。

不过这也正像惠能听了神秀的偈子所说的:"美则美矣,了则未了。"试问一句,这美丽的白雪红梅,是什么时候的景致呢?还好,在《红楼梦》中也有明文,就在第五十回中,贾母笑道:

> 这才是十月,是头场雪,往后下雪的日子多着呢,再破费姨太太不迟。

这就使人哑然失笑了。十月里能落头场雪,能开胭脂般的红梅吗?百数十年来,不少人在争大观园的"所有权",南方人说是南京的,北方人说是北京的,似乎从袁子才就开始了,在那里咄咄不休,争个不了。要争论就要有论据,于是"白雪红梅",也就成为争论者的有力论据了。"北京有梅花吗?《红楼梦》中不是明明写着白雪红梅吗?"根据这样的论据,那大观园必然在南京了。南京不是有著名的梅园吗?如此等等,似乎十分有理。然而要再问一句:西子湖畔的梅花是正月里开,那南京的梅花呢?不是一般比孤山梅讯还要晚上十天半月吗?而《红楼梦》中明明又写的是"十月",这又如何解释呢?按照这样的逻辑推论:"十月先开岭上梅",大观园的园址,要搬到大庾岭上,或者广东去了。广东人一定很欢迎,可以开辟旅游中心,与"宋城"媲美了,但是恐怕曹雪芹不同意吧。

这是怎么回事呢?如果打这种官司,那是永远打不清的。所谓"清官难断家务事",实际应该是"清官难断糊涂事"。一味不看事实,胡搅蛮缠,那是谁也没有办法的。《红楼梦》是小说,是文学作品,我们还得以小说视之。不要说开宗明义第一章已说明是"贾雨村云云";即使他说明是"真"的,你就能真的承认它是"真"的吗?若是那样,就真是刻舟求剑了。因此我们对待文学作品,就必须区分艺术的真实和生活的真实。如果看书入了迷,把二者一混淆,那就要一片痴心,想入非非,大叫"不要火烧了我的林妹妹",那岂不真个阿弥陀佛,把薛宝钗嫁给贾雨村了吗?反正曹雪芹已经死了二百多年了,死无对证,那就只能公说公有理,婆说婆有理了。这如何可以呢?即以前面所说的"白雪红梅"而论吧,它既是真实的,又是虚构的。这真实,是艺术的真实,并不等于生活的真实;这虚构是艺术的虚构,也不同于生活的谎言。王维有《雪里芭蕉》的名作,曹雪芹怎么不能写十月里的"白雪红梅"呢?绘画、诗词、小说、戏剧,一脉相通,道理一样,在艺术的创造上,是自有作者的境界的。

装点景物,描绘气氛,有的专写眼中景,有的专写意中景,而更多的则是二者的水乳交融,浑然一体,使人感到艺术的真实,真的有如生活的真实了。这正是艺术的最大成功处,也往往是读者最易迷惑处。其实,又哪里能找到真的大观园呢?更不要说真的十月里的"白雪红梅"了。

宝玉的辫子

阿 Q 的辫子,历来就十分为人们所重视,画家给他画像,演员给他造型,都注意到这根辫子。因此阿 Q 的辫子,给人们的印象是深刻的。它让爱好文艺的人们,不少都能想象到阿 Q 的形状。与此同时,贾宝玉的辫子却很少人提到,古今大红学家们,也很少研究到宝二爷的辫子。这可能也是智者千虑,必有一失吧。宝玉的辫子出典何在呢? 试看《红楼梦》第二十一回正文:

> ……湘云只得扶过他的头来梳篦。原来宝玉在家并不戴冠,只将四周短发编成小辫,往顶心发上归了总,编一根大辫,红绦结住。自发顶至发梢,一路四颗珍珠,下面又有金坠脚儿,湘云一面编着,一面说道:"这珠子只三颗了,这一颗不是了,我记得是一样的,怎么少了一颗?"……

这就是宝玉的辫子。

读者如果随便看看,也还罢了;如果仔细想象一下,便感到有些费解,觉得这似乎是一条奇怪的辫子了。这里不妨稍作解释:"并不戴冠"好理解,"冠"可以泛指帽子。因此,"并不戴冠",完全可以解释为在家不戴帽子,这点古今一样。问题是不戴帽子,是不是就不梳头,梳辫子。早在汉代武梁石刻中,有古代束发冠的样子,似乎就是《论语》中所说的"美哉,赵文子冠"的"冠"了。但是古代这种冠,不戴时是束发,而不是梳辫子。束发是把头发全部向上束在一起,宋人词中所谓"秧才束发绿如油"是也。或把发左右各梳一小髻,宋人词中所谓"髻鬟对起"是也。似乎是没有编辫子的,何况"只将四周短发编成小辫",这成什么样子呢？新疆维吾尔族小姑娘才梳许许多多条小辫呢。难道贾宝玉是维吾尔族姑娘打扮吗？这自然是笑话,而且妙在下面的话:"往顶心发上归了总,编成一根大辫,红绦结住……"这条辫子就更难梳了。"一根大辫",这完全是清人的语言。清代人十三四岁以上的裙屐少年,头发又多又黑,头上前面三分之一剃掉,爱漂亮的留一圈"短海",后面梳得松的辫子,辫根不扎头绳,要松,三股编的要宽,所谓"五短身材好后生,三指宽的辫子根"。辫梢要接"辫联子",使其长,此即所谓"乌黑油亮的大辫"也。但又没有听说过在辫子上坠金珠饰物的。这种"自发顶至发梢,一路四颗珍珠,下面又有金坠脚儿"式的男人大辫子,在清代由宫廷到民间,可以说都是难以想象的。因此宝玉的辫子,既不是明代的装饰式样,也不是清代的装饰式样,是什么呢？是曹雪芹独创的式样,可以说是《红楼梦》式特殊的辫子式样吧。

曹雪芹既然着意地描绘宝玉的辫子,写的那样细致华丽,但是又为什么要写这种生活中没有的奇怪辫子呢？这就是所谓"甄士隐"、"贾雨村言"了。"庚辰本"此处有眉批云:

> 口中只是应声而出,捉笔人却从何处设想而来,成此天然对答。

重点在批宝玉、湘云二人对话,而不及辫子,但却说"从何处设想而来"。从何处设想,就等于说是难得的或者神来的艺术创造。就是说,实际生活中虽然没有这样的辫子,同时作者又不愿或有意避免写真实生活中的辫子,所以作者设想出这样一条美丽的辫子,在书中读来,真是如闻其声、如见其人,似乎使人看到湘云在细细地给宝玉梳头,编辫子……其情,其景,其意境都是极为美丽的。但是要让画家画这个形象,或者是让演员扮这个形象,那就感到十分为难了。这不禁使人想起了王荆公《明妃曲》中话:

意态由来画不成,当时枉杀毛延寿。

真人都难以画出意态,何况伟大的艺术创造,理想化了的人物意态呢?而且作者又有意回避,在造型上故意写出扑朔迷离的形象,那就更难加以忠实地再现了。

画家们画宝玉,演员们扮宝玉,大部分都是像吉祥画《麒麟送子》中的小孩一样,头上紫金冠、红绒球,好像宝玉吃饭、睡觉,由小到大都是一个打扮一样。细想想,不要说艺术和美了,简直是有些滑稽。而说来也实在困难,又如何给宝玉改装呢?自然,画辫子的是极少极少的了。

因而使人想到:曹雪芹有曹雪芹的宝玉形象,社会上又有世俗的宝玉形象,要缩短二者的差距,使二者重叠起来,重现曹雪芹笔下的宝玉形象,该多么难呢?首先我就感到宝玉的辫子太难处理了。因此便谈了一顿宝玉的辫子,或稍有启发乎?

尤三姐的锋芒

昔人云："丹青难写是精神"，论画如此，论文亦如此。小说中写人物，其艺术化境、文字妙处，也在于写出人物的精神。

这不在于着墨多少，色彩浓淡，笔触粗细等等，而在于学力、修养、天才、兴会等等。古今艺术大师，其作品成功之处，都在于能表现出精神、意境，表现出活的呼吸着的艺术形象。曾见大千居士一幅白描仕女，人物背面立着，上面只有几条柳丝，边上一点山石，构图极为简单，但满纸飘逸之气，强烈地感染读者。似乎人物的惆怅感情，憔悴形态，虽然背面立着，也呼之欲出了。而别人着意临摹，却总是画不出这种气氛，这也就是所谓"丹青难写是精神"吧？

读《红楼梦》，这种感觉，更是触处皆是。有时候几句话，人物的精神就被写得活灵活现，读者立刻便有闻声见形之感。

这里不妨随便举个例子。第六十五回有一段写尤三姐的文字道：

三姐儿听了这话，就跳起来，站在炕上，指着贾琏冷笑道："你不用和我花马掉嘴的！咱们清水下杂面——你吃我看。提着影戏人子上场儿——好歹别戳破这层纸儿。你别糊涂油蒙了心，打量我们不知道你府上的事呢！这会子花几个臭钱，你们哥儿俩，拿着我们姊妹两个权当粉头来取乐儿，你们就打错了算盘了！我也知道你那老婆太难缠。如今把我姐姐拐了来做了二房,偷来的锣鼓打不得;我也要会会这凤奶奶去,看他是几个脑袋?几只手?若大家好取和便罢;倘若有一点叫人过不去,我有本事先把你两个的牛黄狗宝掏出来,再和那泼妇拚了这条命!喝酒怕什么?咱们就喝!"说着自己拿起壶来,斟了一杯,自己先喝了半盏,揪过贾琏来就灌,说:"我倒没有和你哥哥喝过,今儿倒要和你喝一喝,咱们也亲近亲近。"吓得贾琏酒都醒了。

尤三姐是《红楼梦》中地位比较特殊、处境十分困难、而又锋芒毕露的英杰人物(恕我只能用这样的词语来称赞三姐),占的篇幅很少,而闪射的光芒却极为强烈。如果说尤三姐的一生,是划破长空、照亮黑暗世界的闪电,那前引的一段"羯鼓三挝,则万花齐落"般的言词,便是不及掩耳的迅雷,"吓得贾琏酒都醒了"。如和《金瓶梅》中写的"王八脸都吓绿了"比较,只觉前者是恰到好处,而后者则是太下流市井气了。这种小地方,也颇能显示出现实主义和自然主义的细微差别。

尤三姐这段对话,是作者写三姐锋芒最成功的地方,也是最显示作者才华笔力的地方。而作者在这种文字的运用上,也是因人而异,变化多端的。如把尤三姐骂贾琏的话,和探春骂王善保家的话,鸳鸯骂她嫂子的话,凤姐大闹宁国府骂尤氏、贾蓉的话对照来看,又可看出作者笔端出神入化、变幻无穷的功力。同样是写各个人的锋芒,但口吻不同,措辞各异,神态也自然因不同的生动语言而活现纸上了。使人自然感到,她们的口吻,她们的性格,她们的灵牙利齿,各如其人,各如其声。这就是活的艺术语言,活的艺术形象。可惜三姐的话,运用的是纯北京的方言,熟悉北京话的读者,会更有闻声见形之感。而不熟悉北京话的读者，便感到隔着一层了。所以一切文学作品，不只要求写作者要有高超的语言艺术水平，读者也必须具备相应的水平，才能得到更形象、更深刻的感受。

　　纯西方式的人物描写，不论要刻画人物心理性格的哪一方面，都要用冗长的文字来专门描绘。而我们民族的表现手法，则主要是让人物用自己的语言显示自己的性格，尤三姐的锋芒，就跳动在她的语言中，这是更活跃的人物形象。大凡语言之表现人物，一在于模拟声态，各有其人，各有其态，这是白描的过硬功夫，要在平时的千锤百炼；二在于传神阿堵，写出人物精神最活泼的一瞬间。所谓活泼，是其感情、其七情六欲、喜怒哀乐爱恶欲表现最强烈的时候。能把这刹那间最形象、最感人的声态，用人物自己的语言表现出来，这就是传神阿堵的化境了。各种艺术的神来之笔，大都表现在这一点上。但这第二点却是第一点的结晶，没有第一点，一般说，不会出现第二点的。王国维所说的三种境界，实际也就是这个道理。"神而明之，存乎其人。"艺术的境界无穷，说是说不完的，只在乎各人的神会吧。

查抄宁国府

——高鹗续书琐谈

　　高鹗对林黛玉吃粥的描绘,的确写的不伦不类。但是高鹗并不都是这样,也有写得非常精彩的地方,就是他生活中最熟悉的东西,或者说是他生活中最注意的东西,即当时官场中的事、人物心理、种种弊端,写来便得心应手,惟妙惟肖,是高鹗文字中精彩传神的地方。如第一百五回写《锦衣军查抄宁国府》时的一些片段,先写"有锦衣府堂官赵老爷带领好几位司官,说来拜望",接着又写"只见赵堂官满脸笑容,并不说什么,一径走上厅来。后面跟着五六位司官,也有认得的,也有不认得的,但是总不答话。……众亲友也有认得赵堂官的,见他仰着脸不大理人,只拉着贾政的手笑着说了几句寒温的话。众人看见来头不好……"

　　赵堂官的突然而来,先是贾政的纳闷寻思,继是紧张地抢步接待,再是冷淡地总不答话,更是虚伪的说笑寒暄,最后众人看见来头不好。这样写紧张的气氛,一步一步地严重起来,表现得很细致。

　　忽又报道"西平王爷到了"。这是在极紧张的气氛中,突然又起波澜。即使是事实(自然是小说中的事实),但在文字表现上也十分传神,像音乐在长时间的低音节奏中,突然一声响锣,使人又从其他方面吃一惊,造成强烈的艺术节奏效果。这是抄查的前奏曲,先紧紧地抓住读者的思想感情。

后面写查抄时各种人物的表现更是传神。先是"赵堂官便转过一副脸来,回王爷道:'请爷宣旨意,就好动手。'这些番役都撩衣奋臂,专等旨意"。这是西平王宣读圣旨之前的一刹那,这"转过一副脸来"和"番役都撩衣奋臂"二语,字虽不多,却很有力量,把封建时代两句俗语:"一朝权在手,便把令来行"和"阎王好见,小鬼难搪"都写透了。赵堂官之阴险地翻脸无情,番役之急于浑水摸鱼、发横财之神态跃然如画了。而这还是初步。

在西平王宣读圣旨之后,"赵堂官即叫他的家人传齐司员,带同番役,分头按房,查抄登账。"这时贾政等人吓得面面相觑,而另一方面却"喜得番役家人摩拳擦掌,就要往各处动手"。这又是极为形象生动的对照。高鹗从赵堂官外形、举动、言语态度着笔,揭示其不可告人的黑心,层层深入,变化多端,是十分成功的。

高鹗在写完北静王进府,让赵堂官带贾赦回衙,贾政应付两王的查抄问话之后,接下去又有惊人之笔:

> 老太太,太太! 不……不好了! 多多少少的穿靴带帽的强……强盗来了! 翻箱倒笼的来拿东西!

这里的"穿靴带帽"是明显的,就是"官靴官帽",而"穿靴带帽"又和"强盗"联系起来,这不能不说是高鹗的神来之笔。这正如陈琳对曹操说的"箭在弦上,不得不发"一样,是奔来笔底的语言,而非硬编出来的文字。高鹗写这个的时候,似乎已经把忌讳忘了。按清代早期文字狱中比较晚的是乾隆四十七年安徽歙县生员方国泰收藏其五世祖《涛浣亭诗集》一案,此案未死人,是从轻发落的。此后文禁稍弛,高鹗续书年代,据《中国章回小说考证》推算,当在乾隆五十六到五十七年,去方案已十年之久,可能比较大胆一些了。但这样写,使后人读之,仍然不免感到有些"吓佬佬"的了。

高鹗此回书之文字,也有得有失,限于篇幅,不能细说,但可证明一点,就是他熟悉注意这些东西,写得就自然生动,非常出色了。

他的经历和曹雪芹,似乎正好相反。曹是生长王榭,经历繁华,由极盛到极衰,虽然满腹才学,但无功名,最后穷愁潦倒,著书黄叶村。而高鹗虽然也是镶黄旗汉军人,但祖上似乎无大官,靠自己在仕途上着力,举人、进士一直考上去,两榜正途出身。这样的人,对于官场的事情是极为注意,十分清楚的。因为他有这种丰富的生活基础,所以写这些场景,既不费力,而又十分精彩了。更难能可贵的,他以正途出身的人,能看中《红楼梦》,而为之续书,又唱出与曹雪芹类似的叛逆调子,这不能不说是曹雪芹一个比较难得的知音。

至于那些写得十分拙劣的地方,则因限于他的才华、学识、生活经历和兴趣等等,无法求全,只能原谅一二了。

附录

电视剧《红楼梦》简介词

一、空空道人说石头记

二、大观园正门

据说这是写在石头上的故事……

但这不是神话——对，这不是神话。

这是二百多年前，中华民族的优秀儿女、伟大作家曹雪芹留给我们的不朽的杰作。

"满纸荒唐言，一把辛酸泪！都云作者痴，谁解其中味？"

中华民族悠久的历史、文化孕育了曹雪芹，曹雪芹以他毕生的精力，创造了他的《红楼梦》。这，是中华民族古典小说艺术成就的最高峰！

三、黛玉北上

波光帆影，载着失去母爱的、别离了老父的林黛玉缓缓北上……

四、黛玉进府

陌生的荣国府。

林黛玉缓缓进来。

外祖母慈祥的泪眼，怜爱的拥抱、抚摸……黛玉激动的情感，交融在一起，黛玉开始了新的一切……

还没有见"混世魔王"呢——来了！

五、宝钗看通灵宝玉

端庄的薛姑娘托在掌中轻轻地念：

"莫失莫忘,仙寿恒昌!"

"玉啊——你是命根子。"

"倒像和姑娘项圈上的两句话是一对儿。"

那挂在里面大红袄儿上的灿烂的金锁。宝玉托着锁看,念了一遍,再念一遍：

"不离不异,芳龄永继!"

六、宝哥哥喊林妹妹

林妹妹,你怎么又哭了?

难道又生宝哥哥的气了?

多愁善感的林黛玉,想眼中能有多少泪珠儿,怎禁得秋流到冬,春流到夏!

七、众姐妹进大观园

这是女孩儿们天真烂漫的王国!

但这里却也不是风平浪静的,看看吧,喜怒哀乐的事多着哪!

八、凤姐骗贾瑞

贾母叫她"凤辣子",佣人们称她琏二奶奶,荣国府的当家奶奶——凤姐,美貌风流,聪明能干,心里歹毒,口里尖快;上头笑着,脚底下就使绊子;明是一盆火,暗是一把刀——《红楼梦》中对她作过不少描写。

看! 这个贾瑞——垂涎三尺的癞蛤蟆,想吃天鹅肉呢!

有他好看的……

管教他不得好死,我自有道理。

凤姐正在织着一张狠毒的网,等着瞧罢!

九、黛玉含酸

是谁说黛玉:好使小性儿,行动爱恼人。

看——林妹妹的酸劲儿!

十、秦可卿之死

秦可卿突然死了,书中写道:"合家皆知,无不纳闷!"

纳什么闷呢? 这是《红楼梦》的一个谜。

与曹雪芹同时代的批书人——"脂砚斋",在他留给我们的珍贵的批语中,泄露了这个"天机"——啊! 原来是这样……

在荧光屏上,还它以本来面目!

这就是为什么公公不怕倾家荡产为儿媳妇大办丧事的秘密!

十一、凤姐发泼

泼妇骂街,是王熙凤的拿手好戏,这是善于虚伪、变化的王熙凤的另一面,或者是更真实的一面,更坦率的一面。

一缕头发,是导火线。

谁的头发,看过《红楼梦》的人,大概都记得有位多姑娘……

骂吧……哎呀,多难听。

当然,在老太太面前,装得可怜的凤丫头是不会说这些粗话的。

十二、宝玉黛玉,两小无猜

情切切,意绵绵……

林子洞中的耗子精……

你干嘛相信他的鬼话?

花样的年华、水样的情,一派纯真,到他年都是凄凉的梦……

十三、情各有专,龄官画蔷

画个不停,看个不停……

两个人都在痴呆的梦中！

大雨点淋碎了他们的迷濛。

十四、宝玉踢袭人

嘿！这一脚可够利害的！

怡红院里第一人——宝二爷发脾气。

除了她，谁还配挨这一脚呢？

看：一脉柔情，万分哀怨。

就在这两粒晶莹的泪珠上！

宝二爷可心疼坏了……

十五、晴雯生病

"心比天高，身为下贱，风流灵巧招人怨！"

袭人不在家，忙坏了麝月和晴雯……

调皮的晴雯受凉了，病了……

这是她短促生命中，最温暖的时刻，最幸福的时刻！

十六、宝玉、薛蟠、蒋玉菡

云儿唱曲，薛蟠摇头。

唱小旦的琪官——蒋玉菡，在席上结识了宝二爷……

堪羡优伶有福，谁知公子无缘……茜香罗是引线，到后来牵惹出多少情缘。

宁荣二府公子哥儿们的狐朋狗友……宝二爷也有一份儿。

这是宝玉大观园外生活的侧影……

对！

种下了挨一顿好打的种子……

十七、晴雯撕扇，千金一笑

千金一刻的时光，千金一笑的情意。

撕啊……撕啊……

笑啊……笑啊……用撕扇子斗乐儿。

这是宝二爷的哲理,

可是麝月哪里懂这个理儿呢?

又是气,又是"醋",酸溜溜地哭了……

十八、宝玉、黛玉读《西厢》

一个说:"倾城倾国的貌……"

一个说:"银样镴枪头……"

一个是过目成诵,一个是一目十行。

王实甫的《西厢》——

赢得千秋的赞赏。林妹妹自是宝哥哥的知己;知己的心声,融化在《西厢》的才情中,融化在落红成阵的春风里……

十九、宝钗话不投机,宝玉拂袖而去

卫道者的劝告,叛逆者的性格……二者本是水火不相容的。怎又能怪他拂袖而去?

二十(A)、试才题对额

看,这就是为了元妃省亲新建的范围:

亭台、假山,曲径弯弯……

通向何处……

还有一处茅檐农舍……

宝玉的才华,在此,得到了充分的展现……匾额、联语,都出自这位少年公子之口。

二十(B)、贾政训宝玉

贾政道貌岸然,宝玉战战兢兢。

父子二人之间没有共同的语言。

一声大喝,是贾政的训子格言,又起什么作用呢? 宝玉仍旧是宝玉……

二十一、宝玉摔玉

摔碎"宝玉",气坏黛玉……

可是这个"命根子",却是块"顽石",摔不碎,砸不烂,可叫人怎么办?

二十二、宝玉、黛玉和好

阴错阳差,夜里叫门人不应,吃了一个怡红院的闭门羹……

一双泪眼,说开了,又嫣然一笑,

听!酸溜溜的尖刻语言又来了……

二十三、鸳鸯抗婚

年过半百好色的贾赦忽然对年轻美丽的鸳鸯张开罗网。

以生命来抗争——抗争……

在一顶"保护伞"面前,鸳鸯虽然暂时渡过了难关,可是未来呢?

想一想,谁不为这年轻美丽、能干要强的鸳鸯女捏着一把汗。

二十四、贾琏要杀凤姐

脏的、臭的,都拉在房中……

捉奸丢丑,泼醋争风,琏二爷、琏二奶奶的全武行、打出手的好戏开锣了……

封建大家庭腐朽的一面,给以无情的揭露,有力的鞭笞!

二十五、芒种祭花神

大观园的春风,姑娘们的天真……

芒种节令,花神退位,彩幡招展,笑语花间……

二十六、红香圃开宴

红香圃的宴会上,是一幅仕女行乐图卷。一转眼,却不见了湘云……

二十七、湘云醉眠芍药圃

芍药丛中,醉倒了湘云……

看,满身花片,人在花中;有谁知她那甜美的梦……

二十八、黛玉葬花

花落水流红,闲愁万种……

不如把它埋葬在泥土中!

林姑娘的慧心、痴心……

二十九、宝黛多情之争

"当初怎样,今日又怎样?"

情……情……新情、旧情、痛苦的情……

一对多情人,说不完、道不尽……

泪珠儿日日夜夜流不尽……

却谁知又是一场虚幻的梦!

三十、宝玉病危,赵姨娘捣鬼

深宅大院,花柳扶疏的大观园中,隐藏着杀机,潜伏着鬼魅……

宝玉突然病了,满口胡言乱语,生命垂危……

看……看:

喜的是赵姨娘……

急的是贾母……

腐朽的封建官僚大家庭,为了争夺继承权作殊死的搏斗!

三十一、晴雯送手帕

先支使走了麝月,特意使晴雯送一块旧手帕给黛玉,而且在夜间……宝玉的痴情一片,连晴雯都猜它不透……

而黛玉却恍然大悟……啊! 真是知己,知音!

三十二、尤三姐殉情

是惊雷,是闪电……

昙花一现,血染鸳鸯剑……

好一个刚烈的尤三姐,把生命偿还爱情,把美梦付与利剑……

爱与怨的交织,死与生的选择,又一个殉情者!

三十三、刘姥姥喝酒

朴实、世故、精明、忠厚……

四者结合在一起,便是可笑、可爱的刘姥姥……

三十四、道观中贾母祝福

多福、多寿的史太君——贾母,走向神前,行礼祈求,祈求什么呢?

保佑合家平安!

可怜的小道士,似乎也得为了保佑贾府的平安,挨上凤姐这一记响亮的耳光。

三十五、王夫人打金钏儿

公子哥儿和小丫头调情,在荣国府这样人家里本是常事……

可宝玉和金钏儿却特殊些。

残忍、冷酷、恶狠狠的耳光打碎了天真的柔情,结束了金钏儿短促的一生。

三十六、宝玉挨打

挨打,狠狠地打……

宝玉这一顿,可真够瞧的。

该打不该打?谁能说得清这种是非呢?

宝玉一挨打,大观园可热闹了:

看!王夫人来了,贾母来了,姐姐、妹妹都来了。

三十七、王夫人逐芳官

这位夫人,贾政的夫人,宝玉的母亲……

有多少罪恶在"母爱"的名义下进行。

芳官被赶出大观园……

有谁想到芳官也有母亲……

三十八、芦雪庵烤肉联诗

大观园的冬天白雪红梅,芦雪亭联诗欢歌笑语……鹿肉把奶奶、小姐们联系在一起。照湘云姑娘的说法:

吃的是腥的、膻的,回头却是锦心绣口,"是真名士自风流"……

"一夜北风紧"……真是奇迹,"凤辣子"也会作出好诗!

三十九、元春省亲

皇家的体制,嫔妃的仪从,说什么这是皇恩……

翠辇归来,元春省亲……国礼、家礼行罢,不由人眼泪纷纷……

"把我送到那见不得人的去处……"一句话多么痛心!

顷刻间摆宴,顷刻间奏乐,顷刻间又要别离——摆驾还宫!

四十、贾母拜月

大观园中拜月,荷塘月色,寒光一片……

贾母思念着欢乐,可是气氛已大不如前……"寒塘渡鹤影,冷月葬诗魂!"

繁华易逝,团圆的月已是清冷的月了!

四十一、贾珍中秋家宴

权势、金钱、欢乐、荒淫……在这中秋月满的团圆之夜——这一群不肖的子孙!

是谁开门,阴森森……祠堂中忽发悲音。毛骨悚然,是神是鬼?珍大爷的酒已吓醒!

四十二、凤姐训家奴

又是琏二爷、琏二奶奶的"好戏":

花枝巷的秘密泄露了,是谁走漏了风声?

狠狠地问,细细地审。

风流、善良的尤二姐,是谁把你送上了死亡的路程?

四十三、元宵夜宴

元宵夜宴,说不完的豪华!

元宵夜宴,又来了提灯笼的太监——锦上添花!

《红楼梦》——多少酣梦、甜梦、繁华梦?

最后——将剩下些什么?

四十四、司棋被逐出园

司棋也被赶走了。

求求善良的姑娘,可姑娘有什么用呢?她自己也难以掌握自己命运。

泪花……泪花,晶莹的泪花……

好像有一头无情的怪兽,在一个一个地吞噬着大观园中的姑娘们……

四十五、宝玉、黛玉私情

春风吹拂,吹拂春风……

繁花、冷月、幽僻处有多少柔情?

四十六、黛玉之死

最痛心的绝望,最悲惨的幻灭……

化作灰、化作烟,一缕缕,一片片……

燃烧的是情——焚烧的是生命——

花容月貌,海誓山盟……都到了最后的时刻,剩下的只是幻灭、梦幻——梦幻、幻灭!

四十七、宝玉、宝钗成亲

又是花团锦簇……

顷刻间树倒猢狲散!

对,顷刻间树倒猢狲散!

四十八、抄家

看:抄家的来了,真来了……

荣国府——大观园——

乱了个底儿朝天!

抄啊——抢啊——

抢啊——抄啊——

砸呀——摔呀——

摔呀——砸呀——

这就是抄家,这就是贾家的下场,这就是大观园的幻灭!

四十九、狱中凤姐

无情的铁锁,锁住旧日的繁华梦。

冰冷的牢房,一片死的寂寞,只剩下狱卒的喝声……

再没有叫琏二奶奶的声音——再没有叫琏二奶奶的声音……

五十、凤姐之死

冰冷的雪……漫长的路,芦席裹着的,麻绳拖着的,一具死尸——谁知道她:琏二奶奶、凤丫头、当年威风凛凛的王熙凤!

五十一至五十二、宝玉要饭　大观园消失

捧着破碗要饭的是宝二爷……

消失在烟雾中的是大观园……

捧着破碗要饭的是宝二爷……

消失在烟雾中的是大观园……

字幕：

繁华的梦、绮丽的梦、悲惨的梦……世界上有多少幻灭的梦、消失的梦……哪一个比得上这：

悲金悼玉的《红楼梦》

十八世纪伟大作家曹雪芹的巨著《红楼梦》

历史的再现、真实的再现！

展现在荧光屏上：

活的十二金钗、真实的大观园，

十八世纪中国贵族生活的画卷！